10
18

12, AVENUE D'ITALIE. PARIS XIIIe

Sur l'auteur

Poète, romancier et essayiste, Robert-Louis Stevenson est né à Édimbourg en 1850. Après des études de droit, il s'inscrit au barreau en 1875 mais n'exercera jamais le métier d'avocat. Il collabore au *Cornhill Magazine*, où paraît notamment *Appel au clergé de l'Église d'Écosse*. Atteint de tuberculose, il passe sa vie à voyager, à la recherche de climat plus sain. Le sud de la France, la Californie, la Suisse, Nouméa, l'Australie... Son œuvre littéraire est abondante et variée. Il publie de nombreux romans et récits — *Voyages avec un âne dans les Cévennes, L'Étrange cas du Dr Jekyll et de Mr. Hyde, Le Roman du prince Othon, Le Trafiquant d'épaves*, mais également des essais et des nouvelles. En 1888, Robert-Louis Stevenson part pour les Marquises, puis Tahiti et s'installe finalement à Samoa, où il décède en 1894.

ROBERT-LOUIS STEVENSON

VOYAGES AVEC UN ÂNE DANS LES CÉVENNES

Traduit de l'anglais
par Léon Bocquet

Suivi de documents
réunis par Francis Lacassin
et traduits par Jacques Parsons

Préface, notes et bibliographie
par Francis Lacassin

10
18

Cet ouvrage a paru lors de sa première édition
dans la collection « L'Aventure insensée »
créée par Francis Lacassin

Titre original :
Travels with a donkey in the Cévennes (1879)

ISBN 978-2-264-03408-3

PRÉFACE

R.-L. STEVENSON
ou
L'ART DE VOYAGER AVEC OU SANS ÂNE

Robert-Louis Stevenson semble loin, très loin de *l'Ile au trésor* et de la renommée — dont seulement quatre ans le séparent — lorsque, en septembre 1878, à l'âge de vingt-huit ans, il entreprend le plus sympathique de tous ses voyages : à pied, à travers les Cévennes.

Ce jeune Écossais, natif d'Edimbourg, compense le handicap d'une santé fragile par de joyeuses dissipations. Il avoue qu'à cette époque, « l'opium, le vin et tout ce qui est fatal à l'âme et au corps », il l'essaya.

Pour fuir la carrière d'ingénieur à laquelle ses études l'avaient préparé, il s'est inscrit au barreau d'Edimbourg en 1875. Mais la profession d'avocat ne l'intéresse guère plus.

Il se dit écrivain malgré un bagage littéraire plutôt léger : quelques essais et nouvelles parus en revue, une brochure sur l'amélioration de l'éclairage des phares, et une plaquette éditée trois mois plus tôt à Edimbourg. Intitulée *An Inland Voyage*, elle relate un précédent périple en canot sur les rivières du Nord de la France. Dans le domaine littéraire, Stevenson n'est guère connu (sous le sobriquet de

« Veston de velours ») que de la bohême qui hante l'hiver les cafés du Quartier latin et les ateliers de Montparnasse et, à la belle saison, les villages de peintres de la forêt de Fontainebleau.

La France, qu'il connaît depuis l'enfance et où il passe plusieurs mois par an depuis 1873, est son pays d'élection. Toute sa vie, Stevenson a fait remarquer que son second prénom — réservé aux intimes — était Louis et non pas Lewis. Parmi les écrivains français il admire pêle-mêle : Montaigne, Senancour, Alexandre Dumas, Charles Perrault, Victor Hugo, Baudelaire, George Sand, Charles d'Orléans. Son grand modèle dans l'existence est, bien entendu, François Villon [1].

Alors pourquoi, à la fin août 1878, ce joyeux viveur, qui aime la compagnie, la controverse, les chansons à boire, le théâtre, va-t-il s'enterrer tout seul au Monastier, gros bourg de la Haute-Loire à quarante kilomètres du Puy-en-Velay? Et pourquoi là, plutôt qu'ailleurs? Au Monastier, peut-être parce que George Sand était venue recueillir aux environs de ce village des éléments de patois pour *le Marquis de Villemer*. Stevenson tenait ce roman pour l'un de ses meilleurs. Quant à lui, il a pris pension (3 F 50 par jour) à l'auberge Morel, dans le but officiel d'écrire, au calme, *le Diamant du Rajah* (second épisode des *Nouvelles Mille et Une Nuits*) attendu par la revue *London*, et de compléter *Edinburgh Picturesque Notes* publié en feuilletons par « Portfolio » et qui doit paraître en librairie à la fin de l'année.

Ces travaux exigeaient-ils un tel éloignement? Une auberge écartée de la forêt de Fontainebleau aurait aussi bien convenu...

A la vérité, Stevenson cherchait à mettre une distance entre le monde et lui. Il avait besoin d'une pause dans le cours trop rapide d'une vie dont l'avenir s'annonçait incertain, douloureux même, à cause d'un amour inaccessible. Fin août, Fanny Van De Grift, épouse séparée d'un sieur Osbourne, est repartie en Californie vers un improbable divorce, que la famille de Stevenson elle-même n'accepterait pas. Après son départ, Stevenson n'avait pas le cœur à affronter des camarades joyeux de leur sort.

Il n'a guère trouvé au Monastier la solitude espérée en raison de la sympathie curieuse des paysans et des dentellières pour cet original — anglais par surcroît — qu'ils rencontrent, flânant ou prenant des croquis. A l'auberge même, il n'a pu éviter d'entretenir des relations courtoises avec un ingénieur des Ponts et Chaussées, le Receveur de l'Enregistrement, deux employés des Contributions indirectes et le Percepteur. « Je suis devenu, écrit-il à sa mère, une manière de fonctionnaire du gouvernement. »

Libéré de ses travaux littéraires, apaisé par la simplicité de la vie rurale, il se sent disponible pour une ascèse plus complète. Au lieu de regagner Paris et le nord, il ira au sud, en traversant les Cévennes, à pied, jusqu'à Alais (aujourd'hui Alès, sous-préfecture du Gard).

C'est le calviniste qui a choisi l'itinéraire. Il lui permettra de connaître le pays des Camisards, ces hommes farouches qui, pour garder leur liberté de conscience, ont tenu en échec de 1702 à 1705 les armées de l'un des rois les plus puissants de l'époque.

C'est l'admirateur de Thoreau qui a décidé du mode de transport. Par son ouvrage, *Une semaine sur les rivières Concord et Merrimac,* Henry Thoreau avait guidé Stevenson sur les canaux et rivières du Nord de la France; *Walden ou la vie dans les bois* l'incite à rechercher un contact intime avec la nature, donc à traverser les Cévennes à pied.

Ce n'était pas la première fois que Stevenson se déplaçait ainsi. Pas plus tard qu'à l'automne 1875, avec Sir Walter Simpson, compagnon du voyage en canot, il s'était rendu de Barbizon à Châtillon-sur-Loire. Mais par la grand route. Et dans une contrée « civilisée » : un peu trop, puisque les gendarmes arrêtèrent Stevenson comme trimardeur et le retinrent jusqu'à l'arrivée du baronet. Les deux hommes voyageaient à quelques kilomètres de distance pour que chacun pût bénéficier d'un complet recueillement. Mais leur solitude n'était que temporaire. Ils se retrouvaient chaque soir dans une auberge très convenable : la région était déjà habituée au tourisme. De tels voyages ne répondaient pas à la recherche d'une intimité avec la nature plus ou moins sauvage, mais à « ce que Walt Whitman appelle l'appel joyeux de la route, le sentiment heureux et vivant de la route ». Ainsi s'exprime Stevenson dans un essai intitulé *l'Appel des routes* [2].

Thoreau succédant à Whitman, Stevenson s'apprête à affronter la vie dans les bois. Un voyage au Puy-en-Velay lui permet de compléter le matériel nécessaire (un revolver, un réchaud à esprit de vin, un bonnet de fourrure à oreillons, un vaste sac de couchage doublé de mouton et confectionné sur ses indications) et moins nécessaire (eau-de-vie, bouteilles de Beaujolais, un fouet à œufs...). Pour les porter, il acquiert pour 65 francs et un verre d'eau-de-vie « une chétive ânesse pas beaucoup plus grosse qu'un chien; de la couleur d'une souris » et nommée Modestine.

Le dimanche 22 septembre, à neuf heures, après trois heures d'efforts pour arrimer le bât et son chargement, en présence d'une foule de badauds, c'est le départ pour l'Aventure.

Une aventure certes moins pourvue de risques que celle affrontée par les héros de *l'Ile au trésor*, ou par Livingstone en Afrique... Encore a-t-on promis à l'aventurier toutes sortes de catastrophes : « froid, loups, voleurs »; et, à défaut de la Bête du Gévaudan, la menace de son fantôme...

Ce n'est pas non plus du tourisme. Stevenson connaît la langue du pays, peu ses coutumes et ressources, pas du tout sa géographie. Il ne trouvera que peu d'auberges. Et très rudimentaires : une pièce servant de dortoir aux hôtes; dans l'autre : la cuisine et salle de restaurant, où vivent et dorment l'aubergiste et sa famille. Aucun panneau indicateur, des sentiers et chemins qui se croisent et s'entrecroisent pour embrouiller l'étranger.

Dès le début, nombreuses difficultés. Modestine refuse d'avancer, folâtre avec les ânes de rencontre, cherche à pénétrer dans chaque courette de maison le long du chemin. Sur son dos, le chargement bascule ou s'écroule sans cesse.

Son maître rencontre des gens frustes qui le renseignent mal. Il tourne en rond, s'égare, se fait éconduire à la nuit par des villageois qui le prennent pour un trimardeur. Le voici contraint de dormir à la belle étoile la seule fois où il n'en a pas envie, car il pleut.

Mais à mesure que se fortifie le contact avec la nature et que l'ânier cesse d'être dupé par son ânesse, le voyage trouve sa plénitude et sa sérénité. Le premier jour, après avoir traversé Ussel et Goudet, Stevenson couche à l'auberge du Bouchet-Saint-Nicolas : il a manqué le lac sur la rive duquel il voulait camper. Il passe sans trop d'incidents par

Pradelles, Langogne-sur-Allier, Cheylard-l'Évêque, Luc, La Bastide. Le 25, il arrive à la Trappe de Notre-Dame des Neiges, c'est-à-dire à l'ancien monastère : incendié en 1912, il a été reconstruit quelques dizaines de mètres plus loin. Les moines lui offrent une hospitalité aussi cordiale que celle réservée aujourd'hui aux jeunes gens qui viennent chaque hiver skier sur leurs terres.

Laissant derrière lui la Forêt de Mercoire (anciennement consacrée à Mercure, comme son nom l'indique), Chasseradès, l'Estampe, le Bleymard, il connaît une nuit délicieuse, embaumé par les arbres de la Pineraie (ou comme on dit dans la région : pinède) du Goulet. Après avoir escaladé le pic Finiels (1 900 mètres), il entre avec une certaine émotion, le 29 septembre dans le pays des Camisards : Pont de Montvert, village où l'assassinat de l'abbé du Chayla fut le détonateur de la guerre... Le long du Tarn, le souvenir des Camisards l'accompagne jusqu'à La Vernède, Florac, Cassagnas (village situé non loin des grottes d'Euzet qui leur servaient de magasins à vivres et à munitions), Saint-Germain-de-Calberte.

Par la vallée du Gardon de Mialet, il atteint Saint-Étienne-de-Vallée-Française. De là il aperçoit le mont Aigoual où l'ex-bûcheron Castanet dirigeait une brigade de Camisards. Au soir du 3 octobre 1878, il est à Saint-Jean-du-Gard : terme imprévu d'un voyage à pied qui aura duré douze jours. Le matin du 4, Modestine se révélera trop fatiguée pour continuer jusqu'à Alès. Avant de monter dans la diligence pour Alès, Stevenson se sépare d'elle pour 35 francs, mais le cœur gros : « Et comme je me trouvais seul avec le conducteur du coche et quatre ou cinq braves jeunes gens, je n'hésitai pas à céder à mon émotion. »

C'est le dernier voyage que Stevenson fera seul et à pied.

L'amour a fini par gagner. Tous les voyages ultérieurs il les fera pour ou avec Fanny.

En bateau : lorsque le 7 août 1879 — abandonnant carrière, amis et famille — il s'embarque à Glasgow pour la rejoindre en Californie. Thomas Stevenson, qui ne badine pas avec les convenances, lui a coupé les vivres. Son fils voyage donc dans l'entrepont avec les émigrants misérables. Cette traversée, l'arrivée dans la boue à New York, les vaines tentatives pour y trouver du travail devaient aboutir en 1880 à un livre mélancolique : *l'Émigrant amateur*.

En train : ce fut dans d'aussi pauvres conditions, la traversée des États-Unis jusqu'à San Francisco dans des décors étranges ou sauvages, racontée dans *la Traversée des plaines* (1892). D'avoir côtoyé la misère incite l'auteur à prendre la défense des plus pauvres et des plus méprisés des immigrants : les Chinois.

Après son mariage avec Fanny ex-Osbourne, le retour en Europe, la réconciliation avec sa famille, *l'Ile au trésor*, le succès, une nouvelle traversée de l'Atlantique et des plaines américaines le ramènera en 1887 à San Francisco. Simple prologue à son avant-dernier et son plus long voyage (1888-1891) dans le Pacifique et en Océanie dont le récit ne paraîtra qu'en 1896 sous le titre *Dans les mers du Sud*. Et c'est à Vailima, dans les îles Samoa, où il a jeté l'ancre, que la mort vient le prendre pour le dernier voyage, à quarante-quatre ans, le 3 décembre 1894.

Aucun des récits de voyages, y compris *Dans les mers du Sud* — malgré sa richesse documentaire, poétique, ethnographique même — n'a obtenu l'impact du *Voyage avec un âne dans les Céven-*

nes. Ce petit livre, paru en 1879, rapporta à son auteur dix livres sterling et une invitation à dîner de la part de l'éditeur. Il n'a jamais connu les fabuleux tirages de *l'Ile au trésor* ou du *Cas étrange du Dr Jekyll et de M. Hyde*, et pourtant tous les vrais connaisseurs de Stevenson lui vouent une affection particulière. Pourquoi?

Par sa foule de notations sur une région marginale de l'ancienne France, recueillies de façon originale et vivante, l'ouvrage bénéficiait déjà à son époque d'une séduction insolite, que l'écoulement du temps a transmutée en exotisme. La saveur de l'aspect documentaire ne laisse aucun lecteur insensible; pas plus que le plaisir de regarder à travers les yeux de Stevenson de simples gens vivre une existence frugale et heureuse que la société de consommation n'a pas encore déshumanisée.

Mais la sympathie suscitée par le livre provient plutôt du climat dans lequel baigne le voyage et du ton avec lequel l'auteur le raconte, par la qualité du regard qu'il pose autour de lui. C'est un livre chaleureux, amical, qui ruisselle de bonne humeur, de bonne volonté, de disponibilité, d'indulgence, de compréhension, de sensualité, de reconnaissance pour la magie des rencontres et pour les plus petites joies que la vie offre chaque jour. Un livre plein de confiance en la vie : un acte de foi, d'espérance et d'amour.

Tout va mieux dès que l'auteur accepte symboliquement de se dépouiller du superflu et de jeter au loin pain blanc, boîte à lait, gigot froid de mouton « et le fouet à œufs, bien que ce dernier me fut cher ». Ce sacrifice lui libère un bras avec lequel il peut fouetter ou aiguillonner Modestine lorsqu'elle joue la comédie, ou redresser le bât lorsqu'il menace de chavirer. Et s'il chavire, cela nous vaut une image souriante.

« ... Dans le village d'Ussel, le bât et le fourniment au complet firent un tour de conversion et se vautrèrent dans la poussière, sous le ventre de l'ânesse. Elle, au comble de la joie, aussitôt se redressa et parut sourire et un groupe d'un homme, de deux femmes et deux enfants survint et, debout autour de moi, en demi-cercle, l'encouragèrent par leur exemple. »

Quoi qu'il advienne, Stevenson est décidé à l'accepter avec bonne humeur, sans un mot d'aigreur, de rancœur ou de dépit. Deux petites filles, au lieu de répondre à sa demande de renseignements, lui manquent de respect. Il se borne à plaisanter : « La Bête du Gévaudan a dévoré environ une centaine d'enfants de ce canton. Elle commençait à me devenir sympathique. »

D'un village autour duquel il a tourné en rond sans le trouver dans la nuit et sous la pluie, il dit en le voyant enfin : « A parler franc, Cheylard ne méritait qu'à peine toute cette recherche. »

Au lieu de récriminer, il est au contraire disposé à ne voir que le bon côté des pires situations. Après une nuit en plein air, pluvieuse et venteuse, il concède : « J'étais surpris de trouver comme elle avait été aisée et agréable, même par un temps épouvantable... Je n'avais ressenti nulle impression de froid et je m'étais éveillé avec une netteté et une légèreté de sensations extraordinaires. » Égaré dans une étendue marécageuse, il bénéficie d'une vision rare qu'il aurait ignorée s'il était resté dans le bon chemin.

« ... J'aperçus à proximité une douzaine de vaches et peut-être encore plus d'êtres noirs que je présumais être des enfants, quoique le brouillard eût exagéré leurs silhouettes au point de les rendre presque méconnaissables. Tous se suivaient les uns les autres en silence, tournaient en rond, tantôt se tenant les mains, tantôt brisant la chaîne et cessant les révérences. Une danse enfantine incite à des pensées fort plaisantes et pures. Toutefois, à la nuit tombante sur les marais, c'était un spectacle étrange et fantastique. »

Jamais un jugement péjoratif, même motivé. D'une auberge que certains trouveraient rudimentaire ou sordide, il dit avec indulgence : « Elle était des moins prétentieuses que j'aie jamais visitées. » Dans une autre auberge, devant le peu d'empressement de l'hôtesse, il a confectionné lui-même son chocolat.

Pour manger, il se contente toujours de ce qu'on lui offre. Une omelette qui saute dans la poêle, du poisson même sec : tout va bien. Le jour où il s'est égaré, il n'a pu renouveler ses provisions. Il mange des saucisses avec du chocolat pour remplacer le pain. Faute d'eau, il arrose le curieux mélange avec de l'eau-de-vie. Après quoi, il fume une des meilleures cigarettes de sa vie.

La sensation de liberté, d'indépendance que lui procure la communion avec la nature, l'absence des servitudes et conventions sociales laissent croître en lui un désir de communiquer, de fraterniser avec les autres, même les plus différents de lui. Un dimanche, la vue de l'église de Saint-Martin-de-Fugères, débordante de fidèles agenouillés sur le seuil ou sur les marches, lui donne « une impression de famille »; elle lui fait pleinement goûter « la paix et la beauté d'une grande fête ascétique ».

Au monastère de Notre-Dame-des-Neiges, aucun

préjugé anti-papiste ne l'empêche de reconnaître « la fraîcheur de visage et la gaieté d'humeur » des moines. « Des gens de meilleure compagnie et mieux portants, je peux à peine l'imaginer. » Assistant à l'office du soir, il concède : « Il n'y avait là aucun de ces éléments qui frappent le protestant comme puérils ou spectaculaires dans la liturgie du catholicisme romain. Une rigoureuse simplicité, sublimée par le romanesque environnement parlait directement au cœur. » Les seules réserves émises à propos de ce séjour sont plus que justifiées par l'attitude indiscrète de deux retraitants (un curé de village et un ancien militaire) qui voulaient à toutes forces le convertir.

Deux bigots indiscrets, deux fillettes irrespectueuses et trois ou quatre fâcheux ne sauraient ternir la magie des rencontres que suscite le voyage. Que de gens bizarres mais sympathiques... Tel ce paysan qui se dit « Frère de Plymouth » et serait bien en peine de situer cette ville sur une carte; ou ce trappiste qui ayant enfreint la règle du silence s'enfuit en criant : « Je n'ai pas le droit de parler! je n'ai pas le droit de parler! » Que de gens obligeants sous leur enveloppe fruste, tel ce vieillard rhumatisant qui boitille sur un kilomètre pour remettre l'auteur dans le bon chemin. Que d'honnêtes, que de braves gens!...

Alors que le souvenir des Camisards est présent dans toutes les conversations, alors que chaque village, chaque rocher, chaque arbre semblent témoigner contre la guerre sanglante qui leur fut livrée, l'auteur est frappé de voir combien catholiques et protestants ont appris à vivre paisiblement ensemble. La réponse reçue d'un passant : « Je n'ai pas honte de ma religion,je suis catholique », ne fait pas exulter le protestant Stevenson, elle l'émeut.

Depuis qu'il est entré au cœur des Cévennes, le voyageur ne rencontre que des êtres privés d'inquiétude, confiants, sereins. Où qu'il se pose, son regard n'enregistre que des spectacles apaisants. Arrivé de bonne heure dans une auberge, il aperçoit dans la cuisine le dernier des cinq enfants achevant sa prière, à genoux au pied du lit. Arrivé tard dans une autre, il trouve l'aubergiste occupé à rentrer ses poussins.

Modestine, elle-même, a renoncé aux caprices. Elle vient manger du pain bis dans la main de son maître. Elle se conduira de façon si vaillante qu'elle ne pourra aller jusqu'au bout du voyage. Son maître n'a plus l'occasion de se dire avec remords : « Une fois, tandis que je la regardais, elle me parut ressembler vaguement à une dame de ma connaissance qui m'avait autrefois accablé de ses bontés. Et cela ajouta au dégoût de ma cruauté. » Le paysan qui avait abordé Stevenson sur la route par cette interrogation abrupte : « Connaissez-vous le Seigneur ? » ne s'y trompe pas. En le revoyant plus tard, il lui dira simplement : « Maintenant, je vois que vous connaissez le Seigneur. »

Apaisement, sérénité, confiance : les effets bienfaisants de la nature, prodigués à tous ceux qui vivent dans son décor simple ou majestueux, et à tous ceux qui le traversent.

La plongée dans la nature a donc procuré au voyageur anémié par l'existence frelatée des villes un apaisement inaccoutumé; et si fort qu'il agit sur lui comme un alcool et le plonge dans l'ivresse. Après une nuit passée à la belle étoile, l'auteur est si content de la chambre aérée, de l'aurore qui l'a appelé à l'heure voulue, de la décoration de l'inimitable plafond et de la vue qu'il avait de ses fenêtres — qu'il a le sentiment « d'être en quelque manière le débiteur de quelqu'un pour toute cette généreuse réception. Aussi me plut-il, en façon de demi-plaisanterie, d'abandonner en partant quelques pièces de monnaie sur le sol, jusqu'à ce qu'il y en eût de quoi payer mon logement de la nuit ».

Apaisement de l'âme et exaspération des sens :

« Aussi loin que j'étais allé je n'avais jamais vu une rivière d'une nuance à ce point délicate et changeante. Le cristal n'était pas plus transparent; les prairies n'étaient pas à demi aussi vertes et, à chaque étang rencontré, je sentais une envie frémissante de me débarrasser de ces vêtements aux tissus chauds et poussiéreux et de baigner mon corps nu dans l'air et l'eau de la montagne. Tout le temps que je vivrai, je n'oublierai jamais que c'était un dimanche. La quiétude était un perpétuel " souvenez-vous " et j'entendais en imagination les cloches des églises, sonner à toutes volées sur l'Europe entière et la psalmodie de milliers d'églises. »

Le vent, et les bruits lointains qu'il apporte, l'incite à devenir élégiaque. Tantôt c'est « la voix d'une flûte qui modulait un air discret et plaintif dans l'un des villages des hauteurs », tantôt c'est un « vent tiède [qui] bruissait dans le vallon et faisait sur tous les arbres se balancer les bouquets de feuillage et de fruits. L'oreille s'emplissait d'une musique murmurante et les ombres valsaient en mesure. »

Il ne doute pas lui-même que cet apaisement, cette désintoxication de l'âme, il les doit à l'intimité retrouvée avec la nature, à l'absence d'écran entre le ciel et lui.

« Personne ne connaît les étoiles qui n'a dormi selon l'heureuse expression française *à la belle étoile*. Il peut bien savoir tous leurs noms et distances et leurs grandeurs et demeurer pourtant dans l'ignorance de ce qui seul importe à l'humanité leur bénéfique et sereine influence sur les âmes. Les étoiles sont la plus grande source de poésie et, à juste titre d'ailleurs, car elles sont elles-mêmes les plus classiques des poètes. »

S'est-il mis à l'unisson de la nature, ou la nature s'est-elle mise en unisson avec Stevenson? Maintenant, il voit partout en elle l'approbation, le miroir d'un amour qui désormais ne sera plus pour lui une source de chagrins mais une source de joies.

Ainsi lorsqu'il entend « une voix de femme chanter non loin de là une vieille ballade mélancolique et interminable. Il semblait s'agir d'amour et d'*un bel amoureux*, son aimable galant. Et je souhaitais pouvoir reprendre le refrain et lui faire écho tout en poursuivant, invisible, ma route sous bois, unissant comme la Pippa du poème, mes pensées aux siennes. Qu'aurais-je eu à lui dire? Peu de chose; tout ce que le cœur requiert pourtant; comment le monde donne et reprend, comment il ne rapproche les cœurs qui s'aiment que pour les séparer de nouveau par de lointains pays étrangers! Mais l'amour est le suprême talisman qui fait de l'univers un jardin et " l'espérance commune à tous les hommes " annule les contingences de la vie, atteint de sa main tremblante par-delà le tombeau et la mort. Aisé à dire, certes. Puis aussi, grâce à Dieu, doux et réconfortant à croire. »

Oui, *le Voyage avec un âne dans les Cévennes* est un acte de foi, d'espérance et d'amour. Et pour mesurer tout ce que le livre doit à l'absence de Fanny Van De Grift, il n'était pas besoin de cet aveu fait par l'auteur à son cousin Robert Alan Stevenson, en juin 1879 :

« Mon livre est sous presse. Il a de bonnes pages :

je n'en puis dire plus. Un chapitre intitulé *les Moines;* un autre, *Un campement dans les ténèbres;* un troisième *Une nuit dans la pineraie,* ont, je crois, de l'étoffe comme écriture, mais des pages entières ne sont que des protestations pour F., bien des morceaux que, je crois, vous saurez entendre. C'est pour moi l'unique cause d'intérêt. »

Guidé par l'amour, l'auteur a accompli un voyage initiatique comme les héros du roman allégorique, de John Bunyan, *le Voyage du pèlerin.* Épuré par le contact de la nature, conforté par le recueillement né de la solitude, il a amorcé la mue qui va faire, du léger et frivole « Veston de Velours », un écrivain délicat et célèbre : Robert- Louis-Stevenson.

Francis LACASSIN

NOTES

1. Voir son étude *François Villon, étudiant, poète et cambrioleur,* annexée à une aventure imaginaire de Villon *Un Gîte pour la nuit* dans le tome III des *Nouvelles Mille et Une Nuits.*
2. Recueilli dans les « Documents » du présent volume.

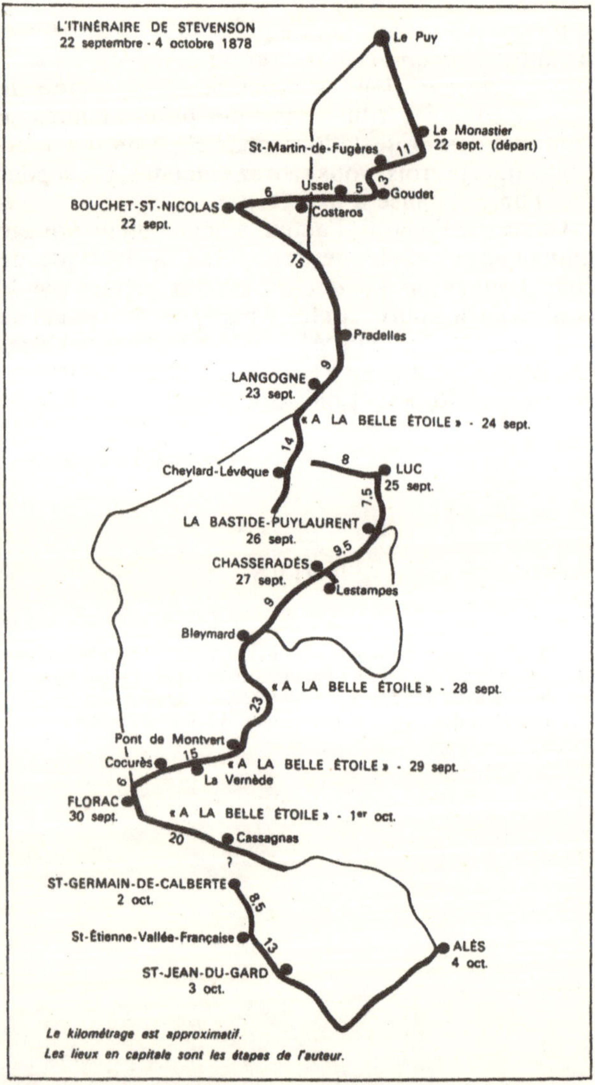
L'ITINÉRAIRE DE STEVENSON
22 septembre - 4 octobre 1878
Le Puy
Le Monastier
22 sept. (départ)
St-Martin-de-Fugères
11
3
Goudet
Ussel
5
6
BOUCHET-ST-NICOLAS
22 sept.
Costaros
15
Pradelles
9
LANGOGNE
23 sept.
« A LA BELLE ÉTOILE » - 24 sept.
14
Cheylard-Lévêque
8
LUC
25 sept.
7,5
LA BASTIDE-PUYLAURENT
26 sept.
9,5
CHASSERADÈS
27 sept.
Lestampes
9
Bleymard
« A LA BELLE ÉTOILE » - 28 sept.
23
Pont de Montvert
15
Cocurès
« A LA BELLE ÉTOILE » - 29 sept.
La Vernède
6
FLORAC
30 sept.
« A LA BELLE ÉTOILE » - 1er oct.
20
Cassagnas
?
ST-GERMAIN-DE-CALBERTE
2 oct.
8,5
St-Étienne-Vallée-Française
13
ST-JEAN-DU-GARD
3 oct.
ALÈS
4 oct.
Le kilométrage est approximatif.
Les lieux en capitale sont les étapes de l'auteur.

DÉDICACE

Mon cher Sidney Colvin [1],

Le voyage que raconte ce petit livre me fut très agréable et avantageux. Après un début singulier, j'ai eu meilleure chance à la fin. Mais nous sommes tous des voyageurs dans ce que John Bunyan nomme le désert de ce monde — tous, aussi, des voyageurs avec un âne et ce que nous trouvons de meilleur en route c'est un loyal ami. Bienheureux le voyageur qui en trouve plusieurs! Nous courons le monde, en fait, pour les rencontrer. Ils sont le but et la récompense de la vie. Ils nous gardent dignes de nous-mêmes et, lorsque nous sommes seuls, nous sommes simplement plus près de l'absent.

Tout livre est, dans sa signification secrète, une lettre ouverte aux amis de l'auteur. Eux seuls en pénètrent l'esprit; ils découvrent des messages particuliers, des assurances d'affection et des témoignages de gratitude insérés à leur intention à toutes les pages. Le public n'est qu'un patron généreux qui acquitte les frais de poste. Pourtant, quoique la lettre soit adressée à tout le monde, c'est pour nous une vieille et aimable coutume d'en faire expressément hommage à une seule personne. De quoi un homme pourrait-il être fier, sinon de ses amis? Et, dès lors, mon cher Sidney Colvin, c'est avec orgueil que je me déclare, ici, vôtre affectueusement,

R.-L. S.

1. S. Colvin (1845-1927). Exégète et critique littéraire puis conservateur au British Museum. Ami fidèle de l'auteur dont il a édité en 1899 la correspondance. Également responsable de la première édition des *Œuvres Complètes* de Stevenson, dite « Edinburgh Edition », parue à partir de 1892.

VELAY

Il y a beaucoup d'êtres puissants et rien n'est plus puissant que l'homme. Il surpasse, par ses ruses, le monde rural.

SOPHOCLE.

Qui a jamais perdu les fers d'un âne sauvage?

JOB.

I

LE BOURRIQUET, LA CHARGE ET LE BÂT

Dans une petite localité, nommée Le Monastier [1], sise en une agréable vallée de la montagne, à quinze milles du Puy [2], j'ai passé environ un mois de journées délicieuses. Le Monastier est fameux par la fabrication des dentelles, par l'ivrognerie, par la liberté des propos et les dissensions politiques sans égales. Il y a dans cette bourgade des tenants des quatre partis qui divisent la France : légitimistes, orléanistes, impérialistes et républicains. Et tous se haïssent, détestent, dénigrent et calomnient réciproquement. Sauf, quand il s'agit de traiter ou une affaire ou de se donner les uns aux autres des démentis dans les disputes de cabaret, on y ignore jusqu'à la politesse de la parole. C'est une vraie Pologne montagnarde. Au milieu de cette Babylone, je me suis vu comme un point de ralliement. Chacun avait à cœur d'être aimable et utile pour un étranger. Cela n'était pas dû simplement à l'hospitalité naturelle des montagnards, ni même à l'étonnement qu'on y avait de voir vivre de son plein gré au Monastier un homme qui aurait pu tout aussi bien habiter en n'importe quel autre endroit du vaste monde; cela tenait pour une grande part, à mon projet d'excursionner vers le Sud, à travers les Cévennes. Un touriste de mon genre était jusqu'alors chose inouïe dans cette région. On m'y considérait avec une piété dédaigneuse comme un individu qui aurait décidé un voyage dans la lune. Toutefois, non sans un intérêt déférent comme envers quelqu'un en partance vers le Pôle inclément. Chacun était disposé à m'aider dans mes préparatifs. Une foule de sympathisants m'appuyait au moment critique d'un marché. Je ne faisais plus un pas qui ne fut illustré par une tournée de chopines et célébré par un dîner ou un déjeuner.

On était déjà à la veille d'octobre que je n'étais pas encore prêt à partir. Pourtant aux altitudes où conduisait ma route, il n'y avait pas lieu d'escompter un été indien. J'avais résolu, sinon de camper dehors, du moins d'avoir à ma disposition les moyens de le faire. Rien n'est, en effet, plus fastidieux pour un type débonnaire, que la nécessité d'atteindre un refuge dès que vient la brune. Au surplus, l'hospitalité d'une auberge de village n'est point toujours une infaillible recommandation à qui chemine péniblement à pied. Une tente, surtout pour un touriste solitaire, ne laisse point d'être ennuyeuse à dresser, ennuyeuse encore à démonter et même, durant la marche, elle fournit un évident aspect particulier au bagage. Un sac de couchage, par contre, est toujours prêt : il suffit de s'y insinuer. Il sert à double fin : de lit pendant la nuit, de valise pendant le jour et il ne dénonce pas à tout passant curieux vos intentions de coucher dehors. C'est là un point important. Si un campement n'est pas secret, ce n'est qu'un endroit de repos illusoire. On devient un homme public. Le paysan sociable visite votre chevet après un souper hâtif et vous voilà dans l'obligation de dormir un œil ouvert et de vous lever avant l'aube. Je me décidai pour un sac de couchage et, après maintes recherches au Puy et pas mal de dépenses culinaires pour moi-même et mes conseillers, un sac « à viande » fut dessiné, bâti et apporté chez moi en triomphe.

L'enfant de mon invention avait quasiment six pieds carrés, outre deux flanquets triangulaires pour servir d'oreiller, la nuit, et de couvercle et de poche, le jour, à ce sac. Je l'appelle « sac », mais ce ne fut jamais un sac que par euphémisme. C'était seulement une sorte de long rouleau ou saucisson en bâche verte imperméable à l'extérieur et en fourrure de mouton bleue à l'intérieur. Commode comme valise, sec et chaud comme lit. Chambre à coucher spacieuse pour une seule personne et, à la rigueur, pouvant servir pour deux. Je pouvais m'y enfoncer jusqu'au cou. Car, ma tête je la confiais à une casquette en poil de lapin, munie d'un rebord à rabattre sur les oreilles et d'un cordon à passer sous le nez en manière de respirateur. En cas de pluie sérieuse, je me proposais de me fabriquer moi-même une menue tente, ou plutôt un tendelet, au moyen de mon waterproof, de trois pierres et d'une branche inclinée.

On comprendra sans peine que je ne pouvais porter cet énorme attirail sur mes propres épaules — simplement humaines. Restait à choisir une bête de somme. Or, un cheval est, d'entre les animaux, comme une jolie femme, capricieux, peureux, difficile sur la nourriture et de santé fragile. Il est de trop grande valeur et trop indocile pour être abandonné à lui-même, en sorte que vous voilà rivé à votre monture comme à un compagnon de chaîne sur une galère. Un chemin difficultueux affole le cheval, bref c'est un allié exigeant et incertain qui ajoute cent complications aux embarras du voyageur. Ce qu'il me fallait c'était un être peu coûteux, point encombrant, endurci, d'un tempérament calme et placide. Toutes ces conditions requises désignaient un baudet.

Habitait au Monastier un vieillard d'intelligence plutôt médiocre selon certains, que poursuivait la marmaille des rues et connu à la ronde sous le nom de Père Adam. Or, Père Adam avait une carriole et, pour la tirer, une chétive ânesse, pas beaucoup plus grosse qu'un chien, de la couleur d'une souris, avec un regard plein de bonté et une mâchoire inférieure bien dessinée. Il y avait autour de la coquine, quelque chose de simple, de racé, une élégance puritaine, qui frappa aussitôt mon imagination. Notre première rencontre eut lieu sur la place du marché, au Monastier. Afin de prouver son excellente humeur, les enfants à tour de rôle s'installèrent sur son dos pour une promenade et, l'un après l'autre, tête première, pirouettèrent en l'air, jusqu'à ce que le manque de confiance commençât de régner au cœur de cette jeunesse et que l'épreuve cessât faute de concurrents. J'étais déjà soutenu par une députation de mes amis, mais comme si cela ne suffisait pas, tous les acheteurs et vendeurs m'entourèrent et m'aidèrent au marchandage. L'ânesse et moi et Père Adam devînmes le centre d'un vrai brouhaha pendant presque une demi-heure. Enfin, la bête me fut cédée à raison de soixante-cinq francs et d'un verre d'eau-de-vie. Le sac avait déjà coûté quatre-vingts francs et deux verres de bière, de sorte que Modestine (ainsi la baptisai-je sur-le-champ) était, tous comptes faits, l'article le meilleur marché. En vérité, il en devait être ainsi, car l'ânesse n'était qu'un accessoire de ma literie ou un bois de lit automatique sur quatre pieds.

J'eus une dernière entrevue avec le Père Adam dans une salle de billard, à l'heure ensorcelante de l'aurore, lorsque je lui administrai l'eau-de-vie. Il se déclara fort ému par la séparation et affirma qu'il avait souvent acheté du pain blanc pour son bourriquet, alors qu'il s'était contenté de pain bis pour lui-même. Mais ceci, à s'en référer aux meilleures autorités, devait être un écart d'imagination. Il était réputé en ville pour maltraiter brutalement le baudet. Pourtant il est certain qu'il versa une larme et que la larme traça un sillon propre jusqu'au bas d'une joue.

Sur le conseil d'un fallacieux bourrelier de l'endroit, une sellette en cuir me fut fabriquée, munie de courroies afin d'attacher mon paquetage et, pensif, j'achevai mon équipement et disposai mon trousseau. En manière d'armes et de batterie de cuisine, je pris un revolver, une petite lampe à alcool et une poële, une lanterne et quelques chandelles d'un sou, un couteau de poche et une large gourde en peau. Le principal chargement consistait en deux assortiments complets de vêtements de rechange — outre mes habits de voyage en velours campagnard, mon paletot de marin et un chandail en tricot — quelques livres, ma couverture de voyage qui, elle aussi en forme de sac, me faisait double enveloppe pour les nuits froides. La réserve permanente était représentée par des plaquettes de chocolat et des boîtes de saucisses boulonnaises. Tout cela, à l'exception de ce que je portais sur moi, fut facilement entassé dans le sac en peau de mouton et, par une heureuse inspiration, j'y ajoutai mon havresac vide, plutôt par commodité de portage que dans la pensée qu'il pourrait m'être nécessaire au cours de mon voyage.

Pour les besoins les plus pressants, je pris un gigot froid de mouton, une bouteille de Beaujolais et une provision importante de pain bis et blanc, comme Père Adam, pour moi-même et le baudet; toutefois, dans mon projet, la destination de ces derniers objets était inverse.

Les gens du Monastier, de toutes nuances d'opinion politique, s'accordèrent pour me prédire maintes mésaventures grotesques et me menacer de mort subite dans des conditions extravagantes. Sur froid, loups, voleurs et par-dessus tout les mauvais tours de la nuit était quotidiennement et éloquemment appelée mon attention. Pourtant, dans ces vaticinations, on négligeait l'évident, le véritable danger. Comme chrétien [3] c'est de mon bagage que j'ai eu à souffrir en chemin. Avant de raconter mes malchances personnelles, que l'on me permette de dire en peu de mots la leçon de mon expérience. Si le paquetage est bien attaché par des courroies aux extrémités et pend à pleine longueur, — pas replié en deux, bon Dieu ! — à travers la selle de bât, le voyageur n'a rien à craindre. La selle de bât pourra certes n'être point ajustée, telle est l'imperfection de notre vie éphémère; elle pourra assurément glisser et tendre à se renverser, mais il y a des pierres de chaque côté d'une route et on apprend bientôt l'art de corriger n'importe quel penchant au déséquilibre au moyen d'un caillou bien placé.

Le jour de mon départ, j'étais debout un peu après cinq heures. Vers six heures, nous commençâmes à charger le baudet et dix minutes plus tard mes espérances gisaient dans la poussière. Le bât ne prétendait pas tenir sur le dos de Modestine, même une demi-minute. Je le renvoyai à son fabricant avec lequel j'eus une prise de bec tellement injurieuse que le trottoir de la rue était garni, de nous à vous, d'une foule de badauds qui regardaient et écoutaient. Le bât changea de mains avec beaucoup de vivacité. Peut-être serait-il plus exact de dire que nous nous le jetâmes réciproquement à la tête. En tout cas, étions-nous fort échauffés et inamicaux et parlions-nous avec une excessive liberté.

J'obtins une banale selle de bât — une *barde* comme on dit — qui convenait à Modestine et une fois de plus je la chargeai de mon attirail. Le sac replié, mon paletot marin (car il faisait chaud et j'allais marcher en vareuse) une longue miche de pain noir et un panier sans couvercle qui renfermait le pain blanc, le gigot de mouton et les bouteilles furent accrochés ensemble par une série de nœuds fort perfectionnés et j'en examinai le résultat avec une vaine satisfaction. Dans un monstrueux chargement de ce genre, le fardeau entier portait sur l'encolure du baudet et rien en-dessous ne faisant contrepoids, sur un bât aux sangles neuves qui n'avait jamais servi à l'équipement de l'animal, accroché au surplus par des courroies neuves aussi qu'on pouvait s'attendre à voir s'élargir et se distendre pendant la route, même le touriste le plus insoucieux aurait pressenti une catastrophe imminente. Ce système perfectionné de nœuds au surplus, était l'œuvre de trop nombreux sympathisants pour être réalisé fort habilement. Il est vrai qu'ils avaient serré les cordes énergiquement. Pas moins de trois à la fois, un pied sur l'arrière-train de Modestine, ils tirèrent là-dessus grinçant des dents. Or, j'appris par la suite qu'une seule personne entendue, sans le moindre déploiement de force, pouvait faire plus efficace besogne qu'une demi-douzaine de domestiques enthousiastes et en transpiration. Mais je n'étais alors qu'un novice. Même après la mésaventure du bât, rien ne pouvait troubler ma confiance et je franchis le seuil de l'écurie comme un bœuf se dirige à l'abattoir.

NOTES

1. Le Monastier-sur-Gazeilles (Haute-Loire, chef-lieu de canton à 20 km au S.-E. du Puy. Pour chaque village traversé par l'auteur seront indiqués le nombre d'habitants (en 1975) et pour mesurer l'effort accompli, l'altitude. Ici : 2 338 habitants et 950 m. (Sauf indication contraire, toutes les notes sont de l'Éditeur.)
2. Le Puy. Préfecture de la Haute-Loire. 29 549 habitants; altitude 630 m.
3. Personnage de *Le Voyage du pèlerin* (*The Pilgrim's Progress*, 1678), roman allégorique du puritain John Bunyan (1628-1688).

II

L'ÂNIER INEXPÉRIMENTÉ

La cloche du Monastier sonnait juste neuf heures, lorsque j'en eus terminé avec ces ennuis préliminaires et descendis la colline à travers les prés communaux. Aussi longtemps que je demeurai en vue des fenêtres, un secret amour-propre et la peur de quelque défaite ridicule me retinrent de sourdes menées contre Modestine. Elle avançait d'un pas trébuchant sur ses quatre petits sabots, avec une sobre délicatesse d'allure. De temps en temps, elle secouait les oreilles ou la queue et elle paraissait si menue sous la charge qu'elle m'inspirait des craintes. Nous traversâmes le gué sans difficultés. Il n'y avait aucun doute à ce sujet, elle était la docilité même. Puis, une fois sur l'autre bord, où la route commence son ascension à travers les bois de pins, je pris dans la main droite l'impie bâton du commandement et, avec une vigueur tremblante, j'en fis application au baudet. Modestine activa sa marche pendant peut-être trois enjambées, puis retomba dans son premier menuet. Un autre coup eut le même résultat et aussi le troisième. Je suis digne du nom d'Anglais et c'est violenter ma conscience que de porter rudement la main sur une personne du sexe. Je cessai donc et j'examinai la bête de la tête aux pieds : les pauvres genoux de l'ânesse tremblaient et sa respiration était pénible. De toute évidence, elle ne pouvait marcher plus vite sur une colline. Dieu m'interdit, pensai-je, de brutaliser cette innocente créature. Qu'elle aille de son pas et que je la suive patiemment!

Ce qu'était cette allure, aucune phrase ne serait capable de la décrire. C'était quelque chose de beaucoup plus lent qu'une marche, lorsque la marche est plus lente qu'une promenade. Elle me retenait chaque pied en suspens pendant un temps incroyablement long. En cinq minutes, elle épuisait le courage et provoquait une irritation dans tous les muscles de la jambe. Et pourtant, il me fallait me garder tout à proximité de l'âne et mesurer mon avance exactement sur la sienne. Si, en effet, je ralentissais de quelques mètres à l'arrière ou si je la devançais de quelques mètres, Modestine s'arrêtait aussitôt et se mettait à brouter. L'idée que ce manège pouvait durer ainsi jusqu'à Alais [1] me brisait quasiment le cœur. De tous les voyages imaginables, celui-ci promettait d'être fastidieux. Je m'efforçais de me répéter qu'il faisait une journée délicieuse. Je m'efforçais d'exorciser, en fumant, mes fâcheux présages. Mais la vision me restait sans cesse présente de longues, longues routes au sommet des monts ou au creux des vallées, où deux êtres se mouvaient d'une façon infinitésimale, pied à pied, un mètre à la minute et, comme les fantômes ensorcelés d'un cauchemar, sans se rapprocher jamais du terme.

Sur ces entrefaites, voici que monta derrière nous un gros paysan, âgé peut-être d'une quarantaine d'années, de mine ironique et bourrue et vêtu de la veste verdâtre de la contrée. Il nous surprit cheminant côte à côte et s'arrêta pour regarder notre pitoyable avance.

— Votre baudet, dit-il, est très vieux?

Je lui répondis que je ne le pensais pas.

— Alors, supposa-t-il, il vient de fort loin?

Je lui répondis que nous venions seulement de quitter le Monastier.

— *Et vous marchez comme ça* [2]*!* s'écria-t-il. Et rejetant la tête en arrière il partit d'un long et cordial éclat de rire. Je le regardai, déjà prêt à demi à me sentir offensé, tant qu'il eût satisfait à son hilarité. Et alors : « Vous n'avez pas à avoir aucune pitié pour ces animaux », fit-il. Et arrachant une verge à un buisson, il se mit à en fouetter Modestine sur l'arrière-train, en poussant un cri. La malheureuse redressa les oreilles et partit sans façons à une vive allure qu'elle garda sans ralentir, sans témoigner du moindre symptôme de détresse, aussi longtemps que le paysan resta près de nous. Son premier essoufflement et son tremblement n'avaient été, j'ai regret de le dire, que comédie.

Mon « deus ex machina », avant de me quitter me donna un excellent, quoique inhumain conseil. Il me le tendit, en même temps que la baguette qui, déclara-t-il, serait plus finement sentie que mon bâton. Finalement, il m'apprit le véritable cri ou le mot maçonnique des âniers : « Prout! » Tout le temps, il me regarda d'un air sardonique et comique, gênant à supporter, et il se moqua de ma manière de mener un baudet, comme j'aurais pu me moquer de son orthographe ou de sa veste verdâtre. Mais ce n'était pas mon tour pour l'instant.

J'étais fier de mon savoir neuf et pensais que j'avais appris à perfection l'art de conduire. Et, certes, Modestine accomplit des prodiges durant le reste de l'avant-midi et j'avais large espace où respirer et loisir de regarder. C'était dimanche. Les champs de la montagne étaient tous déserts dans la clarté du soleil et, tandis qu'au bas de la côte, nous traversions Saint-Martin-de-Fugères [3], l'église débordait de fidèles jusque sur le seuil. Il y avait des gens agenouillés au-dehors sur les marches et le bruit du plain-chant du prêtre m'arriva de l'intérieur obscur. Cela me donna aussitôt une impression de famille, car je suis, pour ainsi dire, un compatriote du dimanche et toutes les observances du dimanche, comme l'accent écossais, agitent en moi des sentiments complexes : reconnaissance et le contraire. Il n'y a qu'un voyageur, qui surgit là comme un évadé d'une autre planète, à pouvoir goûter exactement la paix et la beauté de la grande fête ascétique. La vue de la contrée au repos lui fait du bien à l'âme. Il y a quelque chose de meilleur que la musique dans le vaste silence insolite, et qui dispose à d'agréables pensées comme le bruit d'une mince rivière ou la chaleur du clair soleil.

Dans cet agréable état d'esprit, je descendis la colline, jusqu'à l'endroit où est situé Goudet [4], à la pointe verdoyante d'une vallée, en face du Château de Beaufort sur une butte rocheuse et du cours d'eau, limpide comme cristal, qui meurt dans un étang les séparant. D'au-dessus et d'en-dessous, on peut l'entendre qui sinue parmi les pierres, aimable jouvenceau de fleuve qu'il semble absurde d'appeler la Loire. De toutes parts, Goudet est encerclé par des montagnes; des sentes rocailleuses, praticables au mieux par des ânes, rattachent la localité au reste de la France. Et hommes et femmes y boivent et sacrent dans leur coin de verdure où, du seuil de leurs demeures, lèvent les yeux, l'hiver, vers les pics ceints de neiges, dans un isolement qu'on jurerait pareil à celui des Cyclopes homériques. Mais, il n'en est rien. Le facteur atteint Goudet avec son sac postal. La jeunesse ambitieuse de Goudet est à moins d'une demi-journée de marche du chemin de fer du Puy. Et là, à l'auberge, vous pouvez trouver le portrait gravé du neveu de l'hôtelier : Regis Senac, « professeur d'escrime et champion des deux Amériques », une distinction qu'il a conquise, là-bas, avec la somme de cinq cents dollars, au *Tammany Hall*, New-York, le 10 avril 1876.

Je dépêchai mon repas de midi et bientôt en avant de nouveau ! Hélas ! tandis que nous grimpions l'interminable colline sur l'autre versant : « prout » semblait avoir perdu sa vertu. Je « proutais » comme un lion, je « proutais » doucereusement comme un pigeon qui roucoule, mais Modestine n'était ni attendrie ni intimidée. Elle s'en tenait, opiniâtre, à son allure. Rien, sinon un coup ne l'aurait fait bouger et encore pour une seconde. Je devais la talonner en lui cinglant les côtes, sans cesse. Un arrêt d'un moment dans cette ignoble besogne et elle récidivait à son allure particulière. Je crois que je n'ai jamais entendu parler de personne en aussi abjecte situation. Je voulais atteindre le lac du Bouchet, où j'avais l'intention de camper, avant le coucher du soleil, et, pour n'en conserver que l'espoir, il me fallait immédiatement maltraiter cet animal résigné. Le bruit des coups que je lui administrais m'écœurait. Une fois, tandis que je la regardais, elle me parut ressembler vaguement à une dame de ma connaissance qui m'avait autrefois accablé de ses bontés. Et cela ajouta au dégoût de ma cruauté.

Pour comble de malchance, nous rencontrâmes un

autre baudet, vagabondant à son gré sur le bord de la route. Or, cet autre baudet se trouvait par hasard un Monsieur. Lui et Modestine se rencontrèrent en manifestant leur plaisir et je dus séparer leur couple et rabattre leur jeune ardeur par une nouvelle et fiévreuse bastonnade. Si l'autre bourriquet avait eu sous la peau un cœur de mâle, il serait tombé sur moi à coup de dents et de sabots et c'eût été du moins une sorte de consolation, — il était tout à fait indigne de la tendresse de Modestine. Mais cet incident m'attrista comme tout ce qui me rappelait le sexe de mon âne.

Il faisait une chaleur d'étuve en remontant la vallée, sans un souffle de vent, un soleil ardent sur mes épaules et il me fallait jouer si constamment du bâton que la sueur coulait dans mes yeux. Toutes les cinq minutes, aussi, le paquetage, le panier, le paletot marin inclinaient fâcheusement, d'un côté ou de l'autre et j'étais contraint d'arrêter Modestine, à l'instant précis où j'avais obtenu d'elle une cadence acceptable de deux mille à l'heure, pour tirailler, pousser, épauler ou réajuster le chargement. Et, à la fin, dans le village d'Ussel [5], le bât et le fourniment au complet, firent un tour de conversion et se vautrèrent dans la poussière, sous le ventre de l'ânesse. Elle, au comble de la joie, aussitôt se redressa et parut sourire et un groupe d'un homme, de deux femmes et deux enfants survint et, debout autour de moi, en demicercle, l'encouragèrent par leur exemple.

J'avais un mal du diable à remettre l'attirail en place et à la minute où j'y avais réussi sans hésiter, il dégringolait et retombait de l'autre côté. On juge si j'étais furieux ! Pourtant nulle main ne s'offrait pour me prêter assistance. L'homme à dire vrai, observa que je devrais avoir un paquetage d'autre forme. Je lui conseillai, s'il ne connaissait rien de mieux sur la question dans mon état, de tenir au moins sa langue. Et le drôle au bon naturel en convint en me souriant. J'étais dans la plus pitoyable situation. Il fallut tout simplement me contenter du paquetage pour Modestine et assumer les autres articles, comme ma part de portage : un bâton, une bouteille de deux pintes, une vareuse de pilote aux poches lourdement chargées, deux livres de pain bis, un panier sans couvercle empli de viandes et de récipients. Je crois que je peux dire que je ne suis point dépourvu de grandeur d'âme, car je ne reculai pas devant cet infâmant fardeau. Je le disposai, Dieu sait comme, de façon à le rendre à moitié portatif, et je me mis à diriger Modestine à travers le village. Elle tentait, selon son invariable habitude, en effet, de pénétrer dans toute maison ou courette, tout le long du chemin. Et, encombré comme je l'étais, sans nulle main pour m'aider, aucune phrase ne saurait donner une idée de mes difficultés. Un ecclésiastique et six ou sept autres examinaient une église en voie de réparation et ses acolytes et lui se mirent à rire à gorge déployée dès qu'ils me virent en cet état. Je me souvins d'avoir ri moi-même lorsque j'avais vu de braves gens en lutte avec l'adversité sous les espèces d'un bourriquet et ce souvenir me remplit de remords. C'était dans mes jours insoucieux d'autrefois, avant que m'advint cet ennui-ci. Dieu sait du moins que je n'en ai jamais plus ri depuis, pensais-je. Oh! quelle cruauté pourtant dans pareille exhibition pour ceux qui s'y trouvent engagés!

A peine hors du village, Modestine, possédée du démon, jeta son dévolu sur un chemin de traverse et refusa positivement de le quitter. Je laissai choir tous mes ballots et, j'ai honte de l'avouer, cognai par deux fois la coupable, en pleine figure. C'était pitoyable de la voir lever la tête, les yeux clos comme si elle attendait une autre correction. Je me rapprochai en hurlant, mais j'agis plus sagement que cela et je m'assis carrément sur le bord de la route, afin d'envisager ma situation sous l'influence lénifiante du tabac et d'une goutte de brandy. Modestine, pendant ce temps-là, croquait quelques morceaux de pain bis d'un air d'hypocrite contrition. Il était clair que je devais offrir un sacrifice aux dieux du naufrage. Je jetai au loin la boîte vide destinée à contenir du lait; je jetai au loin mon pain blanc et, dédaignant de supporter une perte générale, je gardai le pain noir pour Modestine. Enfin je lançai au loin le gigot froid de mouton et le fouet à œufs, bien que ce dernier me fut cher. Ainsi trouvai-je place pour chaque chose dans le panier et même je fourrai sur le haut ma vareuse de batelier. Ce panier, au moyen d'un bout de ficelle, je le suspendis en bandoulière et, bien que la corde me sciât l'épaule, et que le surtout pendit presque à ras du sol, c'est d'un cœur plus allègre que je repris ma route.

J'avais désormais un bras libre pour rosser Modestine et je la châtiai sans ménagement. Si je voulais atteindre le bord du lac avant l'obscurité, elle devait mettre ses jambes grèles à vive cadence. Déjà le soleil avait sombré dans un brouillard précurseur du vent et, quoiqu'il demeurât quelques traînées d'or au loin vers l'est, sur les monts et les obscurs bois de sapins, l'atmosphère entière était grise et froide autour de notre sente à l'horizon. Une multitude de chemins de traverse campagnards conduisaient ici et là parmi les champs. C'était un labyrinthe sans la moindre issue. Je pouvais apercevoir ma destination en levant la tête ou plutôt le pic qui dominait mon but. Quant à choisir, comme je m'en flattai, les routes finissaient toujours par s'éloigner de ce but, par sinuer en arrière vers la vallée ou par ramper au nord à la base des montagnes. Le jour déclinant, la couleur se dégradant, la région rocailleuse, sans intimité et nue que je traversais, me jetèrent dans une sorte de découragement. Je vous prie de le croire, le gourdin ne demeurait point inactif. J'estime que chaque pas convenable que faisait Modestine doit m'avoir coûté au moins deux coups bien appliqués. On n'entendait d'autre bruit dans les alentours que celui de ma bastonnade infatigable.

Tout à coup, au fort de mes épreuves, le chargement, une fois de plus, mordit la poussière et, comme par enchantement, toutes les cordes se rompirent avec ensemble et la route fut jonchée de mes précieux trésors. Le paquetage était à refaire depuis le début et, comme il s'agissait pour moi d'inventer un nouveau et meilleur système, je suis persuadé d'y avoir perdu une demi-heure. Il commençait à faire sérieusement noir, lorsque j'atteignis un désert d'herbage et de pierrailles. Ça avait l'air de ressembler à une route qui aurait conduit partout à la fois. Je me sentais tomber dans un état voisin du désespoir, lorsque j'aperçus deux êtres qui avançaient dans ma direction au milieu des galets. Ils marchaient l'un derrière l'autre comme des mendiants, mais leur allure était extraordinaire. Le fils était en tête : un type de haute taille, mal bâti, l'air sombre, pareil à un Écossais. La mère suivait, toute dans ses atours du dimanche, avec à son bonnet une guimpe élégamment brodée, et, perché là-dessus, un chapeau de feutre neuf. Elle proférait, tandis qu'elle exagérait ses enjambées, cotillons retroussés, une kyrielle de jurons obscènes et blasphématoires.

J'interpellai le fils et lui demandai de me mettre

dans la bonne voie. Il m'indiqua vaguement l'ouest et le nord-ouest, marmonna une explication inintelligible et, sans ralentir un instant son allure, poursuivit sa route, cependant qu'il coupait directement ma sente en arrivant. La mère suivit sans même lever la tête. Je les appelai et les appelai encore, mais ils continuèrent à escalader le flanc du coteau et firent la sourde oreille à mes clameurs de détresse. A la fin, abandonnant Modestine à elle-même, je fus contraint de leur courir après, tout en les hélant pendant ce temps. Ils s'arrêtèrent, tandis que je m'approchais, la mère sacrant toujours et je pus voir que c'était une femme à l'air respectable de matrone, pas laide du tout. Le fils, une fois de plus, me répondit d'une façon bourrue et inintelligible et se disposa à repartir. Mais alors, je saisis au collet la mère qui était la plus rapprochée de moi et m'excusant de cette violence, je déclarai que je n'en démordrai point, tant qu'ils ne m'eussent indiqué la bonne route. Ils ne furent ni l'un ni l'autre offensés, plutôt radoucis qu'autrement et me dirent que je n'avais qu'à les suivre. Et puis la mère me demanda qu'est-ce que je pouvais bien avoir à faire à pareille heure près du lac. Je lui répondis, à la façon écossaise, en m'informant si elle-même allait loin. Elle me dit, après un nouveau juron, qu'elle en avait pour une heure et demie de route devant elle. Et puis, sans autre au revoir, le couple continua de grimper au flanc de la montagne dans l'obscurité croissante.

Je retournai chercher Modestine, la fis démarrer bon train en avant et, après une pénible ascension de vingt minutes, j'atteignis le bord d'un plateau. Le spectacle, en considérant mon trajet de ce jour, était ensemble sauvage et attristant. Le mont Mézenc et les pics derrière Saint-Julien se détachaient en masses coupantes sur une lumière froide à l'est, et le banc intermédiaire de coteaux avait sombré entier dans un vaste marécage d'ombre, sauf, çà et là, le tracé en noir d'un pain de sucre boisé et, çà et là, un emplacement blanchâtre irrégulier qui représentait une ferme et ses cultures et, çà et là, un creux obscur à l'endroit où la Loire, la Gazeille ou la Laussonne erraient dans une gorge.

Bientôt nous fûmes sur une grand'route et troublante fut ma surprise d'apercevoir un village de quelque importance tout proche. Car, on m'avait raconté que le voisinage du lac n'avait d'autres habitants que des truites. La route poudroyait dans le crépuscule d'enfants rentrant au logis du bétail ramené des champs. Et un couple de femmes installées à califourchon sur leur cheval, chapeau, coiffe et tout, me dépassa à un trot martelé. Elles revenaient du canton où elles avaient été à l'église et au marché. Je demandai à l'un des gamins où je me trouvais. Au Bouchet-Saint-Nicolas [6] me dit-il. Là, à un mille environ au sud de ma destination et sur l'autre versant d'un respectable sommet m'avaient conduit ces routes inextricables et la paysannerie trompeuse. Mon épaule était entamée et me faisait beaucoup souffrir, mon bras me lancinait comme une rage de dents, d'un continuel battement. J'envoyai à tous les diables le lac et mon intention d'y camper et m'enquis d'une auberge.

NOTES

1. Aujourd'hui Alès. Sous-préfecture du Gard située au pied des Cévennes, à 682 km de Paris, sur la ligne de chemin de fer Paris — Clermont-Ferrand — Nîmes. 44 607 habitants; altitude : 136 m.

2. Toutes les phrases en italique sont en français dans le texte anglais.

3. A 11 km du Monastier, à 25 km du Puy. 1 003 habitants.

4. A 27 km au S.-E. du Puy. 92 habitants. Altitude : 770 m.

5. Fait aujourd'hui partie de la commune de Costaros. 520 habitants. Altitude : 1 074 m.

6. 427 habitants. Altitude : 1 228 mètres. L'escalade continue.

III

J'AI UN AIGUILLON

L'auberge du Bouchet-Saint-Nicolas était des moins prétentieuses que j'aie jamais visitées, mais j'en vis beaucoup plus de ce genre durant mon voyage. Elle était, en effet, typique de ces montagnes françaises. Qu'on imagine une maison campagnarde à deux étages avec un banc devant la porte, la cuisine et l'étable contiguës, de sorte que Modestine et moi pouvions nous entendre dîner réciproquement. Ameublement des plus sommaires, sol de terre battue, un dortoir unique pour les voyageurs et sans autre commodité que des lits. Dans la cuisine, cuisson et manger vont de pair et la famille y dort la nuit. Quiconque a la fantaisie de faire sa toilette doit y procéder en public à la table commune. La nourriture est parfois frugale : du poisson sec et une omelette ont constitué en plus d'un cas mon menu. Le vin y est des plus médiocres, l'eau-de-vie abominable. Et la visite d'une énorme truie grognant sous la table et se frottant à vos jambes, n'est pas un impossible accompagnement du repas.

Mais les gens de l'auberge, neuf fois sur dix, se montrent cordiaux et empressés. Aussitôt que vous avez passé le seuil, vous cessez d'être un étranger et, quoique ces paysans soient rudes et peu expansifs sur la grand'route, ils témoignent d'une notion de gentil savoir-vivre, dès que vous partagez leur foyer. Au Bouchet, par exemple, j'ai débouché ma bouteille de Beaujolais et j'ai invité l'hôte à se joindre à moi. Il n'en voulut prendre qu'un rien.

— Je suis amateur de vin comme ça, voyez-vous, dit-il et je suis capable de ne point vous en laisser à suffisance.

Dans ces auberges de peu, le voyageur s'attend à manger à la pointe de son couteau. A moins qu'il n'en réclame un, nul autre ne lui sera fourni. Avec un verre, un chanteau de pain, une fourchette de fer, la table est complètement dressée. Mon couteau fut copieusement admiré par le propriétaire du Bouchet et le ressort le remplit d'étonnement.

— Je n'en ai jamais vu de semblable, fit-il. Je parierais, ajouta-t-il, en le soupesant dans sa paume, qu'il ne coûte pas moins de cinq francs.

Quand je lui eus assuré qu'il en avait coûté vingt, il esquissa une moue.

C'était un doux vieillard, gentil, sensible, aimable, étonnamment ignorant. Sa femme, qui n'était pas de manières si plaisantes, savait lire, encore que je ne suppose pas qu'elle le fit jamais. Elle témoignait d'une certaine intelligence et parlait d'un ton tranchant comme quelqu'un qui porte les culottes.

— Mon homme ne connaît rien, dit-elle, avec un mouvement de tête agacé. Il est comme les bêtes!

Et le vieux Monsieur donna acquiescement du bonnet. Il n'y avait point mépris de la part de l'épouse, ni honte chez le mari. Les faits étaient admis loyalement et ne tiraient pas autrement à conséquence.

Je fus minutieusement contre-questionné au sujet de mon voyage et la dame comprit en un instant. Elle esquissa ce que j'écrirai dans mon livre à mon retour : « Si les gens moissonnent ou non en tel ou tel endroit; s'il y a des forêts; des traits de mœurs, ce que par exemple, moi-même et le maître de la maison nous vous disons; les beautés de la nature et tout ça. » Et elle m'interrogea du regard.

— C'est précisément ça, répondis-je.

— Vous voyez, ajouta-t-elle pour son mari, j'ai compris.

Ils furent tous deux fort intrigués par l'histoire de mes mésaventures.

— Au matin, m'annonça le mari, je vous fabriquerai quelque chose de meilleur que votre bâton. Des bêtes comme ça, ça ne sent rien; le proverbe le dit : *dur comme un âne*. Vous pourriez assommer votre baudet avec un gourdin et pourtant n'en point venir à bout.

Quelque chose de meilleur! J'ignorais ce qu'il m'offrait.

Le dortoir était meublé de deux lits. J'en obtins un et je dois convenir que je fus un peu ahuri de trouver un jeune homme et sa femme et leur gosse en train de monter dans l'autre. C'était ma première expérience de l'espèce et si je suis toujours d'un sentimentalisme également innocent et distrait, je prie Dieu que ce soit d'ailleurs la dernière. J'ai gardé mes yeux pour moi et n'ai rien su de la jeune femme, sinon qu'elle avait de beaux bras et ne semblait pas embarrassée le moins du monde par ma présence.

En vérité, la situation était plus ennuyeuse pour moi que pour le couple. A deux, on peut conserver une mutuelle contenance, c'est au gentleman seul à rougir. Mais rien ne servait d'attribuer mes sentiments au mari et je pensai me concilier sa tolérance par un verre de brandy de mon flacon. Il me dit être un tonnelier d'Alais allant chercher du travail à Saint-Étienne et qui, à la morte-saison, cédait au fatal appel de marchand d'allumettes. Quant à moi, il avait vite deviné que j'étais un commis-voyageur en spiritueux.

J'étais debout à l'aube (lundi, 23 septembre) et dépêchai ma toilette d'une manière honteuse, afin de laisser champ libre à Madame la femme du tonnelier. J'avalai un bol de lait et sortis explorer les environs du Bouchet. Il faisait un froid mortel, un matin gris, venteux, hivernal. Des nuées de brouillard filaient rapides et basses, le vent cornait sur le plateau dénudé et l'unique tache de couleur c'était, là-bas, derrière le mont Mézenc et les montagnes à l'est, un endroit où le ciel gardait encore l'orangé de l'aurore.

Il était cinq heures du matin à quatre mille pieds au-dessus du niveau des eaux de la mer; il me fallut enfoncer les mains dans les poches et trotter. Des gens se groupaient au-dehors pour les labours de la campagne, par deux et par trois et tous se retournaient pour regarder l'étranger. Je les avais vu revenir le soir précédent, je les voyais repartir à leurs champs. Et c'était en résumé la vie entière du Bouchet.

Quand je fus de retour à l'auberge pour un déjeuner sommaire, la tenancière, dans la cuisine, peignait les cheveux de sa fille. Je lui fis mes compliments sur leur beauté.

— Oh! non, fit la mère, ils ne sont pas aussi beaux qu'ils devraient être. Regardez, ils sont trop minces!

Ainsi la sagesse paysanne se console des circonstances physiques qui lui sont contraires et, par un étonnant processus démocratique, les insuffisances de l'ensemble décident du type de beauté.

— Et où, dis-je, est monsieur?

— Le patron est au grenier, répondit-elle. Il vous fabrique un aiguillon.

Béni soit l'homme qui inventa les aiguillons! Béni soit l'aubergiste du Bouchet-Saint-Nicolas qui m'en montra le maniement! Cette simple gaule, pointue d'un huitième de pouce, était en vérité un sceptre, lorsqu'il me la remit entre les mains. A partir de ce moment-là, Modestine devint mon esclave. Une piqûre et elle passait outre aux seuils d'étable les plus engageants. Une piqûre et elle partait d'un joli petit trottinement qui dévorait les kilomètres. Ce n'était point, à tout prendre, une vitesse remarquable et il nous fallait quatre heures pour couvrir dix milles au mieux. Mais quel changement angélique depuis la veille! Plus de manipulation du brutal gourdin! Plus de fouettage d'un bras endolori! Plus d'exercice de lutte, mais une escrime discrète et aristocratique! Et qu'importait, si de temps à autre, une goutte de sang apparaissait, telle une cale, sur la croupe couleur de souris de Modestine? J'eusse préféré autrement, certes, mais les exploits d'hier avaient purgé mon cœur de toute humanité. Le petit démon pervers, qu'on n'avait pu mater par la bonté, devait obéir quand même à la piqûre.

Il faisait un froid amer et glacial et, à part une cavalcade de dames à califourchon et un couple de facteurs ruraux, la route fut d'une solitude mortelle sur tout le parcours jusqu'à Pradelles. Je ne me souviens à peine que d'un incident. Un fringant poulain, portant une clochette au poitrail, s'élança vers nous d'une ruée à fond de train, à travers toute l'étendue des prés, comme un être sur le point d'accomplir de grands exploits, puis, soudain, changeant d'idée dans son jeune cœur de recrue, vira de bord et s'éloigna au galop ainsi qu'il était venu, sa clochette tintinnabulant dans le vent. Pendant longtemps ensuite, je vis sa noble attitude, tandis qu'il s'était arrêté et j'entendis le son du grelot. Lorsque j'eus atteint la grand'route, la chanson des fils télégraphiques semblait continuer la même musique.

Pradelles est situé au flanc d'un coteau dominant l'Allier, entouré d'opulentes prairies. On fauchait le regain de toutes parts, ce qui conférait au voisinage, ce matin d'automne orageux, une odeur insolite de fenaison. Sur la rive opposée de l'Allier, le site continuant de s'élever pendant des milles à l'horizon, un paysage d'arrière-saison halé et jauni, marqué des taches noires des bois de pins et des routes blanches sinuant parmi les monts au-dessus de l'ensemble, les nuages épandaient une ombre uniformément purpurine, triste et en quelque sorte menaçante, exagérant hauteurs et distances et donnant plus de relief encore aux sinuosités de la grand'route. La perspective était assez désolée mais stimulante pour un touriste. Car, je me trouvais maintenant à la lisière du Velay et tout ce que j'apercevais était situé dans une autre région — le Gévaudan sauvage, montagneux, inculte, de fraîche date déboisé par crainte des loups.

Les loups, hélas! comme les bandits, semblent reculer devant la marche des voyageurs. On peut trôler à travers toute notre confortable Europe et n'y point connaître une aventure digne de ce nom. Mais ici, y fut-on jamais ailleurs, on se trouvait sur les frontières de l'espoir. C'était, en effet, le pays de la toujours mémorable Bête, le Napoléon Bonaparte des loups. Quelle destinée que la sienne! Elle vécut dix mois à quartiers libres dans le Gévaudan et le Vivarais, dévorant femmes et enfants « et bergerettes célèbres pour leur beauté ». Elle poursuivit des cavaliers en armes. On la vit, en plein midi, chassant une chaise de poste et un piqueur au long du pavé du Roy, et chaise et piqueur fuyaient devant elle au grand galop. Elle tint l'affiche comme un malfaiteur public et sa tête fut mise à prix dix mille francs. Et pourtant, lorsqu'elle fut tuée et expédiée à Versailles, hé bien! ce n'était qu'un loup banal et pas des plus gros, « quoique je puisse aller de pôle en pôle », chantait Alexandre Pope [1]. Le petit caporal ébranla l'Europe; si tous les loups avaient ressemblé à ce loup-ci, ils eussent changé l'histoire de l'humanité. Elie Berthet a fait de lui le héros d'un roman que j'ai lu et que je n'ai nullement envie de relire [2].

Je dépêchai mon goûter et résistai au désir de l'aubergiste qui m'incitait vivement à visiter Notre-Dame de Pradelles [3] « qui accomplissait beaucoup de miracles, bien qu'elle fût en bois » et, moins de trois quarts d'heure après, j'aiguillonnais Modestine en bas de la descente escarpée qui mène à Langogne-sur-Allier [4]. Des deux côtés de la route, dans de vastes champs poussiéreux, des fermiers s'activaient en vue du prochain printemps. Tous les cinquante mètres, un attelage de bœufs lourds, aux fanons pendants, tirait patiemment une charrue. Je vis un de ces puissants et placides serviteurs de la glèbe prendre un subit intérêt à Modestine et à moi-même. Le sillon qu'il creusait menait à un angle de la route. Sa tête était solidement attachée au joug comme celle des cariatides sous une pesante corniche, mais il riva sur nous ses grands yeux honnêtes et nous accompagna d'un regard pensif jusqu'au moment où son maître le contraignit à retourner la charrue et commença de remonter le champ. De tous ces socs de charrue qui ouvraient le sol, des pas de bovins, de tout laboureur qui, ici ou là, brisait à la houe les mottes de terre desséchées, le vent portait au loin une poussière légère comparable à une épaisse fumée. C'était un tableau rural vivant, affairé, délicat et, tandis que je continuais à descendre, les hautes terres du Gévaudan ne cessaient de monter devant moi dans le ciel.

J'avais traversé la Loire le jour précédent, maintenant j'allais traverser l'Allier, tellement sont rapprochés les deux confluents près de leur source. Juste au pont de Langogne, alors que la pluie longtemps promise se mettait à tomber, une jeune fille d'entre sept ou huit, me posa la question rituelle : « *D'où est-ce que vous v'nez?* » Elle le fit d'un air si hautain que je partis de rire aux éclats, ce qui la piqua au vif. C'était évidemment une personne qui escomptait du respect et elle demeura figée à me regarder dans une colère silencieuse, tandis que je traversais le pont et pénétrais dans le Comté du Gévaudan.

NOTES

1. A. Pope (1688-1744), poète classique et philosophe anglais, auteur de *Essai sur l'Homme* (1733); et de froides pastorales montrant qu'il n'a jamais compris la nature, d'épitres et de satires humoristiques, ainsi que de nombreuses traductions du latin et du grec. Fut un grand ami de Swift, l'auteur des *Voyages de Gulliver*.

2. Elie Berthet (1818-1891), né à Limoges, mort à Paris, romancier d'une surprenante fécondité, sans style, mais pathétique et moral. Il débuta en littérature vers 1846 par *Les Braconniers*. *La*

Bête de Gévaudan, son ouvrage le plus connu, parut en 1858, à Paris, en cinq volumes.

3. Pradelles, à 34 km au sud du Puy. 609 habitants. Altitude : 1 157 m.

4. Chef-lieu de canton, en Lozère. 4 767 habitants. Altitude : 913 m.

LE HAUT GÉVAUDAN

Le chemin était fort fatigant parmi la poussière et les éclats de pierres; il n'y avait pas dans toute la contrée une seule auberge ni une boutique de victuailles où se restaurer un peu.

Voyage du Pèlerin.

I

CAMPEMENT DANS L'OBSCURITÉ

Le jour suivant (mardi 24 septembre) il était deux heures de l'après-midi, avant que j'eusse terminé mon journal et rafistolé ma musette, car j'étais résolu à porter désormais mon havresac, et à ne plus m'encombrer de paniers. Une demi-heure plus tard, je partais pour le Cheylard-l'Évêque [1], localité sise à l'orée de la forêt de Mercoisre. On peut, m'avait-on dit, y parvenir en une heure et demie et j'estimais à peine présompteux de supposer qu'un homme embarrassé d'un bourriquet pouvait couvrir le même trajet en quatre heures.

Durant tout le chemin sur la longue montée depuis Langogne, il plut et grêla alternativement. Le vent continua de fraîchir ferme, quoique peu à peu. Des nuages qui se bousculaient en abondance — certains remorquant des rideaux d'ondées à fil droit, d'autres tassés et lumineux qui semblaient annoncer de la neige — accoururent du nord et me suivirent le long de la route. Je fus bientôt hors du bassin cultivé de l'Allier et loin des bœufs au labour, et des aspects de même ordre de la région. Des landes, des fonds vaseux à bruyères, des étendues de roches et de sapins, des bois de bouleaux nuancés par l'or de l'automne, çà et là, quelques minables chaumières et des champs mornes, telles étaient les caractéristiques du pays. Coteau et vallée suivaient vallée et coteau. De petits sentiers de chèvre, herbus et pierreux, sinuaient et s'entremêlaient, se divisaient en trois ou quatre, mouraient au lointain de creuses marécageuses et recommençaient d'essaimer, sporadiques, aux flancs des collines ou aux lisières d'un bois.

Il n'y avait pas de route directe jusqu'à Cheylard et ce n'est pas mince affaire de s'ouvrir un passage dans cette contrée rocailleuse à travers ce dédale intermittent de pistes. Il pouvait être quatre heures environ, lorsque j'atteignis Sognerousse et poursuivis mon chemin, tout heureux d'un point de départ certain. Deux heures plus tard, au soir tombant rapidement, dans une accalmie du vent, je débouchai d'un bois de sapins où j'avais longtemps erré pour trouver, non point le village que je cherchais, mais une autre creuse marécageuse entre des hauteurs escarpées et glissantes. Pendant quelque temps, tout à l'heure, j'avais entendu devant moi tinter les clochettes d'un troupeau et, maintenant, tandis que je sortais des lisières du bois j'aperçus à proximité une douzaine de vaches et peut-être encore plus d'êtres noirs que je présumais être des enfants, quoique le brouillard eût exagéré leurs silhouettes au point de les rendre presque méconnaissables. Tous se suivaient les uns les autres en silence, tournaient en rond, tantôt se tenant les mains, tantôt brisant la chaîne et cessant les révérences. Une danse enfantine incite à des pensées fort plaisantes et pures. Toutefois, à la nuit tombante sur les marais, c'était un spectacle étrange et fantastique. Même moi, qui suis un lecteur assidu d'Herbert Spencer [2], je sentis comme un silence s'appesantir un moment sur mon âme. Aussitôt, j'accélérai de l'aiguillon la marche de Modestine et la guidai au large, comme un bateau sans gouvernail. Dans une sente, elle avançait résolue de son plein gré, poussée, eût-on dit, par un vent favorable, mais une fois sur l'herbe et parmi la bruyère, voilà la bête devenue folle. La tendance des voyageurs égarés à tourner tout rond, dans un cercle, s'était développée en elle jusqu'à la rendre démente. Elle requit toute la capacité de gouverne que je conservais en moi pour la diriger à peu près en ligne droite dans un simple champ.

Tandis que je louvoyais ainsi désespérément à travers la tourbière, enfants et bétail avaient commencé à s'égailler, si bien qu'il ne restait plus qu'un couple de fillettes en arrière. D'elles je tentai de connaître la direction de ma route. Le paysan, en général, est peu disposé à renseigner un chemineau. Un vieux diable se retira tout bonnement dans sa demeure dont il barricada la porte à mon approche et j'eus beau frapper et appeler jusqu'à l'enrouement, il fit celui qui n'entend pas. Un autre m'ayant donné une indication que par la suite je reconnus inexacte, me regarda complaisamment m'engager dans la mauvaise direction, sans esquisser un geste. Il se souciait comme d'une guigne, si j'errais, la nuit entière, par les montagnes. Quant à ces deux jeunes filles, c'était une paire de péronnelles effrontées et sournoises, qui ne pensaient qu'à mal. L'une tira la langue devant moi, l'autre me dit de suivre les vaches et toutes deux se mirent à rire tout bas et à se pousser du coude. La Bête du Gévaudan a dévoré environ une centaine d'enfants de ce canton. Elle commençait à me devenir sympathique.

Laissant les fillettes, je poursuivis à travers la tourbière et parvins à un autre bois et à une route bien tracée. Il faisait de plus en plus sombre. Modestine soudain commençant à flairer quelque malice, pressa le pas d'elle-même et, dès ce moment, ne me causa plus aucun ennui. C'est le premier signe d'intelligence que j'eus l'occasion de remarquer chez elle. Au même moment le vent s'agita presque en tempête et une autre averse de pluie s'abattit accourant du nord. De l'autre côté du bois, j'aperçus dans les ténèbres quelques fenêtres rougeoyantes. C'était le hameau de Fouzilhic, trois maisons à flanc de coteau, près d'un bois de bouleaux. Là, je trouvai un charmant vieillard qui m'accompagna un bout de chemin sous la pluie, afin de me mettre en bonne voie sur la route de Cheylard. Il ne prétendit pas entendre parler de récompense, mais il agita les mains au-dessus de sa tête en geste de dénégation et, avec une volubilité criarde dans un *patois* immodéré, il refusa.

Tout semblait bien enfin. Mes pensées commençaient à s'aiguiller vers le dîner et un coin du feu et mon cœur se calmait agréablement dans ma poitrine. Et j'étais, hélas! à deux doigts de nouvelles et plus grandes misères. Brusquement, d'un seul coup, la nuit survint. Je m'étais trouvé, à l'étranger, dans maintes nuits obscures, mais jamais dans une nuit plus obscure. Une lueur de roche, une lueur de sentier aux endroits où il était bien frayé, une vague densité floconneuse ou nuit dans la nuit, produite par un arbre — voilà tout ce que je pouvais discerner. Le ciel au-dessus de ma tête n'était que ténèbres, même les nuages continuaient leur course, invisibles à l'œil humain. Je ne pouvais distinguer ma main, à longueur de bras, du chemin, ni mon aiguillon, à même distance, des prairies ou du ciel.

Bientôt la route que je suivais se divisa, à la façon campagnarde, en trois ou quatre tronçons dans une étendue de pré rocailleux. Depuis que Modestine avait montré un tel caprice pour les chemins battus, j'essayais d'orienter son instinct dans cet ordre d'idée. Mais l'instinct d'un âne est ce qu'on peut attendre de son nom. En trente secondes, elle grimpait en tournant et tournant autour de quelques roches rondes, comme tel bourriquet perdu qu'il vous eut souhaité voir. J'eusse campé depuis longtemps si j'avais été convenablement pourvu; comme il s'agissait d'une fort courte étape, je n'avais emporté ni vin ni pain pour moi et un peu plus d'une livre pour ma pauvre amie. Que l'on ajoute à cela que Modestine et moi étions généreusement trempés par les ondées. Maintenant, si j'avais trouvé de l'eau j'eusse campé aussitôt malgré tout. L'eau pourtant faisant totalement défaut, sinon sous les espèces de la pluie, je résolus de retourner à Fouzilhic et d'y quérir un guide me conduisant plus avant sur ma route — « un peu plus loin, prête-moi la main qui me dirige [3] ».

Chose facile à décider, difficile à réaliser. Dans ces ténèbres mugissantes, et denses, je n'étais plus certain de rien, sinon de la direction du vent. Je lui fis face. La route a disparu et j'avance à travers le pays tantôt arrêté par des marécages, tantôt par des murailles inaccessibles à Modestine, jusqu'à ce que je revienne de nouveau devant quelques fenêtres rougeoyantes. Elles étaient, cette fois, différemment orientées. Ce n'était plus Fouzilhic, mais Fouzilhac, un hameau peu distant de l'autre dans l'espace, mais à des mondes plus loin quant à l'esprit de ses habitants. J'attachai Modestine à une grille et marchai à tâtons, trébuchant parmi les cailloux, plongeant à mi-jambes dans des fondrières jusqu'au moment d'atteindre l'entrée du village. Dans la première maison éclairée habitait une femme qui ne voulut pas ouvrir. Elle ne pouvait rien faire, me cria-t-elle à travers la porte, étant seule et infirme, mais si je voulais m'adresser à la maison voisine il y avait là un homme qui pourrait m'aider s'il avait du cœur.

Virent en force à la porte voisine un homme, deux femmes et une jeune fille, porteurs d'une paire de lanternes pour examiner le trimardeur. L'homme n'avait pas mauvaise mine mais un sourire fuyant. Il s'adossa contre le chambranle de la porte et m'écouta expliquer mon cas. Tout ce que je réclamais c'était un guide pour me conduire à Cheylard.

— *C'est que, voyez-vous, il fait noir,* dit-il.

Je répondis que c'était précisément pourquoi je réclamais assistance.

— Je comprends ça, fit-il, semblant mal à l'aise, *mais, c'est de la peine.*

Je voulais bien payer, fis-je. Il secoua la tête. J'offris jusqu'à dix francs, mais il continua de secouer la tête.

— Faites votre prix, alors, dis-je.

— *Ce n'est pas ça,* avoua-t-il enfin et comme à regret. Mais je ne franchirai pas le seuil — *je ne passerai pas la porte.*

Je m'échauffai un peu et lui demandai ce qu'il me proposait de faire.

— Où allez-vous après Cheylard? interrogea-t-il en manière de réponse.

— Cela ne vous regarde pas, répliquai-je, car je n'entendais point satisfaire à sa curiosité de brute : « Ça ne change rien à ma situation présente. »

— *C'est vrai ça,* convint-il en riant. *Oui, c'est vrai! Et d'où venez-vous?*

Meilleur que moi se serait senti offensé.

— Ah! dis-je, je ne vais répondre à aucune de vos questions. Aussi pouvez-vous vous épargner l'ennui de me les poser. Je suis déjà assez en retard. Je désire assistance. Si vous ne voulez pas me conduire vous-même, aidez-moi du moins à trouver quelqu'un d'autre qui y consente.

— Voyons donc! s'écria-t-il soudain, n'est-ce point vous qui avez traversé la prairie, alors qu'il faisait encore jour?

— Oui, oui! fit la jeune fille que je n'avais pas jusqu'alors reconnue. C'était Monsieur. Je lui ai dit de suivre le troupeau.

— Quant à vous, Mademoiselle, fis-je, vous êtes une *farceuse*.

— Et, ajouta l'homme, que diable avez-vous fait pour être encore ici?

Que diable, en effet! Mais j'étais là.

— L'important, dis-je, est d'en finir. Et une fois de plus, je proposai qu'il m'aidât à trouver un guide.

— *C'est que,* reprit-il de nouveau, *c'est que... il fait noir.*

— Fort bien, dis-je. Prenez une de vos lanternes.

— Non, s'écria-t-il, hésitant à découvrir sa pensée et une fois de plus s'abritant derrière une de ses dernières phrases : je ne franchirai pas le seuil.

Je le regardai. Je lus sur son visage une réelle frayeur qui luttait avec une honte réelle. Il souriait piteusement et mouillait ses lèvres avec la langue, comme un écolier pris en faute. Je retraçai un tableau sommaire de ma situation et m'enquis de ce que j'allais faire.

— Je ne sais pas, dit-il. Je ne passerai pas le seuil.

Voilà la Bête du Gévaudan, pas d'erreur!

— Monsieur, dis-je de mon ton le plus cassant, vous êtes un pleutre!

Là-dessus, je tournai le dos au groupe familial qui se hâta de se retirer à l'intérieur de ses fortifications.

Et la fameuse porte se referma,pas assez vite pourtant pour que je n'entendisse point un éclat de rire. *Filia barbara, pater barbarior* [4]. Mettons cela au pluriel : les Bêtes du Gévaudan!

Les lanternes m'avaient en quelque sorte ébloui et je traçais, en plein désarroi, des sillons parmi pierres et tas d'ordures. Toutes les autres maisons du hameau étaient obscures et silencieuses et bien que je frappasse à une porte, ici et là, mes coups demeuraient sans réponse. Mauvaise affaire! Je quittai Fouzilhac, vomissant des imprécations. La pluie avait cessé et le vent, encore violent, commençait de sécher mon chandail et mon pantalon. « Fort bien, pensais-je, avec ou sans eau, il s'agit de camper. » Mais, en premier lieu, il fallait retourner jusqu'à Modestine. Je suis certain d'avoir mis au moins vingt minutes à chercher ma gentille dame, à tâtons, dans l'obscurité. Et n'eût été la maudite fondrière dans laquelle je pateaugeai une fois de plus qui fournissait une indication, j'eusse encore été occupé à chercher ma bête à l'aurore!

Mon autre souci fut de gagner l'abri d'un bois, car le vent était aussi glacial qu'impétueux. Comment dans cette région parfaitement boisée, ai-je pu mettre un si long temps à en trouver un, voilà un nouveau mystère des aventures de cette journée. Toutefois, j'en ferais serment, je mis près d'une heure à le découvrir.

Enfin des arbres noirs commencèrent d'apparaître à ma gauche et, soudain, au travers de la route, creusèrent devant moi une caverne de ténèbres sans solution de continuité. J'écris une caverne sans exagération : passer sous cette voûte de feuillage, c'était comme de pénétrer dans un donjon. Je tâtonnai aux alentours, jusqu'à ce que ma main rencontrât une forte branche à laquelle j'attachai Modestine — bourriquet hagard, ruisselant, effaré. Puis je mis bas mon paquetage, l'étendis contre la paroi bordant la route et dénouai les courroies. Je savais à peu près où se trouvait la lanterne, mais où étaient les bougies? Je farfouillai et refarfouillai parmi les objets bouleversés et, tandis que je procédais ainsi à l'aveuglette, tout à coup mes doigts touchèrent la lampe à alcool. Le salut! Elle me serait utile ensuite d'ailleurs. Le vent mugissait sans répit dans les arbres. Je pouvais entendre les rameaux s'agiter et les feuillages faire un bruit de baratte sur un demi-mille de forêt. Pourtant la scène de mon campement n'était pas seulement aussi noire que de la poix, elle constituait un admirable refuge. A la seconde allumette craquée, la mèche s'enflamma. La lumière était ensemble livide et intermittente, mais elle me séparait de l'univers et doublait les ténèbres de la nuit commençante.

Je liai Modestine d'une manière pour elle plus confortable, et lui cassai la moitié du pain noir pour son souper, réservant l'autre moitié pour le lendemain. Puis je rassemblai ce que je désirais à ma portée, enlevai mes chaussures et mes guêtres mouillées que j'enveloppai dans mon imperméable, disposai mon havresac comme oreiller sous le flanquet de mon sac de couchage, insinuai mes jambes à l'intérieur de ce dernier et m'emmaillotai là-dedans comme un *bambino*. J'ouvris alors une boîte de saucisses boulonnaises et cassai une tablette de chocolat. C'était là tout ce que j'avais à me mettre sous la dent. Voici qui peut sembler désagréable, pourtant je mangeai chocolat et saucisse ensemble, morceau après morceau, en manière de pain et de viande. Tout ce que j'avais pour faire descendre cette rebutante mixture, c'était de l'eau-de-vie pure : un breuvage en soi écœurant. Mais je n'avais pas le choix et j'avais faim. J'ai dîné de bon appétit et fumé une des meilleures cigarettes de ma vie. Je plaçai ensuite une pierre dans mon chapeau de paille, rabattis le rebord de ma casquette en fourrure sur mon cou et mes yeux, déposai mon revolver à portée de la main et me blottis profondément au chaud de ma peau de mouton.

Je me demandais d'abord si j'allais trouver le sommeil, car je sentais mon cœur battre plus vite qu'à l'habitude, comme mû par une accélération agréable à quoi mon esprit demeurait étranger. Or, aussitôt que mes paupières se fermèrent, cette glu subtile s'insinua entre elles et elles ne se rouvrirent plus. Le vent dans les arbres me berçait d'une chanson dormoire. Parfois, il se faisait entendre pendant plusieurs minutes en un sifflement égal et continu, sans croître ni diminuer; puis, de nouveau, il s'enflait et explosait avec fracas comme un énorme concasseur et les arbres m'aspergeaient des grosses gouttes de pluie de l'après-midi. Des nuits et des nuits, j'ai prêté l'oreille, dans ma chambre particulière de la campagne, à ce troublant concert du vent parmi les arbres; mais soit différence d'essences ou illusion fictive produite par le sol, ou parce que je m'étais moi-même plus extériorisé et au fort de l'ouragan, le fait reste que le vent chante sur une gamme différente dans les bois du Gévaudan. Je ne cessais d'écouter et d'écouter toujours avec toute mon attention et, sur ces entrefaites, le sommeil prenait peu à peu possession de mon corps et domptait mes pensées et mes perceptions. Toutefois mon dernier effort de veille fut encore pour prêter l'oreille et discriminer et mon dernier état de conscience fut pour m'étonner de cette clameur étrange qui m'obsédait.

Deux fois, au cours de ces heures ténébreuses — d'abord lorsqu'une pierre me dérangea sous mon sac, ensuite lorsque la pauvre Modestine si patiente, devenant furieuse, frappa le sol du sabot et piétina sur la route — je repris un court instant conscience et j'aperçus quelques étoiles au-dessus de ma tête, puis, pareille à une dentelle, l'extrémité d'un feuillage sur le ciel. Quand je m'éveillai pour la troisième fois (mercredi 25 septembre) le monde était baigné d'une lumière bleue annonciatrice de l'aurore. Je vis les feuilles agitées par le vent et le ruban déroulé de la route, enfin, tournant la tête, Modestine attachée à un bouleau et, debout au travers de la sente, dans une attitude d'ineffable résignation. Je refermai les yeux et me mis à réfléchir aux incidents de la nuit. J'étais surpris de trouver comme elle avait été aisée et agréable, même par un temps épouvantable. La pierre qui m'avait gêné aurait pu ne point être là; j'aurais pu n'être point contraint de camper à l'aveuglette dans la nuit épaisse, mais je n'avais éprouvé d'autre désagrément que de heurter du pied la lanterne ou le tome second des *Pasteurs du désert* de Peyrat [5] entre le contenu bouleversé de mon sac de couchage. Hé! que dis-je? je n'avais ressenti nulle impression de froid et je m'étais éveillé avec une netteté et une légèreté de sensations extraordinaires.

Là-dessus, je me secouai, enfilai une fois de plus mes chaussures et mes guêtres puis, rompant ce qui restait de pain pour Modestine, je fis un tour d'horizon, afin de savoir dans quelle partie de l'univers je venais de m'éveiller. Ulysse, échoué en Ithaque et l'esprit en proie à la déesse, ne s'était point plus agréablement fourvoyé. J'avais cherché une aventure durant ma vie entière, une simple aventure sans passion, telle qu'il en arrive tous les jours et à d'héroïques voyageurs et me trouver ainsi, un beau matin, par hasard, à la corne d'un bois du Gévaudan, ignorant du nord comme du sud, aussi étranger à ce qui m'entourait que le premier homme sur la terre, continent perdu — c'était trouver réalisée une part de mes rêves quotidiens. J'étais à l'orée d'un boqueteau de bouleaux entremêlés de quelques hêtres. A l'arrière, il jouxtait à un bois de sapins et, par devant, il se clairsemait et aboutissait naturellement dans une vallée peu profonde et herbeuse. Tout autour s'exagéraient des sommets de montagnes, certaines proches, d'autres distantes, suivant que la perspective se fermait où s'ouvrait, aucune d'elles d'apparence plus haute que l'ensemble. Le vent entremêlait confusément les arbres. Les taches d'or de l'automne sur les bouleaux remuaient en frissonnant. Au-dessus de moi, le ciel s'emplissait de bandes et de lambeaux de brouillard voletant, s'évanouissant, réapparaissant et tournant autour d'une ligne médiane, pareils à des saltimbanques, cependant que le vent les pourchassait dans l'espace. Il faisait un temps orageux et un froid de famine. Je croquai quelques barres de chocolat, avalai une pleine gorgée de brandy, et fumai une cigarette avant que le froid ait pu m'engourdir les doigts. Et pendant le temps que j'avais accompli tout cela, refait mon paquetage et que je l'avais assujetti sur le bât, le jour, sur la pointe des pieds, était arrivé au seuil de l'est. Nous n'avions pas avancé de beaucoup d'enjambées sur le sentier que le soleil, encore invisible pour moi, épanouit sa gloire d'or sur les monts ennuagés qui dressaient, à l'est, leurs contreforts sur l'horizon.

Nous avions le vent en poupe et il nous poussait, mordant aux talons. Je boutonnai ma veste et me mis en marche dans une excellente disposition d'esprit envers tout le monde, lorsque, brusquement, à un débouché, une fois de plus se dressa Fouzilhic devant moi. Non seulement Fouzilhic, mais encore le vieux monsieur qui m'avait accompagné si loin le soir précédent. Il se précipita hors de sa demeure en me voyant, les mains levées au ciel, tout ému :

— Mon pauvre garçon! s'écria-t-il, qu'est-ce que cela signifie?

Je lui racontai ce qui était arrivé. Il battit des mains comme des claquets de moulin à penser comme il m'avait à la légère abandonné, mais lorsqu'il apprit l'histoire de l'individu de Fouzilhac, colère et humiliation envahirent son âme.

— Cette fois-ci, du moins, dit-il, il n'y aura plus d'erreur.

Et il m'accompagna en boitillant, car il était fort rhumatisant, pendant un demi kilomètre à peu près, jusqu'à ce que je fusse en vue de Cheylard, la destination que j'avais si vainement cherchée.

NOTES

1. A 13 km de Langogne, la précédente étape. 151 habitants. Altitude : 1 120 mètres.
2. Philosophe anglais (1820-1903), né à Derby. Le plus grand psychologue de l'Angleterre. Fondateur de l'évolutionnisme.
3. Citation de l'Écriture : Psaumes.
4. À fille cruelle, père plus cruel.
5. Alphonse Peyrat (1812-1882), rédacteur en chef de *la Presse*, a publié, entre autres ouvrages, des *Lettres d'Angleterre*.

II

CHEYLARD ET LUC

A parler franc, Cheylard ne méritait qu'à peine toute cette recherche. Quelques issues accidentées de village, sans rues définies, mais une suite de placettes où s'entassaient des bûches et des fagots, une couple de croix avec des inscriptions, une chapelle à Notre-Dame-de-toutes-Grâces au faîte d'une butte, tout cela sis au bord d'une rivière murmurante des montagnes, dans un renfoncement de vallée aride. Qu'est-ce que tu allais voir là? pensai-je en moi-même. Mais la localité avait sa vie originale. J'y trouvai un écriteau commémorant les libéralités de Cheylard, au cours de l'année précédente, suspendu comme une bannière dans la minuscule et branlante église. Il apparaissait que, en 1877, les habitants avaient souscrit quarante-huit francs et dix centimes pour « l'œuvre de la Propagation de la Foi ». Un peu de cet argent, je ne pouvais m'empêcher de l'espérer, serait destiné à mon pays natal. Cheylard amasse péniblement des petits sous pour les âmes d'Edimbourg encore plongées dans les ténèbres, tandis que Balquhidder et Dumrossness déplorent que Rome les ignore. Ainsi, pour la plus grande jubilation des anges, nous lançons des Évangélistes l'un contre l'autre, semblables à des écoliers qui se chamaillent dans la neige.

L'auberge était encore singulièrement dépourvue de prétentions. Tout l'ameublement d'une famille de condition aisée se trouvait dans la cuisine : les lits, le berceau, les vêtements, l'égouttoir aux assiettes, la maie à farine et la photographie du desservant de la paroisse. Il y avait là cinq enfants. L'un d'eux était occupé à ses prières du matin, au pied de l'escalier, peu après mon arrivée et un sixième naîtrait avant peu. Je fus aimablement accueilli par ces braves gens. Ils furent fort intéressés par mes mésaventures. Le bois dans lequel j'avais dormi leur appartenait. L'homme de Fouzilhac leur semblait un monstre d'iniquité et ils me conseillèrent chaudement de lui intenter une action en justice « parce que vous auriez pu périr ». La bonne femme fut tout effrayée de me voir boire d'un coup une pinte de lait non écrémé.

— Vous pourriez vous faire mal, me dit-elle. Laissez-moi au moins vous le faire bouillir [1].

Après avoir commencé ma matinée par cet exquis breuvage, comme elle avait à s'occuper d'une foule de choses, on me permit, que dis-je? on me requit de me préparer moi-même un bol de chocolat. Mes souliers et mes guêtres furent suspendus à sécher et, voyant que je m'efforçais d'écrire mon journal sur les genoux, la plus âgée des filles rabattit à mon usage une table à charnières dans un coin de la cheminée. C'est là que j'écrivis, bus mon chocolat et, finalement, mangeai une omelette avant que de partir. La table était recouverte d'une généreuse couche de poussière, car, m'expliqua-t-on, on ne s'en servait qu'en hiver. J'avais, en levant la tête, une vue nette jusqu'au ciel par l'ouverture, à travers les amas noirâtres de la suie et la fumée bleue. Et chaque fois qu'on jetait une poignée de brindilles sur le feu, mes jambes rôtissaient à la flamme.

Le mari avait débuté dans la vie comme muletier et lorsque j'en vins au chargement de Modestine, il se montra plein d'expérience prévoyante. « Vous devriez modifier ce paquetage, dit-il; il devrait être en deux parties et alors vous pourriez avoir double poids. »

Je lui expliquai que je ne désirais nullement augmenter le poids et que pour nul baudet jusqu'alors mis au monde, je ne voudrais couper en deux mon sac de couchage.

— Cela, pourtant, la fatigue, dit l'aubergiste, cela la fatigue fort pendant la marche. Regardez.

Hélas! les deux jambes d'avant de Modestine n'avaient plus que chair à vif à l'intérieur et du sang lui coulait sous la queue. On m'avait affirmé au moment du départ, et j'étais assez disposé à y croire, qu'avant peu de jours, j'en viendrais à aimer Modestine comme un chien. Trois jours s'étaient écoulés, nous avions partagé quelques mésaventures et mon cœur était toujours aussi froid que glace à l'endroit de ma bête de somme. Elle était assez gentille à voir, mais aussi avait-elle donné preuve d'une foncière stupidité, rachetée, à dire vrai, par sa patience, mais aggravée par des accès de légèreté sentimentale déplacés et navrants. Et j'avoue que cette découverte constituait un autre grief contre elle. À quoi diable pouvait bien servir une ânesse, si elle ne pouvait porter un sac de couchage et de menus accessoires? Je vis le dénouement de la fable arriver rapidement lorsqu'il me faudrait porter Modestine. Ésope était un homme qui connaissait le monde. Je vous assure que je me suis remis en route, le cœur lourd de soucis, pour ma courte étape de la journée.

Ce n'était pas seulement de graves pensées au sujet de Modestine qui m'accablèrent en chemin, c'était une affaire autrement pénible à supporter. En premier lieu, le vent souffla avec une telle violence que je fus contraint de retenir d'une main le paquetage depuis Cheylard jusqu'à Luc. En second lieu, mon chemin traversait une des contrées les plus misérables du monde. C'était en quelque sorte en dessous même des Highlands d'Écosse, en pire. Froide, aride, ignoble, pauvre en bois, pauvre en bruyère, pauvre en vie. Une route et quelques clôtures rompaient l'immensité uniforme et le tracé de la route était jalonné par des bornes dressées afin de servir de repère en temps de neige.

Comment on peut avoir envie de visiter Luc ou Le Cheylard, voilà plus que mon esprit fort inventif ne sait imaginer. Quant à moi, je voyage non pour aller quelque part, mais pour marcher. Je voyage pour le plaisir de voyager. L'important est de bouger, d'éprouver de plus près les nécessités et les embarras de la vie, de quitter le lit douillet de la civilisation, de sentir sous mes pieds le granit terrestre et les silex épars avec leurs coupants. Hélas! tandis que nous avançons dans l'existence et sommes plus préoccupés de nos petits égoïsmes, même un jour de congé est une chose qui requiert de la peine. Toutefois, un ballot à maintenir sur un bât contre un coup de vent venu du nord glacial n'est point une activité de qualité, mais elle n'en contribue pas moins à occuper et à former le caractère. Et lorsque le présent montre tant d'exigences, qui peut se soucier du futur?

Je débouchai enfin au-dessus de l'Allier. Il serait difficile d'imaginer perspective moins attrayante à cette époque de l'année. Des coteaux en pente élevaient un cirque fermé alternant ici bois et champs, et, là, dressant des pics tour à tour chauves ou chevelus de pins. L'atmosphère était d'un bout à l'autre noire et cendreuse et cette couleur aboutissait à un point dans les ruines du château de Luc qui s'éleva insolent sous mes pieds, portant à son pinacle une immense statue blanche de Notre-Dame. Elle pesait, je l'appris avec intérêt, cinquante quintaux, et devait être consacrée le 6 octobre. A travers ce site désolé coulait l'Allier et un affluent de volume quasi égal qui descendait le rejoindre à travers une large vallée nue du Vivarais.

Le temps s'était un peu éclairci et les nuages groupés en escadrons, mais le vent farouche les bousculait encore à travers le ciel et distribuait sur la scène d'immenses éclaboussures disloquées d'ombre et de lumière.

Luc [2] lui-même se compose d'une double rangée éparse d'habitations resserrées entre une montagne et une rivière. Il n'offre aux regards ni beauté ni le moindre trait notable, sinon l'antique château qui le surplombe avec ses cinquante quintaux de Madone tout battant neufs. Mais l'auberge était propre et spacieuse. La cuisine avec ses beaux lits compartimentés tendus de rideaux en toile nette; l'immense cheminée de pierre, son manteau de quatre mètres de longueur, tout garni de lanternes et de statuettes religieuses, son appareil de coffres et ses deux horloges à tic-tac, formait le véritable modèle de ce que devrait être une cuisine — une cuisine de mélodrame à souhait pour bandits et gentishommes travestis. Et la scène n'était pas déshonorée par l'hôtelière, une vieille femme, ombre silencieuse et digne, vêtue et coiffée de noir comme une nonne. Même le dortoir commun avait son caractère original avec ses tables longues et ses bancs de bois blanc, où cinquante convives auraient pu dîner, disposés comme pour une fête de la moisson, et ses trois lits compartimentés le long de la muraille. Dans l'un d'eux, couché sur la paille et recouvert par une paire de nappes, j'ai fait pénitence une nuit entière, le corps en chair de poule et claquant des dents. Et j'ai soupiré, de temps à autre, lorsque je m'éveillais, après mon sac en peau de mouton et l'orée de quelque grand bois sous le vent.

NOTES

1. Ce détail prouve qu'il s'agit de lait de chèvre. Absorbé non bouilli, il peut transmettre la fièvre de Malte.
2. Luc (Lozère). 345 habitants. Altitude : 971 m.

NOTRE-DAME DES NEIGES

J'aperçois la maison, l'austère communauté — et que suis-je pour que je sois ici?

MATHEW ARNOLD.

I

PÈRE APOLLINAIRE

Le lendemain matin (jeudi 26 septembre) je pris la route avec un nouvel arrangement. Le sac ne fut plus plié en deux, mais suspendu de toute sa longueur à la selle, saucisson vert de six pieds long avec une touffe de laine bleue qui dépassait à l'une ou l'autre des extrémités. C'était plus pittoresque, cela ménageait la bourrique et, ainsi que je m'en aperçus bientôt, assurait la stabilité, qu'il ventât ou non. Mais ce ne fut pas sans appréhension que je m'y résolus. Quoique j'eusse fait emplette à cet effet d'une corde neuve et tout disposé aussi solidement que j'en étais capable, j'étais pourtant méfiant et inquiet que les flanquets ne s'aillent détacher et éparpiller mes biens le long de la ligne de marche.

Ma route remontait la vallée chauve de la rivière longeant les confins de Vivarais et Gévaudan. Les monts du Gévaudan sur la droite étaient encore plus nus, si l'on peut dire, que ceux du Vivarais sur la gauche. Les premiers avaient un privilège de taillis rabougris qui croissaient épais dans les gorges et mouraient par buissons isolés sur les versants et les cimes. De sombres rectangles de sapins étaient plaqués çà et là sur les deux côtés. Une voie ferrée courait parallèle à la rivière. Unique tronçon de chemin de fer du Gévaudan quoiqu'il y ait plusieurs projets [1] sur pied et que des études topographiques aient été entreprises et même, m'a-t-on assuré, qu'eût été déterminé l'emplacement d'une gare prête à être construite à Mende [2]. Une année ou deux encore et ce sera un autre monde. Le désert est assiégé. Désormais quelques languedociens peuvent traduire *en patois* le sonnet de Wordsworth : « Montagnes et vallons et torrents, entendez-vous ce coup de sifflet [3]? »

Dans une localité nommée La Bastide on me conseilla d'abandonner le cours de la rivière et de suivre une route qui grimpait sur la gauche parmi les monts du Vivarais, l'Ardèche moderne. Car j'étais maintenant parvenu au petit chemin menant à mon étrange destination : le couvent des Trappistes de Notre-Dame des Neiges. Le soleil parut comme je quittais le couvert d'un bois de pins et je découvris tout à coup un joli site sauvage au sud. De hautes montagnes rocheuses, aussi bleues que du saphir fermaient l'horizon. Entre elles s'étageaient rangées sur rangées, des montagnes couvertes de bruyères et rocailleuses, le soleil étincelant sur les veines du roc, le taillis envahissant les ravins, aussi âpre qu'au jour de la création. Il n'y avait point apparence de la main de l'homme dans le paysage entier et, en vérité, pas trace de son passage, sauf là où une génération après une génération, avait cheminé dans d'étroits sentiers tortueux pénétrant sous les bouleaux et en sortant, en haut et en bas des versants qu'ils sillonnaient. Les brouillards, qui m'avaient cerné jusqu'alors, s'étaient maintenant résorbés en nuages et ils fuyaient en vitesse et brillaient avec éclat au soleil.

Je respirai longuement. Il était délicieux d'arriver,

après si longtemps sur un théâtre de quelque charme pour le cœur humain. J'avoue aimer une forme précise là où mes regards se posent et si les paysages se vendaient comme les images de mon enfance, un penny en noir, et quatre sous en couleur, je donnerais bien quatre sous chaque jour de ma vie.

Mais si l'aspect des choses s'était mieux développé au sud, c'était toujours désolation et inclémence à deux pas de moi. Une croix à trépied au faîte de chaque mont indiquait le voisinage d'un établissement religieux. A un quart de mille au delà, la perspective sur le sud s'élargissait et devenait plus accentuée de pas en pas; une blanche statue de la Vierge au coin d'une jeune plantation dirigeait le voyageur vers Notre-Dame des Neiges. Ici, j'obliquai donc sur la gauche et poursuivis ma route, poussant devant moi mon baudet séculier et au craquement de mes souliers et de mes guêtres laïques, vers l'asile du silence.

Je n'avais pas progressé bien loin que le vent m'apportait le tintement d'une cloche et je ne sais comment je ne saurais qu'à peine dire pourquoi, mon cœur, à ce bruit, se serra dans ma poitrine. J'ai rarement éprouvé plus d'angoisse sincère qu'en approchant ce monastère de Notre-Dame des Neiges. Est-ce d'avoir reçu une éducation protestante? Et soudain, à un tournant, une crainte m'envahit de la tête aux pieds — crainte superstitieuse, crainte d'esclave. Bien que ne cessant d'avancer, je continuais pourtant avec lenteur, comme un homme qui aurait franchi, sans y prêter attention, une frontière et s'égarerait au pays de la mort. Là, en effet sur une étroite route nouvellement ouverte, entre les pins adolescents, il y avait un moine médiéval se démenant avec une brouettée d'herbe. Tous les dimanches de mon enfance, j'avais l'habitude de feuilleter *les Ermites* de Marco Sadeler, estampes passionnantes, emplies de bois et de champs et de paysages moyenageux aussi larges qu'un comté pour l'imagination qui y vagabondait! Et c'était là sans doute un des héros de Sadeler. Il était enrobé de blanc comme un fantôme et le capuchon, retombé sur son dos dans son effort à pousser la brouette, découvrait un crâne aussi chauve et jaune qu'une tête de mort. Il aurait pu avoir été enterré quelque temps voici mille ans et toutes les parcelles de vie de son être réduites en poussière et brisées au contact de la herse d'un cultivateur.

J'avais en outre l'esprit troublé par l'étiquette. Devais-je adresser la parole à quelqu'un qui avait fait vœu de silence? Évidemment non! Toutefois, m'approchant, j'ôtai ma casquette devant lui avec une déférence superstitieuse, issue du fond des siècles. Il me fit un léger salut en retour et cordial s'adressa à moi. Est-ce que je me rendais au couvent? Qui étais-je? Un Anglais? Ah! un Irlandais, alors?

— Non, dis-je, un Écossais.

Un Écossais? Ah! il n'avait jamais vu d'Écossais auparavant. Et il m'examina de haut en bas, sa bonne grosse figure honnête avivée d'intérêt, comme un gamin pourrait regarder un lion ou un caïman. De lui j'appris avec déplaisir que je ne pourrais être reçu à Notre-Dame des Neiges. Peut-être y pourrais-je faire un repas, mais c'était tout. Et alors, comme notre conversation continuait, et qu'il découvrait que je n'étais pas un colporteur, mais un homme de lettres qui dessinait des paysages et se proposait d'écrire un livre, il modifia sa manière de voir quant à ma réception (car j'ai peur qu'on ait égard aux personnes de qualité même dans un couvent de trappistes). Il me dit que je devais demander le Père Prieur, et lui exposer mon cas sans réserve. Sur nouvelles réflexions, il décida de descendre lui-même avec moi. Il pensait qu'il pourrait s'arranger au mieux en ma faveur. Pourrait-il dire que j'étais un géographe? Non. Je pensais, dans l'intérêt de la vérité, qu'il ne le pouvait vraiment pas.

— Très bien! alors (avec contrariété) un auteur?

Il apparut qu'il avait été au séminaire en même temps que six Irlandais, tous prêtres depuis longtemps, qui recevaient des journaux et le tenaient au courant de la situation des affaires ecclésiastiques en Angleterre. Il s'informa avec empressement du Dr Posey pour la conversion de qui le brave homme avait continué, depuis toujours, de prier soir et matin.

— Je pensais qu'il était très près de la vérité, dit-il. Et il y parviendra finalement. Il y a beaucoup d'efficacité dans la prière.

Il faut être un protestant obstiné, un mécréant pour pouvoir prendre autre chose que du plaisir à cette histoire d'espérance ingénue. Tandis qu'il était si près du sujet, le bon père me demanda si j'étais chrétien et quand il reconnut que je ne l'étais pas ou du moins pas à sa façon, il glissa là-dessus avec une grande bonne volonté.

La route que nous suivions et que ce père athlétique avait construite de ses mains en l'espace d'un an arriva à un coude et nous découvrit quelques bâtiments blancs, un peu plus loin à l'arrière du bois. Au même instant, la cloche une fois de plus sonna au lointain. Nous étions tout près du couvent. Père Apollinaire (ainsi se nommait mon compagnon) m'arrêta :

— Je ne dois plus vous parler à partir d'ici, dit-il.

Demandez le frère portier et tout ira bien. Mais essayez de me revoir quand vous sortirez de nouveau dans le bois, où j'ai permission de vous parler. Je suis enchanté d'avoir fait votre connaissance.

Et alors, levant soudain les bras, agitant les doigts et criant par deux fois : « Je ne dois plus parler, je ne dois plus parler ! », il s'enfuit devant moi et disparut sous le porche du monastère.

J'avoue que cette excentricité un peu spectrale contribua un instant à raviver mes craintes. Mais là où un seul était si bon et si naïf, pourquoi tous ne seraient-ils point pareils? J'assumai un cœur courageux et me dirigeai vers la porte aussi vite que Modestine, qui semblait avoir de l'antipathie pour les couvents, me le permit. Depuis que je la connaissais, c'était la première porte qu'elle ne montrait pas une hâte inconvenante à franchir. J'assignai l'endroit dans les formes, quoique avec un battement de cœur. Père Michel, le père hospitalier et une paire de frères en robe de bure vinrent au guichet et confabulèrent avec moi un moment. Je pense que mon sac était la grande curiosité : il avait déjà séduit l'âme du pauvre Apollinaire qui m'avait chargé, sous serment, de le montrer au Père Prieur. Mais que ce fut ma diplomatie ou mon sac ou la certitude rapidement répandue dans cette partie de la communauté affectée au service des étrangers, qu'après tout je n'étais pas un colporteur, je n'éprouvai nulle difficulté à être admis. Modestine fut emmenée par un frère lai aux écuries et moi-même et mon paquetage fûmes reçus à Notre-Dame des Neiges.

NOTES

1. Ce chemin de fer a bien été réalisé. Mais il est désaffecté depuis la dernière guerre.

2. Préfecture de la Lozère. 11 472 habitants. Altitude : 731 m.

3. *Miscellaneous Sonnets*, Par. III, XLVI : Kendare and Windermere railway, 1845. (Note du traducteur.)

4. La Bastide-Puylaurent. Sur la ligne de chemin de fer Paris-Clermont-Ferrand-Nîmes. 242 habitants. Altitude : 1 024 m.

II

LES MOINES

Le Père Michel, un homme souriant, aimable, au visage rosé, de trente-cinq ans peut-être, me conduisit à l'office et me donna un verre de liqueur, afin de me soutenir jusqu'au dîner. Nous fîmes un bout de conversation ou plutôt devrais-je dire, il écouta mon bavardage avec assez d'indulgence, d'un air toutefois absent, comme un esprit en présence d'une créature d'argile. Et, en vérité, lorsque je me rappelle avoir parlé surtout de mon appétit et qu'il devait y avoir, à ce moment-là, plus de dix-huit heures depuis que Père Michel n'avait fait que rompre du pain, je suis bien obligé de comprendre qu'il devait trouver quelque saveur terrestre à mes propos. Mais sa politesse, bien qu'éthérée, était positivement exquise et j'avais au secret de mon cœur vif désir de connaître le passé du Père Michel.

Le cordial administré, je fus laissé seul pour un peu de temps, dans le jardin du couvent. Ce n'était rien d'autre que la cour principale, partagée en allées sablées et en plates-bandes aux dahlias multicolores, avec, au centre, une fontaine et une noire statue de la Madone. Les constructions s'élevaient autour de ce carré, tristes, n'ayant point encore reçu la patine des ans et des intempéries. Rien de saillant en dehors d'une tourelle et deux pignons coiffés d'ardoises. Des frères en blanc, des frères en brun, passaient, silencieux, dans les allées sablées et quand j'y vins la première fois, trois moines encapuchonnés étaient agenouillés sur la terrasse en train de prier. Une colline chauve domine le couvent d'un côté et le bois le domine de l'autre. Il se développe exposé au vent. La neige y tombe, par à-coups, d'octobre à mai, et parfois y stagne durant six semaines. Mais les bâtiments s'élèveraient-ils au paradis, dans une atmosphère analogue à celle des cieux, qu'ils n'en offriraient pas moins même aspect éventé et rebutant de toutes parts. Quant à moi, dans ce jour farouche de septembre, avant qu'on m'appelât à table, je me sentais là transi jusqu'aux moelles.

Lorsque j'eus bien dîné et de bon appétit, Frère Ambroise, un Français expansif (car tous ceux qui sont chargés des étrangers ont licence de parler) me conduisit dans une cellule dans cette partie du monastère située à l'écart *pour messieurs les retraitants*. Elle était proprement blanchie à la chaux, et meublée du strict nécessaire : un crucifix, un buste du dernier Pape, *l'Imitation* [1] en français, un recueil de méditations pieuses, et *la Vie d'Elizabeth Seton*, missionnaire, semblait-il, de l'Amérique du Nord et de la Nouvelle-Angleterre en particulier [2]. Pour autant que je sache, il y a un beau champ d'évangélisation encore dans ces contrées-là. Mais pensez à Cotton Mather [3]. J'eusse aimé lui faire lire ce petit ouvrage dans le ciel où j'espère bien qu'il habite. Pourtant peut-être le connaît-il déjà et même beaucoup davantage. Et sans doute que Mme Seton et lui sont les meilleurs amis et unissent avec jubilation leurs voix dans une psalmodie sans fin.

Pour terminer l'inventaire de la cellule, au-dessus de la table était suspendu un résumé du règlement pour *messieurs les retraitants :* quels exercices ils pouvaient suivre, quand ils devaient réciter leur chapelet et méditer, quand ils devaient se lever et se coucher. En bas, il y avait un N. B. important : *Le temps libre est employé à l'examen de conscience, à la confession, à faire de bonnes résolutions, etc.* A prendre de bonnes résolutions, certes! On pourrait parler aussi avantageusement de faire pousser des cheveux sur la tête.

J'avais à peine exploré mon gîte que le frère Ambroise réapparut. Un pensionnaire anglais, paraît-il, désirait s'entretenir avec moi. Je protestai de mon empressement et le religieux poussa dans la pièce un petit Irlandais frais et guilleret d'une cinquantaine d'années, diacre de l'église. Il était vêtu d'habits strictement canoniques et portait sur la tête ce que, à défaut de connaissance technique, je ne peux qu'appeler un *képi* ecclésiastique [4]. Il avait vécu sept ans comme aumônier dans un couvent de nonnes en Belgique et, depuis lors, cinq ans à Notre-Dame des Neiges. Il n'avait jamais lu un journal anglais, ne parlait qu'imparfaitement le français et, l'eut-il parlé comme un autochtone, il n'avait pas grande chance de conversation là où il habitait. En outre, c'était un homme fort sociable, friand de nouvelles et d'esprit ingénu comme un enfant. S'il me plaisait d'avoir un guide pour la visite du monastère, il était non moins charmé de voir mon visage britannique et d'entendre parler anglais.

Il me fit les honneurs de sa cellule particulière, où il passait son temps parmi les bréviaires, les bibles en hébreu et les romans de Waverley [5]. De là, il me mena dans la clôture, à la salle capitulaire, me fit traverser le vestiaire où les robes des frères et de vastes chapeaux de paille étaient suspendus, chacun avec le nom d'un religieux sur une pancarte — des noms pleins de suavité et d'originalité, tels que Basile, Hilarion, Raphael ou Pacifique. Enfin, il me conduisit à la bibliothèque où se trouvaient les œuvres complètes de Veuillot [6] et de Chateaubriand et les *Odes et Ballades* [7], s'il vous plaît, et même Molière, pour ne rien dire d'innombrables pères et d'une grande variété d'historiens locaux et généraux. De là, mon bon Irlandais m'emmena faire la tournée des ateliers où des frères boulangent, fabriquent des roues de chariot, et font de la photographie. Là, l'un d'eux préside à une collection de curiosités et un autre à une galerie de lapins. Car, dans une communauté de trappistes, chaque moine a une occupation de son choix, en dehors de ses fonctions religieuses et des besognes générales de l'établissement. Chacun doit chanter au chœur, s'il a de la voix et de l'oreille, se joindre aux faneurs s'il sait balancer la faux. Mais pendant ses loisirs, quoiqu'il soit loin d'être oisif, il peut s'occuper selon ses goûts. Ainsi, me dit-on, un frère était engagé dans la littérature, tandis que le Père Apollinaire s'affaire à la construction des routes et que l'Abbé s'emploie à la reliure des livres. Il n'y avait pas longtemps que cet abbé avait été intronisé et, à cette occasion, par faveur spéciale, sa mère avait été autorisée à pénétrer dans la chapelle et à assister à la cérémonie de consécration. Un jour d'orgueil pour elle d'avoir un fils abbé mitré! Il fait plaisir de penser qu'on lui a permis l'accès du cloître.

Dans ces allées et venues çà et là nous croisions, chemin faisant, beaucoup de pères et de frères. D'ordinaire ils n'accordaient pas plus d'attention à notre passage qu'à la fuite d'un nuage. Mais parfois l'excellent diacre se permettait de leur poser une question et il lui était satisfait par un geste particulier des mains, comparable à celui des pattes d'un chien qui nage, ou opposé refus par les signes habituels de la négation. Dans l'un et l'autre cas, paupières baissées et avec un certain air de contrition, comme de quelqu'un qui côtoyerait de fort près le diable en personne.

Les moines, par autorisation extraordinaire de leur Abbé prenaient encore deux repas par jour. Mais c'était déjà l'époque de leur grand jeûne qui commence environ septembre et se prolonge jusqu'à Pâques. Pendant ce temps, ils ne mangent qu'une fois toutes les vingt-quatre heures et cela, à deux heures de l'après-midi, douze heures après avoir commencé la fatigue et la veille quotidiennes. Leurs mets sont peu abondants, et même de ceux-là, ils ne prennent qu'avec parcimonie et, bien qu'à chacun soit attribué un petit carafon de vin, beaucoup s'abstiennent de cette douceur. Sans doute la plupart des hommes de toute évidence se nourrissent trop; nos repas servent non seulement à nous sustenter, mais à nous procurer une heureuse et normale diversion aux labeurs de la vie. Pourtant, bien que l'excès soit préjudiciable à la santé, j'aurais cru suffisant ce régime des Trappistes. Et je suis étonné, lorsque j'y repense, de la fraîcheur de visage et de la gaieté d'humeur de tous ceux que j'ai vus. Des gens de meilleure compagnie et mieux portants, je peux à peine l'imaginer. Et, en fait, sur ce plateau sinistre, et avec l'incessant travail des moines, la vie est d'une durée incertaine et la mort visiteuse fréquente à Notre-Dame des Neiges. C'est ce que, du moins, l'on m'affirmait. Pourtant s'ils meurent sans regret, ils doivent en même temps vivre sans maladie, car tous semblent de chair ferme et hauts en couleur. L'unique signe morbide que je pouvais remarquer, un anormal éclat du regard, tendant plutôt à accroître l'impression générale de longévité et de vigueur.

Ceux auxquels j'ai parlé étaient de caractère singulièrement doux avec ce que je ne puis nommer qu'un sain contentement d'âme dans la physionomie et les propos. Il y a un avis, à la direction des visiteurs, invitant ceux-ci à ne se point formaliser des rares paroles de ceux qui les servent, puisque c'est le propre des moines de parler peu. On aurait pu se dispenser de cet avis. Pour chacun, les hospitaliers étaient tout débordants d'innocents bavardages et, dans ma pratique de la communauté, il était plus facile d'aborder une conversation que de la rompre. A l'exception du Père Michel, qui était un homme du monde, ils témoignaient tous d'un bel intérêt sans feinte pour n'importe quel sujet : politique, voyage, mon sac de couchage. Et non sans éprouver une certaine jouissance à entendre le son de leur propre voix.

Quant à ceux auxquels le silence est imposé, je ne puis qu'admirer comment ils supportent leur solennel et froid isolement. Et pourtant, mis à part le point de vue de la mortification, il me semble voir une sorte de politique, non seulement dans l'exclusion des femmes, mais même dans ce vœu de silence. J'ai quelque pratique des défunts phalanstères de caractère artistique, pour ne pas dire bachique. J'ai vu plusieurs de ces associations se former sans peine et plus aisément encore disparaître. Sous une règle cistercienne, peut-être auraient-elles pu durer plus longtemps. Dans le voisinage des femmes il n'y a guère que les groupements « toucher et parer » qui peuvent être institués parmi des hommes sans défense. L'électrode positive est sûre de l'emporter. Les rêves de l'enfance, les plans de l'adolescence sont abandonnés après une rencontre de dix minutes et les arts et sciences et la gaillardise masculine professionnelle cèdent aussitôt à deux yeux doux et à une voix caressante. En outre, après cela, la langue est le plus grand commun diviseur.

J'ai presque honte de poursuivre cette critique profane d'une règle religieuse. Toutefois, il y a encore un autre point au sujet duquel l'ordre des Trappistes appelle mon témoignage comme étant un modèle de sagesse. Vers deux heures du matin, le battant frappe sur la cloche et ainsi de suite, heure par heure, voire parfois par quart d'heure, jusqu'à huit heures moment du repos. Ainsi, d'une façon minutieuse, le jour est partagé entre diverses occupations. L'homme qui prend soin des lapins, par exemple, se précipite de son clapier à la chapelle, à la salle du chapitre ou au réfectoire tout le long de la journée. A toute heure, il a un office à chanter, une tâche à remplir. Depuis deux heures lorsqu'il se lève dans l'obscurité, jusqu'à huit heures lorsqu'il retourne recevoir le don consolant du sommeil, il reste debout absorbé par de multiples et changeantes besognes. Je connais bien des personnes, voire plusieurs milliers par an, qui n'ont pas cette chance-là dans l'emploi du temps de leur vie. En combien de maisons l'appel de la cloche d'un monastère morcelant les jours en portions faciles à entreprendre, n'apporterait-il pas la tranquillité d'esprit et l'activité réconfortante du corps ! Nous parlons de fatigues, mais la fatigue réelle n'est-ce point d'être un sot hébété et de laisser la vie mal gérée selon notre manière étroite et folle.

De ce point de vue, sans doute pouvons-nous

mieux comprendre l'existence des moines. Un long noviciat et toutes preuves de constance spirituelle et de vigueur physique sont requis avant qu'on soit agréé dans l'ordre. Mais je ne vois pas que beaucoup de postulants s'en trouvent découragés. Dans le studio photographique qui figure si bizarrement parmi les bâtiments hors de la clôture, mon regard fut accroché par le portrait d'un jeune homme en uniforme de fantassin de deuxième classe. C'était un des moines qui avait effectué son temps de service, fait des marches et des exercices et monté la garde pendant les années exigées dans une garnison algérienne. Voilà un homme qui avait considéré assurément les deux aspects de la vie avant de prendre une décision. Pourtant, aussitôt libéré du service militaire, il était revenu achever son noviciat.

Cette règle austère inscrit un homme pour les cieux comme de droit. Lorsque le Trappiste est malade, il ne quitte pas son habit. Il repose au lit mortuaire comme il a prié et travaillé dans son existence de frugalité et de silence. Et lorsque la Libératrice arrive, au même moment, voire avant qu'on l'ait emporté dans sa robe pour coucher le peu qu'il reste de lui dans la chapelle parmi le plain-chant sans fin, les carillons de cloches joyeuses, comme s'il s'agissait d'épousailles, s'envolent de la tour aux ardoises et publient dans le voisinage qu'une âme est retournée à Dieu.

A la nuit, sous la conduite de mon brave Irlandais, je pris place dans la tribune pour entendre complies et le *Salve Regina* par quoi les Cisterciens terminent chacune de leurs journées. Il n'y avait là aucun de ces éléments qui frappent le protestant comme puérils ou spectaculaires dans la liturgie du catholicisme romain. Une rigoureuse simplicité, sublimisée par le romanesque environnant parlait directement au cœur. Je me remémore la chapelle blanchie au lait de chaux, les silhouettes encapuchonnées dans le chœur, les lumières alternativement cachées ou révélées, le rude chant viril, le silence qui s'ensuivait, le spectacle des cagoules inclinées par la prière et puis le battement au déclic tranchant de la cloche qui cessait afin de montrer que le dernier office était terminé et que l'heure de dormir était venue. Et lorsque je m'en souviens, je ne suis pas surpris de m'être évadé dans le cortile intérieur, en quelque sorte comme saisi de vertige et d'être demeuré là, debout, pareil à un insensé, sous le vent de la nuit stellaire.

Mais j'étais fatigué et lorsque j'eus reposé mes esprits avec les mémoires d'Elizabeth Seton — un morne ouvrage! — le froid et le croassement du vent parmi les pins (car ma chambre se trouvait de ce côté du couvent qui jouxte au bois) me disposèrent promptement au sommeil. Je fus réveillé au minuit ténébreux, à ce qu'il semblait, bien qu'il fut réellement deux heures du matin, par les premiers coups de la cloche. Tous les frères alors se précipitaient à la chapelle. Les morts vivants, à cette minute insolite, commençaient déjà les travaux sans consolation de leur journée. Les morts-vivants! Quelle image à vous glacer! Et les paroles d'une chanson de France me revinrent en mémoire qui disaient le meilleur de notre vie paradoxale :

Que t'as de belles filles,
Giroflée,
Girofla!
Que t'as de belles filles,
L'Amour les comptera!

Et je rendis grâces à Dieu d'être libre d'errer, libre d'espérer, libre d'aimer!

NOTES

1. *L'Imitation de Jésus-Christ*. Ouvrage paru en latin : *De Imitatione Christi* vers 1424. Attribué au moine Thomas Hemerken a Kempis (1379-1471).

2. Anne-Elizabeth Seton (1774-1821). Comblée, dès sa jeunesse, de tous les dons de la beauté, de la fortune et de l'amour par un heureux mariage, cette Américaine devenue veuve de bonne heure se convertit au catholicisme. Ruinée peu après, dédaignée en son pays par ceux qui l'avaient connue riche et adulée, au temps de sa mondanité, elle vécut désormais dans la plus absolue pauvreté et une piété un peu rigide. L'histoire d'Elizabeth Seton se trouve étroitement mêlée à la vie d'exil des Lazaristes chassés de France par la Révolution. Et c'est ainsi qu'elle devint la fondatrice à New-York du premier couvent des Filles de la Charité. Son œuvre ne cessa depuis de prospérer et d'essaimer en Amérique. *(N.d.T.)*

3. Cotton Mather (1663-1728). Figure marquante de la Nouvelle-Angleterre. Ecclésiastique, écrivain, professeur, philanthrope, novateur, sans oublier quelques incursions dans le domaine de la médecine et de la justice. Après des études médicales, il est ordonné prêtre en 1684, devient professeur à l'Église de la Seconde Congrégation à Boston (1685-1723). Également professeur à Harvard (1690-1703), il est l'un des fondateurs de l'Université de Yale dont il refuse la présidence. Il a combattu contre les mauvais traitements infligés aux Noirs, contre l'intempérance, pour les nouvelles idées médicales. Partisan de la vaccination contre la variole, il en a soutenu l'utilisation à ses frais pendant l'épidémie de 1721 à Boston. Les procès de sorcellerie auxquels il s'est intéressé à partir de 1692 lui ont inspiré des ouvrages dénués de tout fanatisme et s'efforçant à une approche médicale du problème. Parmi ses quatre-cent-cinquante ouvrages il faut retenir : *Magnalia Christi Americana or the Ecclesiastical History of New England From its first planting in the year 1620 until the year of Our Lord 1698* (1702), *Memorable Providences* (1689), *The Wonders of the Invisible World* (1693) .

4. Sa barrette.

5. Cycle des romans historiques écossais par Walter Scott (1771-1832), inauguré en 1814 par Waverley.

6. Louis Veuillot (1813-1883). Écrivain et journaliste catholique ultra-conservateur.

7. Il s'agit du recueil poétique (1822) de Victor Hugo, plutôt inattendu en ce lieu.

III

LES PENSIONNAIRES

Mais il y eut un autre aspect de mon séjour à Notre-Dame des Neiges. A cette saison tardive, les pensionnaires y étaient peu nombreux. Pourtant, je n'étais pas seul dans la partie publique du monastère. Elle est située près de la porte d'entrée et comprend une petite salle à manger au rez-de-chaussée et, à l'étage, un couloir entier de cellules pareilles à la mienne. J'ai sottement oublié le prix de pension pour un *retraitant* régulier; c'était entre trois et cinq francs par jour environ et, il me semble bien, plus près du premier prix. Des visiteurs de raccroc comme moi pouvaient donner ce qu'ils voulaient en offrande spontanée; toutefois on ne leur réclamait rien. Je dois mentionner que, lorsque je fus sur le point de partir, Père Michel refusa vingt francs comme une somme excessive. Je lui exposai la raison qui me poussait à lui offrir autant, même alors, par un curieux point d'honneur, il ne prétendit pas recevoir lui-même cet argent.

— Je n'ai pas le droit de refuser pour le couvent, expliqua-t-il, mais je préférerais que vous le remettiez à l'un des frères.

J'avais dîné seul, parce que tard arrivé, toutefois,

au souper, je trouvai deux autres hôtes. L'un était un desservant d'une paroisse rurale qui avait marché la matinée entière depuis sa cure sise près de Mende pour goûter quatre jours de retraite et de prière. C'était un véritable grenadier avec le teint fleuri et les rides circulaires d'un paysan. Et, tandis qu'il se lamentait d'avoir été entravé dans sa marche par sa robe, j'avais de lui un portrait imaginaire plein de vie, faisant de larges enjambées, bien d'aplomb, de forte structure, la soutane retroussée, à travers les mornes collines du Gévaudan. L'autre était un type court, grisonnant, trapu, de quarante-cinq à cinquante ans, vêtu de *tweed* et d'un chandail et le ruban rouge d'une décoration à la boutonnière. Ce dernier était un personnage difficile à classer. C'était un vieux militaire qui avait fait sa carrière dans l'armée et s'était élevé au grade de commandant. Il gardait quelque chose des façons de décision brusque des camps. D'autre part, aussitôt que sa démission avait été agréée, il était venu à Notre-Dame des Neiges comme pensionnaire et, après une brève expérience de la règle du couvent, avait résolu d'y rester comme novice. Déjà la vie nouvelle commençait de modifier sa physionomie. Déjà il avait acquis un peu de l'air souriant et paisible des frères. Cependant ce n'était ni un officier, ni un Trappiste : il participait de l'un et de l'autre état. Et certes, c'était là un homme à un tournant intéressant de l'existence. Hors du tumulte des canons et des clairons, il était en train de passer dans ce calme pays limitrophe à la tombe où des hommes dorment chaque nuit dans leurs habits de cimetière et, comme des fantômes, communiquent par signes.

Au souper, nous parlâmes politique. Je me fais un devoir lorsque je suis en France, de prêcher la bonne volonté et la tolérance politiques et d'insister sur l'exemple de la Pologne, à peu près comme certains alarmistes en Angleterre citent l'exemple de Carthage. Le prêtre et le commandant m'assurèrent de leur sympathie au sujet de tout ce que je disais et poussèrent un profond soupir sur l'âpreté des mœurs politiques contemporaines.

— Il est vrai, dis-je, qu'on peut difficilement discuter avec quelqu'un qui ne professe pas absolument les mêmes opinions, sans qu'il se mette immédiatement en colère contre vous.

Tous deux déclarèrent qu'un tel état d'esprit était anti-chrétien.

Tandis que nous devisions de la sorte, comment ma langue fourcha-t-elle sur un unique mot à la louange du modérantisme de Gambetta [1]. Le visage du vieux militaire s'empourpra aussitôt d'un afflux sanguin. Des paumes de ses deux mains, il heurta la table comme un gamin rageur.

— *Comment, monsieur!* s'écria-t-il. Comment? Gambetta modéré! Oseriez-vous justifier ces mots?

Mais le prêtre n'avait pas oublié l'esprit général de notre conversation. Et soudain, à la pointe de sa colère, le vieux soldat rencontra un regard d'avertissement arrêté sur sa figure. L'absurdité de sa conduite lui apparut dans un éclair et la tempête prit fin, sans qu'il ajoutât un mot de plus.

Ce ne fut qu'au matin, après notre café (vendredi 27 septembre) que le couple découvrit que j'étais un hérétique. Je suppose que je l'avais induit en erreur par quelques phrases admiratives sur la vie monastique autour de nous. Ce ne fut que par une question à bout portant que la vérité se fit jour. J'avais été accueilli avec tolérance à la fois par le candide Père Apollinaire et l'astucieux Père Michel, et le bon

Irlandais, lorqu'il avait appris ma débilité religieuse, m'avait simplement frappé sur l'épaule, en disant : « Vous devez devenir un catholique et aller au ciel ! » Mais je me trouvais maintenant au milieu d'une secte d'orthodoxes différente. Ces deux hommes étaient amers, intransigeants et étroits comme les pires Écossais. Et au vrai, j'en jurerais, ils étaient plus puritains.

Le prêtre renâcla tout haut comme un cheval de combat.

— *Et vous prétendez mourir dans cette espèce de croyance?* interrogea-t-il. Il n'est point de caractères assez gras employés par les imprimeurs mortels pour traduire son accent.

Humblement, j'observai que je n'avais point dessein d'en changer.

Mais il ne pouvait se contenter d'une aussi monstrueuse attitude.

— Non! non! s'écria-t-il, vous devez vous convertir. Vous êtes venu ici, Dieu vous a conduit ici et vous devez profiter de l'occasion.

Je fis une dérobade polie. J'en appelai à mes affections familiales, quoique je m'adressasse à un prêtre et à un soldat, deux classes de citoyens par hasard dégagés de ces aimables liens de la vie du foyer.

— Vos père et mère? s'exclama le prêtre, vous les convertirez à leur tour, lorsque vous rentrerez chez vous!

Il me semble voir la tête de mon père! Je préférerais plutôt m'emparer du lion de Gétulie dans son antre que de m'embarquer dans pareille entreprise contre la théologie des miens.

Désormais la chasse était ouverte. Prêtre et soldat formaient une meute acharnée à ma conversion. Et l'œuvre de la Propagation de la Foi, pour laquelle les gens de Cheylard avaient souscrit quarante-sept francs dix centimes pendant l'année 1877, continuait vaillamment contre moi son offensive. C'était un prosélytisme baroque, mais des plus impressionnants. Ils ne pensèrent jamais à me convaincre par une argumentation où j'eusse pu tenter quelque défense. Ils tenaient pour certain que j'étais ensemble honteux et effrayé de ma position. Ils me pressaient uniquement sur la question d'opportunité. « Maintenant, disaient-ils, maintenant que Dieu m'avait conduit à Notre-Dame-des-Neiges, — c'était l'heure prédestinée. »

— Ne soyez pas retenu par l'amour-propre, observa le prêtre afin de m'encourager.

Pour quelqu'un qui professe des sentiments de tous points égaux à l'endroit de tous les genres de religion, et qui n'a jamais été capable, même une minute, de peser sérieusement le mérite de cette croyance-ci ou de celle-là sur le plan éternel des êtres, bien qu'il puisse y avoir beaucoup à louer ou à blâmer sur le plan temporel et séculier, la situation ainsi créée était tout ensemble déplaisante et pénible. Je commis une seconde faute de tact en m'efforçant de plaider que tout revenant, en fin de compte, à la même chose, nous tendions tous à nous rapprocher, par des voies différentes, du même Ami et Père — sans le préciser. Cela comme il semble à des esprits laïques, serait l'unique Évangile qui méritât ce nom. Mais des hommes divers pensent de manière différente. Cet élan révolutionnaire fit brandir au prêtre toutes les terreurs de la loi. Il se lança dans des détails bouleversants sur l'enfer. Les damnés, dit-il — sur la foi d'un petit livre qu'il avait lu il n'y avait pas une semaine et que pour ajouter conviction à sa conviction il avait eu tout à fait l'intention d'emporter avec lui dans sa poche — les damnés se trouvaient conserver la même attitude durant toute l'éternité au milieu d'épouvantables tortures. Et, tandis qu'il discourait ainsi, sa physionomie croissait en noblesse en même temps qu'en enthousiasme.

Comme décision, tous deux concluaient que je devais chercher à voir le Prieur, puisque le père Abbé était absent, et exposer mon cas devant lui sans tarder.

— *C'est mon conseil comme ancien militaire*, observa le commandant *et celui de monsieur, comme prêtre*.

— Oui, ajouta le curé en faisant un signe de tête sentencieux, *comme ancien militaire et comme prêtre*.

A ce moment, tandis que je n'étais pas sans embarras comment répondre, entra un des moines : un petit type brun aussi vif qu'une anguille, avec un accent italien, qui se mêla aussitôt à la discussion, mais avec une humeur plus conciliante et plus persuasive, ainsi qu'il convenait à l'un de ces aimables religieux. On n'avait qu'à le regarder, dit-il. La règle était très dure. Il aurait joliment aimé demeurer dans son pays, l'Italie — on savait combien ce pays était beau, la belle Italie; mais alors, il n'y avait point de Trappistes en Italie et il avait une âme à sauver et il était ici.

J'ai peur qu'il y ait, au fond de tous ces sentiments ce dont un critique de l'Inde m'avait gratifié : « Un hédonisme qui se meurt. » Car cette explication des motifs d'agir du frère me choquait un peu. J'eusse préféré penser qu'il avait choisi cette existence pour l'intérêt qu'elle offrait et non point en vue de desseins ultérieurs. Cela montre combien j'étais loin de sympathiser avec ces bons Trappistes, même lorsque je faisais de mon mieux pour y parvenir. Mais au curé l'argument parut décisif.

— Écoutez ça! s'écria-t-il. Et j'ai vu un marquis ici, un marquis, un marquis — il répéta le mot sacré trois fois de suite — et d'autres personnages haut placés dans la société. Et des généraux! Et ici, à votre côté, est ce monsieur qui a été tant d'années sous les armes — décoré, un ancien guerrier. Et le voici, prêt à se vouer à Dieu.

J'étais, pendant cette harangue, si complètement embarrassé que je prétextai avoir froid aux pieds et m'évadai de la salle. C'était par une matinée de vent farouche avec un ciel nettoyé et de longues et puissantes soleillées. J'errai jusqu'au dîner dans une région sauvage en direction de l'est, cruellement frappé et mordu par l'ouragan, mais récompensé par des points de vue pittoresques.

Au dîner, l'Œuvre de la Propagation de la Foi recommença et, à cette occasion, encore plus déplaisante pour moi. Le prêtre me posa plusieurs questions sur la méprisable croyance de mes ancêtres et reçut mes répliques avec une sorte de ricanement ecclésiastique.

— Votre secte, dit-il, une fois, car je pense que vous voudrez bien admettre que ce serait lui faire trop d'honneur que de l'appeler une religion...

— Comme il vous plaira, Monsieur, répondis-je. *Vous avez la parole.*

A la fin, il se fâcha de ma résistance et quoiqu'il fut sur son propre terrain et qui plus est, à ce sujet, un vieillard et ainsi avait droit à l'indulgence, je ne pus m'empêcher de protester contre son manque de courtoisie. Il fut tristement décontenancé.

— Je vous assure, fit-il, que je n'ai nulle envie de

rire au fond du cœur. Aucun autre sentiment ne me pousse que l'intérêt que je porte à votre âme.

Et là finit ma conversion. Le brave homme! Ce n'était pas un phraseur dangereux mais un curé de campagne, plein de zèle et de foi. Puisse-t-il parcourir longtemps le Gévaudan, sa soutane retroussée — un homme solide à la marche et solide au réconfort de ses paroissiens, à l'heure de la mort! J'oserai dire qu'il traverserait vaillamment une tourmente de neige pour aller où son ministère l'appellerait. Ce n'est pas toujours le croyant le plus débordant de foi qui fait l'apôtre le plus habile!

NOTE

1. Léon Gambetta (1838-1882). Avocat. Un des fondateurs de la IIIe République. Bien que modéré et considéré comme « opportuniste » par les radicaux, il faisait figure de « rouge » aux yeux des nostalgiques de la monarchie.

ENCORE LE HAUT GÉVAUDAN

Le lit était fait, la chambre prête.
Pour leur veillée ponctuelle, les étoiles étaient allumées,
L'air était calme, l'eau coulait;
Il n'était besoin de servante ni de domestique
Quand nous nous levâmes, baudet et moi,
Au vert caravansérail du bon Dieu

Pièce ancienne [1].

1. En réalité, ces vers sont de Stevenson et portent, dans son recueil *Underwoods*, le titre *A Camp* (Un camp).

I

À TRAVERS LE GOULET

Le vent tomba pendant le dîner et le ciel resta clair. Aussi, fût-ce sous les meilleurs auspices que je chargeai Modestine devant la porte du couvent. Mon ami Irlandais m'accompagna assez loin sur la route. Tandis que nous traversions le bois, on rencontra le Père Apollinaire poussant sa brouette. Et il planta là son bêchage pour m'escorter peut-être une centaine de mètres, retenant ma main entre les siennes. Je quittai d'abord l'un puis l'autre, avec un regret nullement feint, pourtant avec la joie du voyageur qui secoue la poussière d'une étape avant de s'élancer vers une autre. Puis Modestine et moi remontâmes le cours de l'Allier (ce qui nous ramena dans le Gévaudan) vers sa source dans la forêt de Mercoire. Ce n'était plus qu'un ruisseau sans importance bien avant de cesser de le suivre. De là, une colline franchie, notre route nous fit traverser un plateau dénudé jusqu'au moment d'atteindre Chasseradès [1], au soleil couchant.

La compagnie réunie, ce soir-là, dans la cuisine de l'auberge se composait de tous les ouvriers employés aux études topographiques pour l'une des voies ferrées projetées. Ils étaient intelligents et de conversation agréable et nous décidâmes de l'avenir de la France au-dessus d'un vin chaud jusqu'à ce que l'heure tardive marquée par l'horloge nous chassa coucher. Il y avait quatre lits dans la petite chambre à l'étage et nous étions six à y dormir. Mais j'eus un lit pour moi seul et je persuadai mes compagnons de laisser la fenêtre ouverte.

— *Hé, bourgeois, il est cinq heures!* Tel fut le cri qui m'éveilla au matin (samedi 28 septembre). La chambre était remplie d'une buée transparente qui me laissa obscurément entrevoir les trois autres lits et les cinq bonnets de nuit différents sur les oreillers. Mais par delà la fenêtre l'aurore empourprait d'une large bande rouge le sommet des montagnes et le jour allait inonder le plateau. L'heure était suggestive et il y avait là promesse de temps calme qui fut parfaitement tenue. J'étais bientôt en chemin avec Modestine. La route continua pendant un moment sur le plateau et descendit ensuite à travers un village abrupt dans la vallée du Chassezac. Son cours glissait parmi de verdoyantes prairies, dérobé au monde par ses berges escarpées. Le genêt était en fleurs et, de çà de là, un hameau envoyait au ciel sa fumée.

A la fin, la sente traversa le Chassezac sur un pont et abandonnant ce ravin profond se dirigea vers la crête du Goulet.

Elle s'ouvrait passage à travers Lestampes par des plateaux, des bois de hêtres et de bouleaux et, à chaque détour, me découvrait des spectacles d'un nouvel agrément. Même dans le ravin de Chassezac, mon oreille avait été frappée par un bruit semblable à celui d'un gros bourdon sonnant à la distance de plusieurs milles, mais à mesure que je continuai de monter et de me rapprocher, il paraissait changer de ton. Je constatai enfin qu'il était provoqué par un berger qui menait paître son troupeau au son d'une trompe. L'étroite rue de Lestampes, d'un bout à l'autre, débordait de moutons — des moutons noirs et blancs, bêlant avec ensemble comme chantent les oiseaux au printemps, et chacun s'accompagnant de la clochette pastorale suspendue à son cou. Cela faisait un impressionnant concert tout à l'aigu. Un peu plus haut, je passai près de deux hommes perchés dans un arbre, armés d'une serpe à émonder. L'un d'eux fredonnait une chanson de *bourrée*. Un peu plus loin encore et tandis que je pénétrais déjà sous les bouleaux, le chant des coqs me parvint joyeusement et, en même temps, se prolongea la voix d'une flûte qui modulait un air discret et plaintif dans l'un des villages des hauteurs. Je me représentai un maître d'école rustique, aux joues de pomme d'api, grisonnant, qui jouait du chalumeau dans son bout de jardin au soleil du clair automne. Ces diverses musiques d'un charme singulier m'emplissaient le cœur d'une expectative insolite. Il me semblait qu'une fois franchi le contrefort que j'escaladais, j'allais descendre dans le paradis terrestre. Et je ne fus point déçu, puisque j'étais désormais entraîné à la pluie, à l'ouragan, à la désolation de l'endroit. Ici s'achevait la première partie de mon voyage. Et c'était comme une harmonieuse introduction à l'autre et bien plus belle encore.

Il y a des degrés dans la chance comme dans les pénalités, outre la peine capitale. Et les esprits bénéfiques m'entraînèrent alors dans une aventure que je relate au bénéfice des futurs conducteurs de bourricots. La route faisait de si amples zigzags au flanc de la montagne que j'empruntai un raccourci tracé à la carte et à la boussole et m'engageai à travers des bois rabougris, afin de rattraper le chemin un peu plus haut. Ce fut l'occasion d'un sérieux conflit avec Modestine. Elle ne voulait rien savoir de mon raccourci. Elle se retourna vis-à-vis de moi, marcha à reculons, rua, et, elle que je m'imaginai muette, se mit à braire très fort d'une voix enrouée, comme un coq annonçant la naissance de l'aurore. Je piquai de l'aiguillon d'une main, et, de l'autre, tant la montée était roide, il me fallait maintenir le bât. Une demi-douzaine de fois ma bête fut à deux doigts de me dégringoler sur la tête; une demi-douzaine de fois, par pure faiblesse d'âme, je fus sur le point d'abandonner mon dessein et de reconduire Modestine au bas de la pente afin de suivre la route. Mais j'envisageai la chose comme une gageure et m'obstinai malgré tout. Je fus surpris, alors que j'atteignais de nouveau la chaussée, par la sensation de gouttes de pluie qui tombaient sur mes mains et, à plusieurs reprises, je levai des yeux étonnés vers le ciel sans nuages. C'était simplement la sueur qui me coulait du front.

Au sommet du Goulet il n'y avait plus de route tracée — uniquement des bornes dressées de place en place, afin de guider les bouviers. Le sol moussu était, sous le pied, élastique et odorant. Je n'avais pour m'accompagner que quelques alouettes et je ne rencontrai qu'un chariot à bœufs entre Lestampes et Bleymard [2]. Devant moi s'ouvrit une vallée peu profonde et, à l'arrière, la chaîne des monts de la Lozère, partiellement boisés, aux flancs assez accidentés dans l'ensemble toutefois d'une configuration sèche et triste. A peine apparence de culture. Pourtant, aux environs de Bleymard, la grand'route de Villefort à Mende traversait une série de prairies plantées de peupliers élancés et de partout toutes sonores des clochettes des ouailles et des troupeaux.

NOTES

1. Village de Lozère, 288 habitants. Altitude : 1 171 m.
2. Bleymard (Lozère), 350 habitants. Altitude : 1 069 m.

II

UNE NUIT DANS LA PINERAIE

De Bleymard, l'après-midi, bien qu'il fût tard déjà, je partis à l'assaut d'un coin de la Lozère. Un chemin de charroi pierreux, mal délimité, guida ma marche. Je rencontrai au moins une demi-douzaine de chariots attelés de bœufs qui descendaient des bois, chargés chacun d'un pin entier pour le chauffage d'hiver. A la cime des arbres, qui ne s'élevaient pas bien haut sur ce versant glacé, je pris à droite une piste sous les pins jusqu'à un vallon de sol herbeux où un ruisselet qui se déversait comme une gouttière entre quelques pierres me fit office de fontaine. « Dans une retraite ombragée et plus retirée... que ne hantaient plus ni nymphes, ni faunes [1]. » Bien que jeunes encore, les arbres s'étaient développés fort touffus autour de la clairière. Il n'y avait point d'échappée, sauf vers le nord-est sur la crête de lointaines collines ou droit là-haut, vers le ciel. Le campement se trouvait au rados et secret comme une chambre. Sur le temps que j'avais fait mes préparatifs et donné à manger à Modestine, le jour déjà commençait de décliner. Je me bouclai jusqu'aux genoux dans mon sac et fis un copieux repas. Aussitôt le coucher du soleil, j'enfonçai ma casquette jusqu'à mes yeux et tombai endormi.

La nuit est un temps de mortelle monotonie sous un toit; en plein air, par contre, elle s'écoule, légère parmi les astres et la rosée et les parfums. Les heures y sont marquées par les changements sur le visage de la nature. Ce qui ressemble à une mort momentanée aux gens qu'étouffent murs et rideaux n'est qu'un sommeil sans pesanteur et vivant pour qui dort en plein champ. La nuit entière il peut entendre la nature respirer à souffles profonds et libres. Même, lorsqu'elle se repose, elle remue et sourit et il y a une heure émouvante ignorée par ceux qui habitent les maisons : lorsqu'une impression de réveil passe au large sur l'hémisphère endormi et qu'au-dehors tout le reste du monde se lève. C'est alors que le coq chante pour la première fois. Il n'annonce point l'aurore en ce moment, mais comme un guetteur vigilant, il accélère le cours de la nuit. Le bétail s'éveille dans les prés; les moutons déjeunent dans la rosée au versant des collines et se meuvent parmi les fougères, vers un nouveau pâturage. Et les chemineaux qui se sont couchés avec les poules ouvrent leurs yeux embrumés et contemplent la magnificence de la nuit.

Par quelle suggestion informulée, par quel délicat contact de la nature, tous ces dormeurs sont-ils rappelés, vers la même heure, à la vie? Est-ce que les étoiles versent sur eux une influence? ou participons-nous d'un frisson de la terre maternelle sous nos corps au repos? Même les bergers ou les vieilles gens de la campagne qui sont les plus profondément initiés à ces mystères n'essayent pas de conjecturer la signification ou le dessein de cette résurrection nocturne. Vers deux heures du matin, déclarent-ils, les êtres bougent de place. Et ils n'en savent pas plus et ne cherchent pas plus avant. Du moins est-ce un agréable hasard. Nous ne sommes troublés dans notre sommeil, comme le voluptueux Montaigne « qu'afin de le pouvoir mieux savourer et plus à fond ». Nous avons un instant pour lever les yeux vers les étoiles. Et c'est, pour certaines intelligences, une réelle jouissance de penser que nous partageons cette impulsion avec toutes les créatures qui sont dehors dans notre voisinage, que nous nous sommes évadés de l'embastillement de la civilisation et que nous sommes devenus de véritables et braves créatures et des ouailles du troupeau de la nature.

Lorsque cette heure arriva pour moi dans la pineraie, j'ouvris les yeux, mourant de soif. Mon gobelet se trouvait sous ma main, à demi plein d'eau. Je le vidai d'un trait et me sentant bien éveillé après cette froide aspersion interne, je m'installai sur mon séant afin de rouler une cigarette. Les étoiles étaient claires, vives et pareilles à des joyaux, nullement glacées. Une faible buée d'argent embrumait la voie lactée. Autour de moi les cimes noires des pins se dressaient immobiles. Par la blancheur du bât, je pouvais apercevoir Modestine, tournant et tournant sans cesse, à longueur de son attache. Je pouvais l'entendre tondre d'une langue persévérante le gazon. Pas d'autre bruit, sinon le tranquille, l'intraduisible murmure du ruisseau sur les pierres. J'étais paresseusement étendu à fumer et à m'émerveiller de la couleur du ciel, comme nous nommons le vide de l'espace. Il s'y découvrait un gris rougeâtre derrière les pins jusqu'à l'endroit où apparaissait un vernis d'un noir bleuté entre les étoiles. Comme pour ressembler mieux à un colporteur, je portais une bague d'argent, je pouvais la voir briller doucement, lorsque je levais ou abaissais ma cigarette et, à chaque bouffée de fumée, l'intérieur de ma main s'éclairait et je devenais, pendant une seconde, la plus intense lumière du site.

Une brise molle, ressemblant davantage à une fraîcheur mouvante qu'à une poussée de vent balayait de haut en bas, par instants, la clairière. En sorte que dans ma vaste chambre l'air se renouvelait la nuit entière. Je pensai avec dégoût à l'auberge de Chasseradès et aux bonnets de coton rassemblés, avec dégoût aux équipées nocturnes des employés et des étudiants, aux théâtres surchauffés, aux passe-partout et aux chambres closes. Je n'avais pas souvent éprouvé plus sereine possession de moi-même, ni senti plus d'indépendance à l'endroit des contingences matérielles. Le monde extérieur de qui nous nous défendons dans nos demeures semblait somme toute un endroit délicieusement habitable. Chaque nuit, un lit y était préparé, eût-on dit, pour attendre l'homme dans les champs où Dieu tient maison ouverte. Je songeais que j'avais redécouvert une de ces vérités qui sont révélées aux sauvages et qui se dérobent aux économistes. Du moins, avais-je découvert pour moi une volupté nouvelle. Et pourtant, alors même que je m'exaltais dans ma solitude, je pris conscience d'un manque singulier. Je souhaitais une compagne qui s'allongerait près de moi au clair des étoiles, silencieuse et immobile, mais dont la main ne cesserait de toucher la mienne. Car il existe une camaraderie plus reposante même que la solitude et qui, bien comprise, est la solitude portée à son point de perfection. Et vivre à la belle étoile avec la femme que l'on aime est de toutes les vies la plus totale et la plus libre.

Tandis que j'étais ainsi partagé entre contentement et désir, un faible bruit se glissa jusqu'à moi à travers les sapins. Je crus d'abord à un chant de coq ou à un aboiement de chien dans quelque ferme lointaine. Puis, rapidement et graduellement le bruit se précisa à mes oreilles jusqu'au moment où je pris conscience qu'un passant marchait tout contre sur la grand'route de la vallée et chantait à gorge déployée, chemin faisant. Il y avait plus de bonne volonté que de grâce dans l'exécution de l'inconnu, mais il chantait à plein cœur et le son de sa voix se répercutait au flanc des montagnes et agitait l'air dans les gorges feuillues. J'ai écouté passer des gens pendant la nuit dans des villes endormies; certains chantaient, un, de qui je me souviens jouait, à grand souffle, le la cornemuse. J'ai écouté le grincement d'un chariot ou d'une voiture s'élever tout à coup après des heures de silence et passer durant quelques minutes, dans le domaine restreint de mon ouïe, alors que j'étais couché. Du romanesque git autour de ce qui est loin durant les heures de ténèbres et nous essayons, dans une sorte de fièvre, d'en deviner la signification. Ici le romanesque était double : d'une part ce gai passant, allumé intérieurement par le vin, qui lançait, au ciel sa voix et son refrain dans la nuit; puis, d'autre part, moi-même sanglé dans mon sac et solitaire sous le couvert des pins, qui envoyait ma fumée entre quatre et cinq mille pieds aux étoiles.

Quand je m'éveillai de nouveau (dimanche 29 septembre) beaucoup d'étoiles avaient disparu. Seules les plus éclatantes compagnes de la nuit brûlaient toujours visibles au-dessus de ma tête. Au loin, vers l'est, j'aperçus une mince brume lumineuse sur l'horizon, comme il en avait été pour la voie lactée, lorsque je m'étais éveillé la fois d'avant. Le jour était proche. J'allumai ma lanterne et, à sa lueur larvée, je me chaussai et boutonnai mes housseaux, puis je cassai un peu de pain pour Modestine, emplis ma gourde à la fontaine et allumai ma lampe à alcool pour me faire bouillir un peu de chocolat. Le brouillard bleuâtre s'étendait dans le vallon où j'avais si agréablement dormi. Bientôt, une large bande orange, nuancée d'or, enveloppa le faîte des monts du Vivarais. Une grave joie posséda mon âme devant cette graduelle et aimable venue du jour. J'entendis le ruisselet avec plaisir. Je cherchai autour de moi quelque chose de beau et d'imprévu. Mais les pins sombres immobiles, la clairière déserte, l'ânesse qui broutait restèrent sans métamorphose. Rien n'était changé sinon la lumière et, en vérité, elle épandait tout un flot de vie et de paix animée et me plongeait dans une étrange jubilation.

Je bus mon chocolat à l'eau. S'il n'était pas onctueux, il était chaud et je vaguai, çà et là, en haut et en bas, autour de la clairière. Tandis que je lambinais ainsi, une brusque saute de vent, aussi prolongée qu'un gros soupir, se rua directement du poste du matin. Elle était glaciale et me fit éternuer. Les arbres proches agitaient leurs panaches obscurs à son passage et je pouvais discerner les minces aiguilles lointaines au long de l'arête de la montagne se balancer longuement çà et là contre l'est doré. Dix minutes après la lumière du soleil inondait au galop le flanc des collines, éparpillant ombres et lumières. Le jour était tout à fait venu.

Je me hâtai de préparer mon paquetage et d'aborder la roide montée qui s'étendait devant moi; mais une idée me trottait par la tête. Ce n'était pas uniquement une fantaisie, pourtant une fantaisie est quelquefois importune. J'avais été très hospitalièrement reçu et ponctuellement servi dans mon vert caravansérail. La chambre était aérée, l'eau excellente et l'aurore m'avait appelé à l'heure voulue. Je ne parle pas de la décoration de l'inimitable plafond, non plus que de la vue que j'avais de mes fenêtres. Mais j'avais le sentiment d'être en quelque manière le débiteur de quelqu'un pour toute cette généreuse réception. Aussi me plut-il, en façon de demi-plaisanterie, d'abandonner en partant quelques pièces de monnaie sur le sol, jusqu'à ce qu'il y en eût de quoi payer mon logement de la nuit. J'espère que cet argent n'est point tombé entre les mains de quelque vulgaire et riche roulier.

NOTE

1. Citation de Keats : *Endymion. (N.d.T.)*

LE PAYS DES CAMISARDS

Nous marchions dans le sillage des guerriers d'autrefois,
Pourtant la contrée entière était verdoyante;
Et trouvions amour et paix
Où avaient sévi fer et feu.
Ils passent et sourient les fils de l'épée.
Ils ne brandissent plus le glaive.
Oh! qu'il a de profondes racines le blé
Qui pousse sur un champ de bataille!

W. P. BANNATYNE [1].

1. Signature apocryphe. Ces vers sont en réalité de Stevenson et portent dans son recueil *Underwoods* (1887) le même titre : *The Country of the Camisards*.

I

À TRAVERS LA LOZÈRE

La piste que j'avais suivie dans la soirée disparut bientôt et je continuai, au delà d'une montée de gazon pelé, de me diriger d'après une suite de bornes de pierres pareilles à celles qui m'avaient guidé à travers le Goulet. Il faisait chaud déjà. J'accrochai ma veste au ballot et marchai en gilet de tricot. Modestine, elle-même tout excitée, partit dans un trottinement cahotant qui faisait valser l'avoine dans les poches de mon paletot. C'était bien la première fois que cela arrivait. La perspective à l'arrière sur le Gévaudan septentrional s'élargissait à chaque pas. A peine un arbre, à peine une maison apparaissaient-ils dans les landes d'un plateau sauvage qui s'étendait au nord, à l'est, à l'ouest, bleu et or dans l'atmosphère lumineuse du matin. Une multitude de petits oiseaux voletaient et gazouillaient autour de la sente. Ils se perchaient sur les fûts de pierre; ils picoraient et se pavanaient dans le gazon et je les vis virevolter par bandes dans l'air bleu et montrer, de temps à autre, des ailes qui brillaient avec éclat, translucides, entre le soleil et moi.

Presque du premier instant de mon ascension, un ample bruit atténué comme une houle lointaine avait empli mes oreilles. Parfois, j'était tenté de croire au voisinage d'une cascade et parfois à l'impression toute subjective de la profonde quiétude du plateau. Mais, comme je continuais d'avancer le bruit s'accrut et devint semblable au sifflement d'une énorme fontaine à thé. Au même instant des souffles d'air glacial, partis directement du sommet, commencèrent de m'atteindre. A la fin, je compris. Il ventait fort sur l'autre versant de la Lozère et chaque pas que je faisais me rapprochait de l'ouragan.

Quoiqu'il eut été longuement désiré, ce fut tout à fait incidemment enfin que mes yeux aperçurent l'horizon par-delà le sommet. Un pas qui ne semblait d'aucune façon plus décisif que d'autres pas qui l'avaient précédé et « comme le rude Cortez lorsque, de son regard d'aigle, il contemplait le Pacifique [1] », je pris possession en mon nom propre d'une nouvelle partie du monde. Car voilà qu'au lieu du rude contrefort herbeux que j'avais si longtemps escaladé, une perspective s'ouvrait dans l'étendue brumeuse du ciel et un pays d'inextricables montagnes bleues s'étendait à mes pieds.

Les monts de Lozère se développent quasiment à l'est et à l'ouest coupant le Gévaudan en deux parties inégales. Son point le plus culminant, ce pic de Finiels sur lequel j'étais debout, dépasse de cinq mille six cents pieds le niveau des eaux de la mer, et, par temps clair, commande une vue sur tout le bas Languedoc jusqu'à la Méditerranée. J'ai parlé à des gens qui, ou prétendaient ou croyaient avoir aperçu, du Pic de Finiels, de blanches voiles appareillant vers Montpellier et Cette [2]. Derrière s'étendait la région septentrionale des hauts-plateaux que ma route m'avait fait traverser, peuplés par une race triste et sans bois, sans beaucoup de noblesse dans les contours des monts, simplement célèbres dans le passé par de petits loups féroces. Mais, devant moi, à demi voilé par une brume ensoleillée, s'étalait un nouveau Gévaudan, plantureux, pittoresque, illustré par des événements pathétiques. Pour m'exprimer d'une façon plus compréhensive, j'étais dans les Cévennes au Monastier et au cours de tout mon voyage, mais il y a un sens strict et local de cette appellation auquel seulement cette région hérissée et âpre à mes pieds a quelque droit et les paysans emploient le terme dans ce sens-là. Ce sont les Cévennes par excellence : les Cévennes des Cévennes.

Dans ce labyrinthe inextricable de montagnes, une guerre de bandits, une guerre de bêtes féroces, fit rage pendant deux années entre le Grand Roi avec toutes ses troupes et ses maréchaux d'une part et quelques milliers de montagnards protestants, d'autre part. Il y a cent quatre-vingts ans [3], les Camisards tenaient un poste là même, sur les monts Lozère où je suis. Ils avaient une organisation, des arsenaux, une hiérarchie militaire et religieuse. Leurs affaires faisaient « le sujet de toutes les conversations des cafés » de Londres. L'Angleterre envoyait des flottes les soutenir. Leurs meneurs prophétisaient et massacraient. Derrière des bannières et des tambours, au chant de vieux psaumes français, leurs bandes affrontaient parfois la lumière du jour, marchaient à l'assaut de cités ceintes de remparts et mettaient en fuite les généraux du roi. Et parfois, de nuit, ou masquées, elles occupaient des châteaux-forts et tiraient vengeance de la trahison de leurs alliés ou exerçaient de cruelles représailles sur leurs ennemis. Là était établi, il y a cent quatre-vingts ans, le chevaleresque Roland [4], « le comte et seigneur Roland, généralissime des protestants de France », sévère, taciturne, autoritaire, ex-dragon, troué de petite vérole, qu'une femme suivait par amour dans ses allées et venues vagabondes. Il y avait Cavalier [5], un garçon boulanger doué du génie de la guerre, nommé brigadier des Camisards à seize ans, pour mourir, à cinquante-cinq, gouverneur anglais de Jersey. Il y avait encore Castanet [6], un chef partisan, sous sa volumineuse perruque et passionné de controverse théologique. Étranges généraux qui se retiraient à l'écart pour tenir conseil avec le Dieu des armées et refuser ou accepter le combat, posaient des sentinelles ou dormaient dans un bivouac sans gardiens, selon que l'Esprit inspirait leur cœur. Et il y avait pour les suivre, ainsi que d'autres meneurs, des ribambelles et des kyrielles de prophètes et de disciples, hardis, patients, infatigables, braves à courir dans les montagnes, charmant leur rude existence avec des psaumes, prompts au combat, prompts à la prière, écoutant pieusement les oracles d'enfants à demi-fous et qui déposaient mystiquement un grain de blé parmi les balles d'étain avec lesquelles ils chargeaient leurs mousquets.

J'avais voyagé jusqu'à ce moment dans une morne région et dans un sillage où il n'y avait rien de plus remarquable que la Bête du Gévaudan, Bonaparte des loups, dévoratrice d'enfants. Maintenant, j'allais aborder un chapitre romantique — ou plus justement une note romantique en bas de page — de l'histoire universelle. Que restait-il de toute cette poussière et de tous ces héroïsmes surannés? On m'avait assuré que le Protestantisme survivait toujours dans ce quartier général de la résistance huguenote. Bien mieux, même un prêtre me l'avait affirmé dans le parloir d'un couvent. Il me restait toutefois à connaître s'il s'agissait d'une survivance ou d'une tradition féconde et vivace. En outre, si dans les Cévennes septentrionales, les gens étaient stricts en opinions religieuses et plus remplis de zèle que de charité, qu'avais-je à attendre de ces champs de persécutions et de représailles? — dans cette contrée où la tyrannie de l'Église avait provoqué la révolte des Camisards et la terreur des Camisards jeté la paysannerie catholique dans une rébellion légale du côté opposé, en sorte que Camisards et Florentins se tenaient cachés dans les montagnes pour sauver leur vie, les uns et les autres.

Juste au faîte du mont où j'avais fait halte pour inspecter l'horizon devant moi, la série de bornes en pierre cessa brusquement et seulement un peu en-dessous, une sorte de piste apparut qui dévalait en spirale une pente à se rompre le cou, tournant comme tire-bouchon. Elle conduisait dans une vallée entre des collines déclives, aux éteules de roc comme un champ de blé moissonné et, vers la base, recouvertes d'un tapis de prés verdoyants. Je me hâtais de suivre la sente : la nature escarpée du versant, les continuels et brusques lacets de la ligne de descente et le vieil espoir invincible de trouver quelque chose de nouveau dans une région nouvelle, tout conspirait à me donner des ailes. Encore un peu plus bas et un ruisseau commença, réunissant lui-même plusieurs sources et menant bientôt joyeux tapage parmi les montagnes. Parfois, il voulait traverser la piste dans un semblant de cascade, avec un radier, où Modestine se rafraîchissait les sabots.

La descente entière fut pour moi comme un rêve, tant elle s'accomplit rapidement. J'avais à peine quitté le sommet que déjà la vallée s'était refermée autour de ma sente et le soleil tombait d'aplomb sur moi, qui marchais dans une atmosphère stagnante de bas-fonds. Le sentier devint une route. Elle descendit et remonta en molles ondulations. Je dépassai une cabane, puis une autre cabane, mais tout semblait à l'abandon. Je n'aperçus pas une créature humaine ni n'entendis aucun bruit, sauf celui du ruisselet. Je me trouvais pourtant, depuis la veille, dans une autre région. Le squelette pierreux du monde était ici vigoureusement en relief exposé au soleil et aux intempéries. Les pentes étaient escarpées et variables. Des chênes s'accrochaient aux montagnes, solides, feuillus et touchés par l'automne de couleurs vives et lumineuses. Ici ou là, quelque ruisseau cascadait à droite ou à gauche jusqu'au bas d'un ravin aux roches rondes, blanches comme neige et chaotiques. Au fond, la rivière (car c'était vite devenue une rivière collectant les eaux de tous côtés, tandis qu'elle suivait son cours) ici un moment écumant dans des rapides désespérés, là formant des étangs du vert marin le plus délicieux taché de brun liquide. Aussi loin que j'étais allé, je n'avais jamais vu une rivière d'une nuance à ce point délicate et changeante. Le cristal n'était pas plus transparent; les prairies n'étaient pas à demi aussi vertes et, à chaque étang rencontré, je sentais une envie frémissante de me débarrasser de ces vêtements aux tissus chauds et poussiéreux et de baigner mon corps nu dans l'air et l'eau de la montagne. Tout le temps que je vivrai, je n'oublierai jamais que c'était un dimanche. La quiétude était un perpétuel « souvenez-vous » et j'entendais en imagination les cloches des églises sonner à toutes volées sur l'Europe entière et la psalmodie de milliers d'églises.

A la fin, un bruit humain frappa mon oreille — un cri bizarrement modulé, entre l'émotion et la moquerie, et mon regard traversant la vallée aperçut un gamin assis dans un pré, les mains encerclant les genoux, rapetissé par l'éloignement jusqu'à une infimité comique. Le petit drôle m'avait repéré alors que je descendais la route, de bois de chênes à bois de chênes remorquant Modestine et il m'adressait les compliments de la nouvelle région par ce trémulant bonjour à l'aigu. Et comme tous bruits sont agréables et naturels à distance suffisante, celui-ci également qui me parvenait à travers l'air très pur de la montagne et franchissait toute la verte vallée, retentissait délicieux à mon oreille et semblait un être rustique comme les chênes et la rivière.

Peu après le ruisseau que je longeais se jeta dans le Tarn, à Pont de Montvert [7], de sanglante mémoire.

NOTES

1. Citation d'un sonnet de John Keats : *On first looking into Chapman's Homer. (N.d.T.)*
2. Aujourd'hui : Sète (Hérault). Septième port de France, le second de la Méditerranée. 41 044 habitants.
3. A l'époque ou l'auteur écrivait (1878).
4. Rolland, qualifié par erreur de comte par ses adversaires, était le nom de guerre de Pierre Laporte (1680-1704). Il fut d'abord berger puis châtreur de moutons avant de devenir chef de guerre. Sa maison, à Mas Soubeyran, commune de Mialet (Gard), abrite le « Musée du Désert », lieu du rassemblement annuel des Protestants de France et autres pays d'Europe.
5. Jean Cavalier (1681-1736). Né à Ribaute-les-Tavernes (Gard).
6. Était bûcheron avant la guerre des Camisards.
7. Pont-de-Montvert (Lozère). A 20 km au N.-E. de Florac, 387 habitants. Altitude : 875 m. Le meurtre du curé de ce village, l'abbé du Cheyla, le 24 juillet 1702, marque le début de la Révolte des Camisards. Leur reddition eut lieu en octobre 1704.

II

PONT DE MONTVERT

Une des premières choses rencontrées à Pont-de-Montvert, si je me souviens bien, fut le temple protestant. Mais ce n'était que le présage d'autres nouveautés. Une subtile atmosphère distingue une ville d'Angleterre d'une ville de France ou même d'Écosse. A Carlisle, vous pouvez vous apercevoir que vous êtes dans une certaine région. A Dumfries, à trente milles plus loin, vous êtes non moins certain d'être dans une autre encore. Il me serait difficile d'exprimer par quelles particularités Pont-de-Montvert se distingue du Monastier ou de Langogne, voire de Bleymard. Mais la différence existait et parlait éloquemment aux yeux. La localité, avec ses maisons, ses sentiers, son lit de rivière éblouissant porte un cachet méridional indéfinissable.

Tout était agitation dominicale dans les rues et dans les cafés comme tout avait été paix dominicale dans la montagne. Il devait y avoir au moins une vingtaine de personnes pour déjeuner vers onze heures avant midi. Quand je me fus restauré et assis pour mettre à jour mon journal, je suppose que plusieurs encore survinrent, l'un après l'autre, ou par groupes de deux ou trois. En traversant les monts Lozère, non seulement j'étais arrivé parmi des visages bien entendu nouveaux, mais j'évoluais sur le territoire d'une race différente. Ces gens, tandis qu'ils dépêchaient en vitesse leurs viandes dans un inextricable jeu d'épée de leurs couteaux, me questionnaient et me répondaient avec un degré d'intelligence qui dépassait tout ce que j'avais jusqu'alors rencontré, excepté parmi les ouvriers de la voie ferrée à Chasseradès. Ils avaient des visages disant la franchise. Ils étaient vifs ensemble de propos et de manières. Ils n'entraient pas seulement dans l'esprit total de mon excursion, mais plus d'un l'assura, s'il avait été assez fortuné, il eut aimé partir pour entreprendre pareil tour.

Même physiquement la transformation était plaisante. Je n'avais plus vu une jolie femme depuis que j'avais quitté le Monastier, et là, une seulement. Maintenant, des trois qui étaient assises en ma compagnie au dîner, une n'était certes point belle, — une pauvre créature timide d'une quarantaine d'années, tout à fait troublée par ce brouhaha de *table d'hôte* et dont je fus le chevalier servant et que je servis jusqu'au vin y compris et que je poussais à boire, m'efforçant généralement de l'encourager. Avec un résultat d'ailleurs exactement contraire. Mais les deux autres, toutes deux mariées, étaient toutes deux plus distinguées que la moyenne des femmes. Et Clarisse? Que dire de Clarisse? Elle servait à table avec une lourdeur impassible et nonchalante qui avait quelque chose de bovin. Ses immenses yeux grisâtres étaient noyés de langueur amoureuse. Ses traits, quoique un peu empâtés, étaient d'un dessin original et fin. Ses lèvres avaient une courbe de dédain. Ses narines dénonçaient une fierté cérémonieuse. Ses joues descendaient en contours bizarres et typiques. Elle avait une physionomie capable de profonde émotion et, avec de l'entraînement, offrait la promesse de sentiments délicats. Il semblait déplorable de voir un aussi excellent modèle abandonné aux admirations locales et à des façons de penser locales. La beauté devrait au moins impressionner belle audience, alors, en un instant, elle se dégage du poids qui l'accable, elle prend conscience d'elle-même, elle adopte une élégance, apprend un maintien et un port de tête et, en rien de temps, *patet dea* [1]. Avant de partir, j'assurai Clarisse de mon admiration sincère. Elle but mes paroles comme du lait, sans gêne ni surprise, en me regardant tout bonnement et fixement de ses yeux immenses. Et je confesse que le résultat en fut pour moi un peu de confusion. Si Clarisse savait lire l'anglais, je n'oserais ajouter que son corps ne valait point son visage. Question secondaire que cela! Mais sans doute serait-il mieux encore, à mesure qu'elle avancerait en âge.

Pont-de-Montvert ou Greenhill Bridge, comme nous dirions chez nous, est une localité fameuse dans l'histoire des Camisards. C'est ici que commença la guerre; ici que ces Covenantaires [2] du Midi égorgèrent leur archevêque Sharp. La persécution, d'une part, le fébrile enthousiasme, d'autre part, sont presque aussi difficiles à comprendre en nos tranquilles temps modernes et selon nos croyances et nos incrédulités modernes. En outre les protestants étaient individuellement et collectivement des esprits sincères, dans le zèle ou la douleur. Tous étaient prophètes et prophétesses. Des enfants à la mamelle auraient exhorté leurs parents aux bonnes œuvres. « Un gosse de quinze mois à Quissac, parla à haute et intelligible voix, des bras maternels, secoué de frissons et de sanglots. » Le maréchal de Villars avait vu une ville où toutes les femmes semblaient « possédées du diable », avaient des crises d'épilepsie et rendaient des oracles en public, dans les rues. Une prophétesse du Vivarais avait été pendue à Montpellier, parce que du sang lui coulait des yeux et du nez et qu'elle déclara qu'elle versait des larmes de sang sur les malheurs des protestants. Et il n'y avait pas que des femmes et des enfants. De dangereux sectateurs de Stalwart, accoutumés à brandir la faucille et à manier la cognée, étaient de même agités de bizarres accès et prophétisaient au milieu des soupirs et de ruisseaux de larmes. Une persécution d'une violence inouïe avait duré près d'une vingtaine d'années et c'était là le résultat de son action sur les martyrs : pendaison, bûcher, écartèlement sur la roue avaient été inutiles. Les dragons avaient laissé les empreintes des sabots de leurs chevaux sur toute la contrée; il y avait des hommes ramant aux galères et des femmes internées dans les prisons ecclésiastiques, et pas une pensée n'était changée au cœur d'un Protestant révolté.

Or, le chef et le principal acteur de la persécution — après Lamoignon de Baville [3] — était François de Langlade du Chayla (prononcez Cheila) archiprêtre des Cévennes et Inspecteur des Missions dans la même région. Il possédait une maison, où il habitait parfois, à Pont de Montvert. C'était un personnage consciencieux qui semble avoir été prédestiné par la nature à devenir un forban. Il avait maintenant cinquante-cinq ans, âge auquel un homme connaît toutes les modérations dont il est capable. Missionnaire dans sa jeunesse, il avait souffert le martyre en Chine, y avait été laissé pour mort, secouru et ramené seulement à la vie par la charité d'un paria. Il est permis de supposer ce paria doté de seconde vue et n'ayant pas agi de la sorte par malice de propos délibéré. Une telle expérience, pourrait-on croire, aurait dû guérir un individu de l'envie de persécuter autrui. Mais l'esprit humain est de nature singulièrement complexe. Après avoir été un martyr chrétien, du Chayla devint un persécuteur chrétien. L'Œuvre de la Propagation de la Foi y allait rondement entre ses mains. Sa maison de Pont-de-Montvert lui servait de prison. Il y brûlait les mains de ses détenus avec des charbons ardents, y arrachait les poils de leur barbe, afin de les convaincre qu'ils étaient dans l'erreur. Et pourtant n'avait-il pas lui-même éprouvé et démontré l'inefficacité de ces arguments physiques chez les Bouddhistes chinois?

Non seulement la vie était rendue intolérable en Languedoc, mais la fuite y était rigoureusement interdite. Un certain Massip, un muletier bien renseigné sur la topographie et les sentiers de la montagne, avait déjà mené plusieurs convois de fugitifs en sécurité à Genève. Lors d'un nouvel exode, composé principalement de femmes déguisées en hommes, du Chayla, dans une heure pour lui néfaste, appréhenda le conducteur. Le dimanche suivant, il y eut conventicule de protestants dans les forêts d'Altifage sur le mont Boudès. Là se rendit incognito un certain Séguier, Esprit Séguier comme l'appelaient ses compagnons — un foulon géant, au visage émacié, édenté, mais rempli du souffle prophétique. Il déclara au nom de Dieu que le temps de la soumission était révolu, qu'on devait courir aux armes pour la délivrance des frères brimés et l'anéantissement des prêtres.

La nuit suivante, 24 juillet 1702, une rumeur inquiéta l'Inspecteur des Missions, alors qu'il se reposait dans sa demeurance-prison de Pont-de-Montvert : les voix d'une foule d'individus qui, chantant des psalmodies à travers la ville, se rapprochaient de plus en plus. Il était dix heures du soir. Du Chayla avait sa petite cour autour de lui : prêtres, soldats et domestiques, au nombre de douze ou quinze. Or, maintenant, comme il redoutait l'insolence d'une manifestation jusque sous ses fenêtres, il dépêcha ses hommes d'armes avec ordre de lui rendre compte de ce qui se passait. Mais les chanteurs de psaumes étaient déjà à la porte : cinquante costauds, conduits par Séguier l'inspiré, et respirant le carnage. A leurs sommations, l'archiprêtre répondit en bon vieux persécuteur : il ordonna à sa garnison de faire feu sur la populace. Un Camisard (car selon certains, c'est de cette tenue nocturne qu'ils ont tiré leur nom) tomba sous la décharge de mousqueterie. Ses camarades se ruèrent contre la porte, armés de haches et de poutres, parcoururent le rez-de-chaussée de la maison, libérèrent les prisonniers et trouvant l'un d'eux dans la *vigne*, une sorte de Fille de Scavenger [4] de l'époque et de l'endroit, redoublèrent de fureur contre du Chayla et par des assauts répétés tentèrent d'emporter l'étage. Lui, de son côté, avait donné l'absolution à ses partisans et ils avaient courageusement défendu l'escalier.

— Enfants de Dieu, arrêtez, s'écria le prophète. Brûlons la maison avec le prêtre et les acolytes de Baal!

L'incendie se propagea rapidement. Par une lucarne du grenier, du Chayla et ses hommes, au moyen de draps de lit noués bout à bout, descendirent dans le jardin. Quelques-uns s'échappèrent en traversant la rivière à la nage, sous les balles des insurgés. Mais l'archiprêtre tomba, se cassa une jambe et ne put que ramper jusqu'à une haie. Quelles furent ses réflexions à l'approche de ce second martyre? Pauvre homme courageux, affolé, haineux qui, selon son point de vue, avait fait courageusement son devoir dans les Cévennes et en Chine! Du moins trouva-t-il quelques paroles pour sa défense. Car lorsque la toiture de son habitation s'écroula à l'intérieur et que l'incendie ravivant de hautes flammes découvrit sa retraite, tandis que ses adversaires furieux accouraient l'en tirer pour le mener sur la place de la ville, et l'appelant damné, il répliqua : Si je suis damné, pourquoi vous damneriez-vous aussi à votre tour?

C'était là du moins un excellent argument. Hélas! au cours de son inspectorat, il en avait fourni d'autres beaucoup plus violents qui plaidaient contre lui dans un sens opposé. Et ceux-là il allait maintenant les entendre. Un à un, les Camisards, Séguier en tête, s'approchèrent de lui et le frappèrent de coups de poignards. — Voilà, disaient-ils, pour mon père écartelé sur la roue! Voilà pour mon frère expédié aux galères! Ceci pour ma mère ou ma sœur emprisonnée dans tes couvents maudits! Chacun portait son coup et l'expliquait. Puis tous s'agenouillèrent et chantèrent des psaumes autour du cadavre jusqu'à l'aube. A l'aube, toujours psalmodiant, ils se dirigèrent vers Frugères, plus haut sur le Tarn, achever leur œuvre de vengeance, laissant en ruines l'hôtel-prison et sur la place publique un cadavre percé de cinquante-deux blessures.

Ce fut une sauvage équipée nocturne, avec accompagnement perpétuel de psaumes. Il semble que le chant d'un psaume garde toujours dans cette ville sur le Tarn, un accent de menace. Toutefois l'aventure ne s'achève point, même en ce qui concerne Pont-de-Montvert, par le départ des Camisards. La carrière de Séguier fut brève et sanguinaire. Deux prêtres encore et une famille entière de Ladevèze, du père aux domestiques, tombèrent entre ses mains ou furent appréhendés par son ordre. Pourtant, il ne fut que quelques jours en liberté et maintenu en respect, tout ce temps-là, par la troupe. Capturé enfin par un célèbre soldat de fortune, le capitaine Poul, il comparut impassible devant ses juges.

— Votre nom? demandèrent-ils.

— Pierre Séguier.

— Pourquoi êtes-vous appelé Esprit?

— Parce que l'Esprit du Seigneur habite en moi.

— Votre domicile?

— En dernier lieu au désert et, bientôt, au ciel.

— N'avez-vous point remords de vos crimes?

— Je n'en ai commis aucun. Mon âme ressemble à un jardin plein de gloriettes et de fontaines.

A Pont-de-Montvert, le 12 août, on lui trancha la main droite et il fut brûlé vif. Et son âme ressemblait à un jardin! Ainsi peut-être était aussi l'âme de du Chayla, le martyr du Christ. Et peut-être que si vous pouviez lire en moi-même et si je pouvais lire dans votre conscience, notre mutuel sang-froid serait-il moins surprenant.

La maison de du Chayla est toujours debout, sous une toiture neuve, à proximité de l'un des ponts de la ville. Et les curieux peuvent visiter le jardin en terrasse dans lequel l'archiprêtre se laissa choir.

NOTES

1. Allusion à un vers de Virgile : « se révèle une déesse. » *(N.d.T.)*

2. Nommés aussi presbytériens ou puritains, adhérents du Covenant, pacte conclu en 1588 par les Écossais pour la conservation de leur culte national contre Charles Ier, qui voulait leur imposer le rite anglican.

3. Nicolas Lamoignon de Baville (1648-1724). Intendant du Languedoc, à Montpellier : un « super-préfet » de l'époque.

4. Instrument de torture — large anneau de fer comprimant le corps du patient, jusqu'à en faire jaillir le sang. Inventé par Sir Skevington, lieutenant de police anglais.

III

DANS LA VALLÉE DU TARN

Une route neuve conduit de Pont-de-Montvert à Florac [1], par la vallée du Tarn. Son assise de sable doux se développe environ à mi-chemin entre le faîte des monts et la rivière au fond de la vallée. Et j'entrais pour en sortir, alternativement, sous des golfes d'ombres et des promontoires ensoleillés par l'après-midi. C'était une passe analogue à celle de Killiecrankie, un ravin profond en entonnoir dans les montagnes, avec le Tarn menant un grondement merveilleusement sauvage, là-bas, en-dessous, et des hauteurs escarpées dans la lumière du soleil, là-haut, au-dessus. Une étroite bordure de frênes cerclait la cime des monts comme du lierre sur des ruines. Sur les versants inférieurs et au delà de chaque gorge, des châtaigniers, par groupes de quatre, montaient jusqu'au ciel sous leur feuillage épandu. Certains étaient implantés chacun sur une terrasse individuelle pas plus large qu'un lit; d'autres, confiants en leurs racines, trouvaient moyen de croître, de se développer, de rester debout et touffus sur les pentes ardues de la vallée. D'autres, sur les bords de la rivière, restaient rangés en bataille et puissants comme les cèdres du Liban. Pourtant là même où ils croissaient en masse serrée, ils ne faisaient point penser à un bois, mais à une troupe d'athlètes. Et le dôme de chacun de ces arbres s'étalait, isolé et vaste d'entre les dômes de ses compagnons, comme s'il avait été lui-même une petite éminence. Ils dégageaient un parfum d'une douceur légère qui errait dans l'air de l'après-midi. L'automne avait posé ses teintes d'or et de flétrissure sur leur verdure et le soleil, brillant au travers, atténuait leur rude feuillage, en sorte que chaque épaisseur prenait du relief contre son voisin, non dans l'ombre, mais dans la lumière. Un humble dessinateur d'esquisses lâchait, ici, désespéré, son crayon.

Je voudrais pouvoir donner une idée du développement de ces arbres majestueux, comme ils étalaient leur ramure ainsi que le chêne, traînaient leurs branchages jusqu'au sol ainsi que le saule; comment ils dressaient des fûts de colonnes, pareils aux piliers d'une église ou comment, ainsi que de l'olivier, du tronc le plus délabré, sortaient de jeunes et tendres pousses qui infusaient une vie nouvelle aux débris de la vie ancienne. Ainsi participaient-ils de la nature de plusieurs essences différentes. Et il n'était pas jusqu'à leur bouquet épineux du faîte dessiné de plus près sur le ciel qui ne leur conférât une certaine ressemblance avec le palmier, impressionnante pour l'imagination. Mais leur individualité, quoique formée d'éléments si divers, n'en était que plus riche et plus originale. Et baisser les yeux au niveau de ces masses abondantes de feuillages ou voir un clan de ces bouquets d'antiques châtaigniers indomptables, « pareils à des éléphants attroupés » sur l'éperon d'une montagne, c'est s'élever aux plus sublimes méditations sur les puissances cachées de la nature.

Entre la musarde humeur de Modestine et la

beauté de ce spectacle notre progression fut lente, tout cet après-midi. Enfin, observant que le soleil, bien qu'encore loin de son coucher, commençait déjà d'abandonner l'étroite vallée du Tarn, je me mis à songer à un endroit où camper. Ce n'était point chose aisée à trouver. Les terrasses étaient trop étriquées et le sol, là où il n'y avait point de plates-formes, était trop déclive pour s'y pouvoir étendre. J'aurais pu glisser pendant la nuit et m'éveiller, vers le matin, les pieds ou la tête dans la rivière.

Après peut-être un mille, j'aperçus à environ soixante pieds au-dessus de la route, un petit plateau assez large pour contenir mon sac et protégé, comme par un sûr parapet, par le vieux tronc d'un énorme châtaignier. Là, avec des peines infinies, à coups de pied et d'aiguillon, je hissai la reluctante Modestine et me hâtai de la débarrasser de son fardeau. Il n'y avait place que pour moi sur ce plateau et il me fallut remonter presque aussi haut encore, avant de trouver un endroit propice pour ma bourrique. C'était un amas de pierres croulantes, sur un gradin artificiel, qui n'avait certes pas cinq pieds carrés en tout. J'attachai là Modestine et lui ayant donné avoine et pain et empilé un tas de feuilles de châtaigniers dont elle était gourmande, je descendis une fois de plus à mon propre campement.

La position était désagréablement exposée à la vue. Quelques chariots passèrent sur la route voisine et aussi longtemps qu'il fit clair, je me dérobai pour tout le monde, ainsi qu'un Camisard traqué, derrière la forteresse qu'était pour moi le tronc du vieux châtaignier. Car j'avais une véritable peur d'être découvert et visité par des gais lurons pendant la nuit. Je vis pourtant qu'il me faudrait m'éveiller de bonne heure. Ces plantations de châtaigniers en effet, avaient été le théâtre de l'activité locale pas plus tard que la veille. La pente était jonchée de branchages élagués et, çà et là, un gros tas de feuilles était ramassé contre un tronc, car même les feuilles sont avantageuses. Les paysans les utilisent, l'hiver, en manière de fourrage pour leurs bêtes. Je pris mon repas tout craintif et tremblant, à demi replié sur moi-même, afin de n'être point aperçu de la route. Et j'irai jusqu'à dire que j'y étais aussi inquiet que si j'avais été un éclaireur de la clique de Josué sur les hauteurs de la Lozère ou de celle de Salomon dans le Tarn, aux intervalles des chœurs psalmodiés et du sang répandu. Voire, au vrai, peut-être plus encore, car les Camisards témoignaient d'une inébranlable confiance en Dieu. Et ce récit me revenait en mémoire : le comte du Gévaudan chevauchant avec une troupe de dragons et un notaire à l'arçon de sa selle, pour renforcer le serment de fidélité dans tous les hameaux de la région, pénétra dans un vallon des bois. Et il trouva Cavalier et ses partisans en joyeuse frairie assis sur l'herbette, leurs chapeaux enguirlandés de couronnes de buis, tandis qu'une quinzaine de femmes lavaient leur linge à la rivière. Telle était une fête rustique en 1703. A cette date, Antoine Watteau aurait pu peindre des scènes de ce genre.

Ce fut un campement bien différent de celui de la nuit précédente dans la pineraie froide et silencieuse. Il faisait chaud, même étouffant dans la vallée. Le coassement clair des grenouilles, comme la musique et le trémolo d'un sifflet à roulette, s'éleva des bords de la rivière dès avant le soleil couché. Dans l'obscurité croissante de légers froissements commencèrent d'agiter les feuilles tombées. De temps à autre des bruits menus de crissements ou de forage m'arrivaient aux oreilles. Et, de temps à autre, il me semblait apercevoir le passage rapide d'une forme indistincte entre les châtaigniers. Une multitude de grandes fourmis s'attroupaient sur le sol; des chauves-souris me frôlaient et des moustiques faisaient leur musique au-dessus de ma tête. Les longs rameaux aux bouquets de feuillage se suspendaient contre le ciel ainsi que des guirlandes et ceux qui se trouvaient immédiatement au-dessus ou autour de moi ressemblaient à un treillis qui aurait été détérioré et à demi renversé par un ouragan.

Le sommeil pendant un long temps déserta mes paupières et, au moment précis où je commençais à le sentir voleter paisiblement au-dessus de mes membres et s'installer pesamment dans mon cerveau, un bruit à mon chevet me retint soudain bien éveillé de nouveau et, je l'avoue sans feintes, me fit battre le cœur. Ce bruit, on eut dit de quelqu'un qui grattait avec l'ongle d'un doigt. Il partait d'en-dessous de mon havresac qui me servait d'oreiller; il se reproduisit trois fois avant que j'eusse eu le temps de me lever et de le retourner. Impossible d'y rien voir, impossible de rien entendre de plus que certains de ces mystérieux frôlements proches ou lointains avec l'accompagnement sempiternel du ruisselet et des grenouilles. J'appris le lendemain que les châtaigneraies sont infestées de rats; froufroutage, grignotement et grattage, tout cela était probablement leur fait. Mais pour le moment l'énigme demeurait insoluble et il me fallut m'accommoder pour dormir, du mieux possible, d'une étonnante perplexité quant à mon voisinage.

Je fus éveillé dans la grisaille du matin (lundi 30 septembre) par un bruit de pas peu distant sur les pierres. Ouvrant les yeux, j'aperçus un paysan qui cheminait à proximité sous les châtaigniers dans une sente que je n'avais pas remarquée jusqu'alors. Il ne tourna la tête ni à gauche, ni à droite et disparut, en quelques enjambées, dans le feuillage. C'en était une chance! Mais de toute évidence, il était plus que temps de déguerpir. Les ruraux étaient dehors, à peine moins redoutables pour moi dans ma situation indéfinissable, que les soldats du capitaine Poul pour un Casmisard intrépide. Je fis manger Modestine avec toute la diligence dont je fus capable. Mais tandis que je retournais à mon sac, je vis un homme et un gamin dévaler le versant de la montagne dans une direction qui croisait la mienne. Ils me saluèrent de paroles inintelligibles et je leur répondis par des mots inarticulés mais cordiaux et m'empressai de mettre mes guêtres.

Le couple, qui semblait être père et fils, remonta jusqu'à la plate-forme et se tint à mon côté, sans souffler mot pendant quelque temps. Le lit était ouvert et je vis, non sans regret, mon revolver gisant bien en vue sur la laine bleue. A la fin, après m'avoir examiné des pieds à la tête, comme le silence était devenu comiquement embarrassant, l'homme, d'une voix qui me parut plutôt revêche, demanda :

— Vous avez dormi ici?

— Oui, dis-je, comme vous voyez!

— Pourquoi? interrogea-t-il.

— Ma foi, répondis-je, sans gêne, j'étais fatigué.

Il s'enquit ensuite de l'endroit où j'allais et de ce que j'avais eu pour dîner. Puis, sans la moindre transition : *C'est bien!* ajouta-t-il, *allons nous-en!* Et son fils et lui, sans un mot de plus, s'en retournèrent jusqu'au prochain et unique châtaignier qu'ils se mirent à émonder. L'affaire s'était passée plus simplement que je ne l'avais espéré. C'était un homme grave, respectable et sa voix inamicale n'impliquait point qu'il crut parler à un coupable, mais certainement à un inférieur.

Je fus bientôt en route, grignotant une barre de chocolat et sérieusement occupé d'un cas de conscience. Devais-je payer mon logement de cette nuit-ci? J'avais mal dormi. Le lit était plein de puces sous les espèces de fourmis. Il n'y avait point d'eau dans la chambre. L'aurore elle-même avait négligé de m'appeler au matin. J'aurais pu avoir manqué un train, s'il y en avait eu un à prendre dans le voisinage. Bref, j'étais peu satisfait de l'hospitalité et j'avais résolu de ne point payer, sauf si je faisais rencontre d'un mendiant.

La vallée même semblait plus agréable au matin et bientôt la route descendit au niveau de la rivière. Alors, en un endroit où se groupaient plusieurs châtaigniers droits et florissants qui formaient îlot sur une terrasse, je fis ma toilette dans l'eau du Tarn. Elle était merveilleusement pure, froide à donner le frisson. Les bulles de savon s'évanouissaient comme par enchantement, dans le courant rapide et les roches rondes toutes blanches y offraient un modèle de propreté. Me baigner dans une des rivières de Dieu en plein air, me paraît une sorte de cérémonie intime ou l'acte d'un culte demi païen. Barboter parmi les cuvettes dans une chambre peut sans doute nettoyer le corps, mais l'imagination n'a point de part à pareil lessivage. Je poursuivis mon chemin d'un cœur allègre et pacifié et chantonnant en moi-même des psaumes rythmant ma marche.

Soudain surgit une vieille femme qui, à brûle-pourpoint, sollicita l'aumône.

— Bon, pensai-je, voici venir le garçon et l'addition!

Et je réglai sur le champ mon logement de la nuit.

Prenez ça comme il vous plaira, mais ce fut là le premier et le dernier mendiant rencontré de toute mon excursion.

Quelques pas plus loin, je fus rejoint par un vieillard en bonnet de coton sombre, aux yeux clairs, au teint halé, au léger sourire émouvant. Une petite fille le suivait, conduisant deux brebis et un bouc, mais qui resta dans notre sillage, tandis que le bonhomme marchait à mon côté, et parlait de la matinée et de la vallée. Il n'était pas beaucoup plus de six heures et, pour des gens en bonne santé qui ont dormi leur content, c'est là une heure d'expansion et de franc et confiant bavardage.

— *Connaissez-vous le Seigneur?* me dit enfin le brave homme.

Je lui demandai de quel seigneur il voulait parler. Mais il répéta seulement sa question avec plus d'emphase et, dans les yeux, un regard significatif d'espoir et d'intérêt.

— Ah! fis-je, pointant un doigt vers le ciel, je vous comprends maintenant. Oui, oui, je le connais. C'est la meilleure de mes connaissances.

Le vieillard m'assura qu'il en était heureux. « Tenez, ajouta-t-il, frappant sa poitrine, cela me fait du bien là. Il y en a peu qui connaissent le Seigneur dans ces vallées, continua-t-il, pas beaucoup, un peu tout de même. Beaucoup d'appelés, cria-t-il, peu d'élus. »

— Mon père, dis-je, il n'est point facile de préciser qui connaît le Seigneur et ce n'est point en tout cas notre affaire. Protestants et Catholiques, voire ceux qui idolâtrent des pierres, peuvent le connaître et être connus de lui, car il est le créateur de toutes choses.

Je ne me savais pas si bon prédicateur.

Le vieillard m'affirma qu'il pensait comme moi et renouvela l'assurance du plaisir qu'il éprouvait de ma rencontre. « Nous sommes si peu, dit-il. On nous appelle des Moraves ici; mais, plus bas, dans le département du Gard, où il y a également bon nombre de croyants on les appelle des Derbistes, du nom d'un pasteur anglais. »

Je commençai à comprendre que je faisais figure, dans une réalité suspecte, de membre de quelque secte de moi inconnue. Mais j'étais plus heureux du plaisir éprouvé par mon compagnon qu'embarrassé par ma situation équivoque. Je ne saurais trouver déloyal, en effet, d'avouer ne saisir aucune différence particulièrement dans ces matières transcendantes en qui nous avons tous la certitude que si d'aucuns peuvent se tromper, nous ne sommes nous-mêmes pas assurés d'avoir raison. On parle beaucoup de vérité, mais ce vieillard en bonnet de coton brun se montrait si ingénu, doux et fraternel que je me sentais presque disposé moi-même à professer son prosélytisme. C'était, comme par hasard, un frère de Plymouth. Ce que le terme peut signifier au point de vue dogmatique, je n'en avais pas la moindre idée, — ni le temps de m'en informer. Toutefois, je sais bien que nous sommes tous embarqués sur la mer démontée du monde, tous enfants d'un même père et qui s'efforcent sur beaucoup de points essentiels, d'agir de même et de se ressembler. Et quoique ce fut, en un sens, par une sorte de malentendu qu'il me serrât si souvent les mains et se montrât si enclin à entendre mes propos, c'était là l'erreur d'une sorte de quêteur de vérité. Car la charité débute les yeux bandés; ce n'est qu'à la suite d'une série de méprises de ce genre, qu'elle s'établit enfin sur un principe raisonnablement fondé d'amour et de patience et une confiance absolue en notre prochain tout entier. Si j'avais trompé ce brave homme, j'eusse volontiers continué à en tromper d'autres de la même manière. Et si jamais, en fin de compte, hors de nos voies individuelles et désolées, nous devons nous rassembler tous dans une demeure commune, j'ai l'espoir auquel je m'accroche avec ferveur, que mon frère montagnard de Plymouth s'empressera de m'y serrer les mains une fois de plus.

Ainsi discourant comme Chrétien et Fidèle [2], chemin faisant, lui et moi parvînmes à un petit hameau à proximité du Tarn. Ce n'était qu'une humble localité du nom de La Vernède, comprenant moins d'une douzaine de maisons et une chapelle protestante sur une butte. Ici habitait le vieillard et ici, à l'auberge, je commandai mon déjeuner. L'auberge était tenue par un aimable jeune homme casseur de pierres sur la route, et par sa sœur, jeune fille jolie et avenante. L'instituteur du village s'amena pour bavarder avec l'étranger. Toutes ces personnes étaient des Protestants, — fait qui me plut au delà de ce que j'en eusse attendu. Et ce qui me fit encore davantage plaisir, c'est que tous semblaient des gens simples et honnêtes. Le Frère de Plymouth m'entoura d'une sorte de sollicitude affectueuse et, par trois fois au moins, il revint s'assurer que j'étais satisfait de mon menu. Sa manière d'agir me toucha profondément et, maintenant encore, son souvenir m'émeut. Il craignait d'être importun, mais il ne quittait pas volontiers ma compagnie une minute et il semblait ne jamais se lasser de me serrer les mains.

Lorsque tous les autres furent partis à leur travail, je m'assis pendant près d'une demi-heure à deviser avec la jeune patronne de l'établissement. Elle parla gentiment du produit de sa récolte de châtaignes et des beautés du Tarn et des antiques attaches de famille qui se brisent sans cependant cesser de subsister quand les jeunes gens s'éloignent de leur chez soi. C'était, j'en suis certain, une excellente nature, d'une franchise campagnarde qui cachait beaucoup de délicatesse; qui l'aimera sera, sans doute, un jeune homme heureux.

La vallée en-dessous de La Vernède me plaisait de plus en plus, au fur et à mesure que j'avançais. Tantôt les montagnes nues et couvertes d'éboulis se rapprochaient de part et d'autre et emprisonnaient la rivière entre des falaises. Tantôt, la vallée s'élargissait et verdoyait comme une prairie. La route me conduisit au delà du vieux château-fort de Miral, situé sur un éperon, au-delà d'un couvent crénelé depuis longtemps détruit et converti en église et presbytère; au delà aussi d'un groupe de toits noirs, le village de Cocurès [3] assis parmi les vignobles, et les prés et les vergers riches de pommes rouges. Là, au long de la chaussée, des gens gaulaient des noix aux arbres d'un côté de la route et en remplissaient sacs et paniers. Les montagnes, quoique la vallée demeurât spacieuse, étaient toujours hautes et dénudées aux dentelures âpres, avec, çà et là, des aiguilles qui pointaient. Et le Tarn murmurait toujours parmi les pierres sa chanson montagnarde. Je m'étais attendu, d'après des touristes à l'humeur pittoresque, à trouver une région horrifique selon le cœur de Byron. A mes regards d'Écossais, elle semblait riante et généreuse, tandis que la température donnait à mon corps d'Écossais, une sensation d'arrière-été. Pourtant les châtaigniers étaient déjà dépouillés par l'automne et les peupliers qui commençaient ici à s'y mêler, étaient devenus d'or pâli aux approches de l'hiver.

Il y avait dans le site un aspect souriant malgré sa rudesse qui m'expliquait l'esprit de ces Covenantaires du Midi. Ceux qui, en Écosse, se réfugièrent dans les montagnes pour la paix de leur conscience, étaient tous d'humeur mélancolique et troublée, car une fois qu'ils avaient reçu assistance de Dieu, ils avaient au moins deux fois été en lutte avec le diable. Mais les Camisards n'avaient que de claires visions auxiliatrices. Ils trempaient davantage dans le sang, à la fois comme vainqueurs ou vaincus; pourtant je ne vois dans leurs archives nulle possession diabolique. Ils continuaient de vivre la conscience tranquille dans ces rudes temps et malgré les circonstances. L'âme de Séguier, ne l'oublions pas, ressemblait à un jardin. Ils se savaient à la droite de Dieu, avec une certitude sans égale chez les Écossais. Car les Écossais, bien que assurés de leur cause, n'avaient jamais confiance en eux-mêmes.

« Nous courions, raconte un vieux Camisard, lorsque nous entendions le chant des psaumes, nous courions comme si nous avions des ailes. Nous ressentions, à l'intime de nous, une ardeur exaltante, un désir qui nous soulevait. Des mots ne peuvent traduire nos sentiments. C'est quelque chose qu'il faut avoir ressenti pour le comprendre. Aussi harassés que nous pouvions être, nous ne pensions plus à notre fatigue et nous devenions enthousiastes dès que le chant des psaumes arrivait à nos oreilles. »

La vallée du Tarn et les gens rencontrés à La Vernède, m'expliquèrent non seulement ce texte, mais les vingt années de souffrance que ceux-là qui étaient si obstinés et sanguinaires dès qu'ils s'étaient engagés au combat, endurèrent avec une douceur d'enfants et une constance de paysans et de saints.

NOTES

1. Sous-préfecture de la Lozère, 1 800 habitants. 542 habitants.

2. Personnages du roman de John Bungan *le Voyage du Pèlerin*.

3. Cocurès (Lozère). 165 habitants. Altitude : 606 m.

IV

FLORAC

Sur un affluent du Tarn est situé Florac, siège d'une sous-préfecture, qui possède un vieux château-fort et des boulevards de platanes, maints quartiers anciens et une source vive qui jaillit de la falaise. Cette ville est renommée, en outre, par ses jolies femmes et comme l'une des deux capitales, — l'autre étant Alais, — du pays des Camisards.

Le propriétaire de l'auberge me conduisit après le déjeuner, à un café voisin où je devins, ou plutôt mon voyage devint le thème de la conversation de l'après-midi. Tout le monde avait quelques suggestions à faire au sujet de la direction à prendre. On alla chercher, à la sous-préfecture même, la carte de l'arrondissement et elle fut bien maculée de traces de pouces parmi les tasses de café et les petits verres de liqueur. La plupart de ces conseilleurs bénévoles étaient protestants. Cependant je remarquai que Catholiques et Protestants avaient les rapports les plus aisés du monde. Je ne fus pas peu surpris de voir comme persistait là, vivace, le souvenir des guerres de religion. Parmi nos montagnes du Sud-Ouest, près de Mauchline, Camnock et Carsphairn, dans des fermes isolées ou des cures, de graves Presbytériens se remémorent toujours les temps de la grande persécution et les tombes des martyrs locaux ne cessent d'être pieusement entretenues. Mais dans les villes, chez ceux qu'on nomme les classes supérieures, j'ai peur que ces antiques exploits ne soient devenus des contes oiseux. Si l'on rencontre une société mêlée aux Armes Royales à Wigton, il n'y est point parlé de la même façon des Covenantaires. Que dis-je? A Muirkirk de Glenluce, j'ai rencontré la femme d'un bedeau qui n'avait jamais entendu parler du prophète Peden. Mais ces Cévenols-ci étaient fiers de leurs ancêtres, dans un sentiment tout différent. La guerre était leur topique préféré. Ses hauts faits leurs lettres patentes de noblesse. Et là où un homme et une famille n'avaient eu que cette seule aventure, une aventure héroïque, on pouvait s'attendre à une certaine prolixité de renseignements et l'excuser. On me dit que la contrée abondait en légendes jusqu'alors non recueillies. Par ces gens, j'entendis parler de descendants de Cavalier — non de descendants en ligne directe, mais de neveux ou de cousins — qui étaient toujours des personnages considérés sur le théâtre des exploits du gamin-général. Un fermier avait vu les os d'anciens combattants exhumés au soleil d'un après-midi du XIXe siècle, dans un champ où les ancêtres avaient combattu et où leurs arrière-petits-fils creusaient un fossé.

Plus tard, dans la journée, un des pasteurs protestants eut l'amabilité de me rendre visite; un homme jeune, intelligent et distingué avec qui je passai quelques heures d'agréable conversation. Florac, me dit-il, est mi-partie protestant, mi-partie catholique. La différence de religion s'y double, d'ordinaire, d'une divergence politique. Qu'on juge de ma surprise, arrivant comme je le faisais, d'une Pologne aux caquetages de purgatoire comme cette bourgade du Monastier, lorsque j'appris que la population entière vivait en relations très pacifiques, qu'il y avait même échange de bons services entre des familles ainsi doublement séparées. Camisards noirs et Camisards blancs, miliciens et miquelets et dragons, prophète protestant et cadet catholique de la Croix Blanche, tous avaient sabré et fait le coup de feu, brûlé, pillé et assassiné, le cœur ivre de passion et de courroux et là-même, cent soixante-dix ans après, le Protestant était toujours protestant, le Catholique toujours catholique, dans une mutuelle tolérance et douce amitié de vie. Mais le genre humain comme cette indomptable nature dont il est issu lui a conféré ses qualités particulières. Les années et les saisons portent diverses moissons, le soleil réapparaît après la pluie et l'humanité survit aux animosités séculaires comme un individu se dégage des passions quotidiennes. Nous jugeons nos devanciers d'un point de vue plus théologique et la poussière s'étant un peu dissipée après plusieurs siècles, nous pouvons voir les antagonistes parés de vertus humaines et se combattant avec un semblant de raison.

Je n'ai jamais cru qu'il fut facile d'être équitable et j'ai trouvé, de jour en jour, que c'était même plus difficile que je ne pensais. J'avoue avoir rencontré ces Protestants avec plaisir et avec l'impression d'être comme en famille. J'avais coutume de parler leur langage, dans une autre et plus profonde acception du terme que ce qui en fait la distinction entre le français et l'anglais, car la véritable Babel consiste en une divergence morale. Par là m'était possible une sociabilité plus libre avec les Protestants et plus exacte à leur endroit qu'envers les Catholiques. Père Apollinaire pouvait faire équipe avec mon frère montagnard de Plymouth, comme deux vieillards innocents et dévots. Pourtant, je me demande si j'étais aussi près de sentir les mérites du Trappiste ou, si, catholique, j'eusse apprécié si chaleureusement le dissident de La Vernède. Avec le premier j'étais dans un état de pure indulgence, tandis qu'avec l'autre, malgré un malentendu et tout en gardant certaines réserves, il était toujours possible de soutenir une conversation et d'échanger de loyales pensées. Dans ce monde imparfait, nous accueillons avec joie des sympathies même partielles. Et ne rencontrerions-nous qu'un seul homme auquel ouvrir notre cœur franchement, avec qui pouvoir marcher dans l'affection et la simplicité sans feinte, nous n'avons pas lieu de nous plaindre ni du monde, ni de Dieu.

V

DANS LA VALLÉE DE LA MIMENTE

Le mardi, 1er octobre, nous quittâmes Florac, bourrique fatiguée et conducteur de bourrique fatigué. Un petit chemin en amont du Tarnon, un pont couvert en bois, nous firent pénétrer dans la vallée de la Mimente. D'âpres montagnes de roche rougeâtre dominaient le cours d'eau. D'immenses chênes et des châtaigniers croissaient sur les versants ou sur les terrasses pierreuses. Çà et là, un champ rouge de millet ou quelques pommiers surchargés de pommes écarlates, puis la route longea de fort près deux hameaux obscurs, l'un d'eux nanti d'un ancien château-fort, haut perché, à réjouir le cœur du touriste.

Ici encore il fut malaisé de découvrir un emplacement où camper. Même sous les chênes et les châtaigniers, le sol n'était pas seulement déclive, mais encombré de cailloux épars. Là où il n'y avait point de couvert, les montagnes dévalaient jusqu'au cours d'eau dans un précipice rougeâtre tapissé de bruyères. Le soleil avait quitté les pics les plus hauts devant moi et la vallée s'emplissait du mugissement des cornes des bergers qui ramenaient les troupeaux à l'étable pendant que j'examinais une crique de prairies à quelque distance sous la route, dans un repli de la rivière. J'y descendis et attachant provisoirement Modestine à un arbre, je me mis à inspecter le voisinage. Une ombre crépusculaire d'un gris cendré emplissait le ravin. A peu de distance les objets devenaient indistincts et s'enchevêtraient trompeusement les uns aux autres. Et l'obscurité montait rapidement comme une buée. Je m'approchais d'un chêne immense qui croissait dans la prairie à l'extrême bord de la rivière, lorsque, à mon déplaisir, des voix d'enfants me parvinrent aux oreilles et j'aperçus une habitation, au tournant, sur la rive opposée. Je fus presque tenté de recharger et de repartir; toutefois l'obscurité croissante m'engagea à rester. Je n'avais qu'à me tenir coi jusqu'à la venue de la nuit et à me fier à l'aurore pour m'appeler de bonne heure, le matin. Pourtant il était pénible d'être gêné par des voisins dans une si vaste hôtellerie.

Un creux sous le chêne me servit de lit. Avant que j'eusse donné à manger à Modestine et disposé mon sac, trois étoiles brillaient déjà avec éclat et les autres commençaient d'apparaître aux profondeurs du ciel. Je descendis emplir mon bidon à la rivière qui semblait très sombre parmi les rochers; je dînai de bon appétit dans l'obscurité, car j'hésitais à allumer une lanterne si près d'une maison. La lune, dont j'avais vu le pâle croissant durant tout l'après-midi, éclairait faiblement le faîte des monts, mais aucun rayon ne descendait au creux du ravin où j'étais étendu. Le chêne se dressait devant moi comme une colonne d'obscurité et, au-dessus de ma tête, de bienveillantes étoiles étaient accrochées au fronton de la nue. Personne ne connaît les étoiles qui n'a dormi, selon l'heureuse expression française, *à la belle étoile*. Il peut bien savoir tous leurs noms et distances et leurs grandeurs et demeurer pourtant dans l'ignorance de ce qui seul importe à l'humanité, leur bénéfique et sereine influence sur les âmes. Les étoiles sont la plus grande source de poésie et, à juste titre d'ailleurs, car elles sont elles-mêmes les plus classiques des poètes. Ces mondes même lointains, brillants comme des flambeaux ou agglomérés comme une poussière de diamants, là-haut, ont été les mêmes pour Roland ou pour Cavalier, lorsque pour emprunter une expression de ce dernier, « ils n'avaient d'autre tente que les cieux et d'autre lit que la terre maternelle ».

Toute la nuit, un vent violent souffla dans la vallée et je sentis sur moi tomber les glands du chêne. Pourtant cette première nuit d'octobre, l'atmosphère était aussi douce qu'au mois de mai et je dormis ayant repoussé ma fourrure.

Je fus fort troublé par les jappements d'un chien, animal que je redoute plus qu'un loup. Un chien est infiniment plus brave et, en outre, le sentiment du devoir l'encourage. Si l'on tue un loup, on ne rencontre qu'approbation et louange; si l'on tue un chien, les droits sacro-saints de la propriété et les affections domestiques élèvent à la ronde contre vous une clameur réprobatrice en vue d'une réparation. A la fin d'une journée éreintante le bruit cruellement répété de l'aboiement d'un chien cause une vive contrariété; à un trimardeur de mon espèce, voilà qui représente le monde confortable et sédentaire sous son aspect le plus odieux. Il y a quelque chose du clergyman et de l'homme de loi dans cet animal domestique. S'il n'était pas punissable à coups de pierres, l'homme le plus hardi renoncerait à voyager à pied. J'ai beaucoup d'égards pour les chiens dans le cercle de famille, mais sur la route ou dormant *sub divo*, je les déteste ensemble et les redoute.

Je fus éveillé le lendemain matin (mardi 1er octobre) par le même cabot — car je le reconnus à son aboiement — descendant à fond de train sur la berge et qui, me voyant me lever, battit en retraite en grande hâte. Les étoiles n'étaient pas encore tout à fait éteintes. Le ciel était de ce gris-bleu atténué et enchanteur du prime matin. Une lumière encore pure commençait de s'épandre et les arbres sur les cimes se silhouettaient à traits secs sur l'horizon. Le vent avait tourné au nord et ne m'atteignait plus dans le ravin; mais, tandis que je continuais mes préparatifs, il poussa vivement un nuage blanc au delà du sommet de la montagne et, levant les yeux je fus surpris de voir le nuage teinté d'or. Dans ces régions élevées de l'atmosphère, le soleil brillait déjà comme à midi. Si seulement les nuages voguaient assez haut, pareil phénomène se produirait durant toute la nuit, car la lumière du jour ne cesse jamais dans les champs de l'espace.

Comme j'entreprenais de remonter la vallée, un ouragan surgi de l'Orient, s'y abattit quoique les nuages au-dessus de ma tête continuassent leur course dans une direction presque opposée. Quelques enjambées plus loin, et j'aperçus un versant entier de la montagne doré par le soleil; et un peu au delà encore, entre deux pics, un disque de lumière éblouissante apparut flottant dans le ciel et je me trouvai une fois de plus, face à face, avec l'immense bûcher de joie qui occupe le centre de notre système planétaire.

Je ne rencontrai qu'un être humain, cette matinée-là : un sombre voyageur d'allure militaire qui portait une carnassière attachée à un ceinturon. Il me fit une remarque qui vaut, me semble-t-il, d'être rapportée. Comme je lui demandais, en effet, s'il était protestant ou catholique :

— Oh ! fit-il, je n'ai point honte de ma religion. Je suis catholique.

Il n'avait point honte de sa religion ! La phrase est un document de naïve statistique; c'est façon de s'exprimer, en effet, de quelqu'un de la minorité. Je pensais en souriant à Baville [1] et à ses dragons, et qu'on peut bien fouler une religion sous les rudes sabots des chevaux pendant un siècle et ne la laisser que plus vivante après cette épreuve. L'Irlande est toujours catholique; les Cévennes sont toujours protestantes. Une pleine corbeillée de lois et de décrets, non plus que les sabots et gueules des canons d'un régiment de cavalerie ne peuvent modifier d'un iota la liberté de penser d'un laboureur. D'apparence, les gens de la campagne n'ont pas beaucoup d'idées, mais telles qu'ils les ont, elles sont hardiment implantées et prospèrent d'une façon florissante par la persécution. Quiconque a vécu, pendant longtemps, dans la sueur des midis laborieux et sous les étoiles de la nuit, un hôte des monts et des forêts, un vieux campagnard honnête est, en fin de compte, en étroite communion avec les forces de l'univers et en amitié féconde avec son Dieu tout proche. Comme mon Frère montagnard de Plymouth, il connaît le Seigneur. Sa religion n'est point fondée sur un choix d'arguments, elle est la poésie de l'expérience humaine, la philosophie de l'histoire de sa vie. Au cours des ans, Dieu est apparu à cet homme simple comme une puissance considérable, semblable à un grand soleil qui brille; il est devenu le substratum et l'essence de ses moindres réflexions. On peut changer d'autorité credo et dogmes ou décréter une religion nouvelle au son des trompettes, si l'on veut; mais voici un homme qui garde ses idées personnelles et y adhère d'une manière opiniâtre, dans le bien et le mal. Il est catholique, protestant ou Frère de Plymouth, dans le même sens irrévocable qu'un homme n'est pas une femme ou une femme n'est pas un homme. Car il ne saurait changer sa croyance, à moins d'extirper tous les souvenirs de son passé et d'une manière stricte et artificielle, modifier son état d'esprit.

NOTE

1. Nicolas Lamoignon de Baville, intendant du Languedoc. Il ne menait pas les opérations militaires lui-même. Leur direction a été successivement confiée à M. de Broglie, au maréchal de Montreval, et enfin au maréchal de Villars.

VI

LE CŒUR DE LA CONTRÉE

Je me rapprochais maintenant de Cassagnas [1], un brelan de toits noirs au versant de la montagne dans cette sauvage vallée, parmi les plantations de châtaigniers, les yeux levés dans l'air clair vers d'innombrables pics rocheux. La route qui longe la Mimente est assez récente et les montagnards ne sont pas encore revenus de leur surprise d'avoir vu le premier véhicule arriver à Cassagnas. Toutefois, bien que situé ainsi à l'écart du cours des affaires humaines, ce hameau avait déjà fait figure dans l'histoire de France. Tout près de là, dans des cavernes de la montagne, se trouvait un des cinq arsenaux des Camisards. Ils y emmagasinaient des vêtements, et des vivres et des armes en cas de besoin; ils y forgeaient des baïonnettes et des sabres et fabriquaient eux-mêmes leur poudre à fusil, au moyen de charbon de saule et de salpêtre bouillis dans des marmites. Dans ces mêmes cavernes au milieu de cette industrie d'une grande diversité, malades et blessés étaient montés pour guérir. Là, ils étaient visités par deux chirurgiens, Chabrier et Tavan, et ravitaillés en secret par les femmes du voisinage.

Des cinq légions dans lesquelles se répartissaient

les Camisards la plus ancienne et la plus obscure avait ses entrepôts près de Cassagnas. C'était la bande d'Esprit Séguier, des hommes qui avaient uni leurs voix à la sienne pour chanter le Psaume 68 la nuit qu'ils marchaient contre l'archiprêtre des Cévennes. Séguier, promu au ciel, eut pour successeur Salomon Couderc, que Cavalier, dans ses mémoires, appelle chapelain général de toute l'armée des Camisards. C'était un prophète, un grand sondeur de consciences, qui admettait les gens aux sacrements ou les éconduisait après avoir scruté attentivement chacun dans les yeux. Et il connaissait par cœur la plupart des Écritures sacrées. Ce fut certes heureux pour lui, puisque, dans un coup de main en août 1703, il perdit sa mule, ses archives et sa Bible. On s'étonne seulement que ces gens-là ne furent pas plus souvent pris par surprise, car cette légion de Cassagnas avait des théories guerrières vraiment patriarcales. Elle bivouaquait sans postes de sentinelles, laissant ce soin aux anges du Dieu pour lequel elle combattait. Ceci témoigne non seulement de la foi de ces lutteurs mais de la région dépourvue de routes où ils trouvaient asile. M. de Caladon faisant une promenade, par une belle journée, tomba à l'improviste au milieu d'eux comme il aurait pu tomber au milieu « d'un troupeau de moutons en plaine ». Certains dormaient, certains éveillés psalmodiaient. Un traître n'avait besoin de nulle recommandation pour s'insinuer dans leurs rangs ; il lui suffisait de « savoir chanter des psaumes » et même le prophète Salomon « le tenait en particulière amitié ». Ainsi vivait, parmi ses inextricables sentiers montagnards, la troupe rustique. Et l'histoire ne peut lui attribuer que peu d'exploits, en dehors des sacrements et des extases.

Des gens de cette forte et rude espèce ne seront, comme je viens de le dire, qu'inébranlables dans leur religion. Leur apostasie se réduit à de simples manifestations de conformisme extérieur, comme celle de Naaman dans la danseuse de Rimmon. Quand Louis XVI, aux termes d'un édit « convaincu de l'inutilité d'un siècle de persécutions et, plutôt par nécessité que par sympathie » leur accorda enfin la grâce royale de tolérance, Cassagnas était toujours protestant et il en est encore ainsi aujourd'hui jusqu'au dernier de ses habitants. A vrai dire, il y a une famille qui n'est pas protestante, non plus que catholique du reste. C'est celle d'un curé catholique en rébellion qui s'est marié avec une institutrice. Et sa conduite, fait à noter, est désapprouvée par les protestants du village.

— Singulière idée pour un homme, disait l'un d'eux, de se dégager de ses vœux!

Les villageois que je rencontrai semblaient intelligents selon l'acception provinciale. Ils étaient tous de mœurs honnêtes et dignes. Comme protestant moi-même, on me regardait d'un bon œil et mes connaissances historiques me valurent tout d'abord de la considération. Car, nous avions à table d'hôte, une conversation qui ressemblait fort à de la controverse religieuse, un gendarme et un commerçant avec lesquels je prenais mon repas étant tous deux étrangers à la localité et catholiques. La jeunesse de l'établissement faisait cercle autour de nous et soutenait mon point de vue. Toute la discussion était empreinte de tolérance. Elle surprenait un homme élevé au milieu des subtilités acerbes et pointilleuses de l'Écosse. Le commerçant à la vérité s'échauffa un peu et fut beaucoup moins satisfait que les autres de mon érudition historique. Quant au gendarme, il était très coulant sur toutes choses.

— On a toujours tort d'abjurer, conclut-il. Et cette remarque fut unanimement approuvée.

Telle n'était point l'opinion du prêtre et du militaire de Notre-Dame des Neiges. Mais cette race-ci est différente et peut-être que la même sincérité qui la poussait à la résistance la rendait-elle capable maintenant d'admettre avec bienveillance des convictions opposées. Car le courage respecte le courage. Mais là où une croyance a été foulée aux pieds, on peut s'attendre à trouver une population aux idées moyennes et mesquines. L'œuvre véritable de Bruce et de Wallace [2] fut la réunion des deux nations, non que l'hostilité cessât immédiatement; aux frontières des escarmouches continuèrent. Mais, au moment opportun, elles purent faire leur jonction dans un mutuel respect.

Le commerçant s'intéressa beaucoup à mon voyage. Il pensait dangereux de dormir en rase campagne.

— Il y a des loups, dit-il. Et puis, on sait que vous êtes Anglais. Les Anglais ont toujours bourse bien garnie. Il pourrait fort bien venir à l'idée de quelqu'un de vous faire un mauvais parti pendant la nuit.

Je lui répondis que je n'avais point peur de tels accidents et que, en tous cas, j'estimais peu sage de s'attarder à ces craintes et d'attacher de l'importance à de menus risques dans l'organisation de la vie. La vie en soi était au moins aussi dangereuse qu'un loup et qu'il n'y avait pas lieu de prêter attention à chaque circonstance additionnelle de l'existence. Il pourrait se produire, dis-je, une rupture dans votre organisme tous les jours de la semaine. Et c'en serait fini de vous, même si vous étiez enfermé dans votre chambre à triple tour de clef.

— *Cependant*, objecta-t-il, *coucher dehors!*

— Dieu, fis-je, est partout.

— *Cependant, coucher dehors!* répéta-t-il. Et sa voix était éloquente de frayeur secrète.

Ce fut l'unique personne, au cours de mon voyage, à trouver quelque hardiesse dans un acte aussi simple quoique beaucoup le jugeâssent gratuit. Une seule, par contre, témoigna d'en aimer beaucoup l'idée et ce fut mon frère de Plymouth qui s'exclama, lorsque je lui eus dit préférer dormir sous les étoiles que dans un cabaret bruyant et clos : « Maintenant, je vois que vous connaissez le Seigneur! »

En me quittant, le commerçant me demanda une de mes cartes, car il déclarait que je pourrais lui fournir à l'avenir un sujet de conversation. Il désirait me voir prendre note de sa requête et des raisons qu'il en donnait. Et voilà son souhait ainsi accompli.

Un peu après deux heures, je traversai la Mimente et pris, vers le Sud, une sente raboteuse qui grimpait au flanc d'une montagne couverte d'un éboulis de pierres et de touffes de bruyères. Au faîte, selon la coutume du pays, la sente disparaissait. Je laissai mon ânesse brouter la bruyère et partis seul à la recherche d'une route.

Je me trouvais maintenant à la séparation de deux vastes versants : derrière moi toutes les rivières coulaient vers la Garonne et l'Océan Atlantique, devant moi s'étendait le bassin du Rhône. D'ici, comme des monts Lozère, on pouvait voir par temps clair, miroiter le golfe du Lion. Et peut-être que d'ici les soldats de Salomon avaient guetté les huniers de Sir Cloudesley Shovel et le secours longtemps promis de l'Angleterre. On pouvait considérer cette crête comme située au cœur du pays des Camisards. Quatre de leurs cinq légions étaient cantonnées aux alentours, visibles les unes aux autres : Salomon et Joani au Nord, Castanet et Roland au Sud et lorsque Julien eut achevé sa mémorable campagne, la dévastation des Hautes Cévennes, qui dura pendant octobre et novembre 1703 — quatre cent soixante villages et hameaux furent par le feu et le fer complètement anéantis — quelqu'un debout sur ce point culminant aurait contemplé une terre silencieuse, sans foyers et sans habitants. Les années et l'activité de l'homme ont maintenant relevé ces ruines. Cassagnas une fois de plus a réparé ses toits et envoie vers le ciel ses fumées domestiques. Et dans les châtaigneraies, dans les combes basses et touffues, les fermiers à l'aise, s'en retournent, après le travail quotidien, vers leurs enfants et vers leur âtre flambant. C'était néanmoins le site sans doute le plus sauvage de toute mon excursion. Pic sur pic, chaîne sur chaîne, surgissaient vers le sud pénétrés et comme sculptés par les torrents de l'hiver et revêtus, de la base au sommet, d'une épaisseur feuillue de châtaigniers d'où émergeait, çà et là, une couronne abrupte de roches. Le soleil, qui était encore loin de son déclin, environnait d'une brume dorée le faîte des monts, cependant que la vallée était déjà plongée dans une ombre immobile et profonde.

Un très vieux berger clopinant entre une paire de cannes et portant une casquette noire de soie « liberty », comme en deuil, eut-on dit, de sa mort prochaine — m'indiqua le chemin de Saint-Germain de Calberte. Il y avait quelque chose de solennel dans l'isolement de cet être infirme et caduc. Où il habitait, comment il s'était hissé sur cette cime haute ou comment il se proposait d'en descendre, c'était là plus que je ne pouvais imaginer. Non loin de cet endroit, sur ma droite, se dressait le fameux Plan de Font Morte où Poul, avec son cimeterre arménien, trucidait les Camisards de Séguier. Celui-ci me semblait être une manière de Rip Van Winkle [3] de cette guerre qui avait perdu ses Camisards fuyant devant Poul et qui errait depuis lors dans les montagnes. Ce pourrait lui être grande nouvelle d'apprendre que Cavalier s'était rendu sans condition ou que Roland avait succombé en combattant, adossé à un olivier. Et tandis que mon imagination vagabondait de la sorte, j'entendis le vieillard me héler d'une voix chevrotante, et je le vis me faire signe, en agitant une de ses cannes, de rebrousser chemin. J'étais déjà à bonne distance de lui, mais abandonnant Modestine une fois de plus, je revins sur mes pas. Hélas! il s'agissait d'une affaire bien banale. Le vieux Monsieur avait omis de demander au colporteur ce qu'il vendait et il souhaitait réparer cet oubli.

Je lui répondis sèchement : Rien!

— Rien? s'écria-t-il.

Je répétai : Rien, et tournai les talons. Il est bizarre de penser que peut-être suis-je ainsi devenu aussi mystérieux pour ce bonhomme qu'il l'avait été lui-même pour moi.

La route passait sous les châtaigniers et, bien que j'aperçusse quelques hameaux au-dessous de mes pieds dans la vallée et plusieurs habitations isolées de fermiers, la marche fut très solitaire tout l'après-midi et le soir s'amena promptement sous les arbres. Tout soudain j'entendis une voix de femme chanter non loin de là une vieille ballade mélancolique et interminable. Il semblait s'agir d'amour et *d'un bel amoureux*, son aimable galant. Et je souhaitai pouvoir reprendre le refrain et lui faire écho, tout en poursuivant, invisible, ma route sous bois, unissant, comme la Pippa du poème, mes pensées aux siennes. Qu'aurais-je eu à lui dire? Peu de choses; tout ce que le cœur requiert pourtant; comment le monde donne et reprend, comment il ne rapproche les cœurs qui s'aiment que pour les séparer de nouveau par de lointains pays étrangers! Mais l'amour est le suprême talisman qui fait de l'univers un jardin et « l'espérance commune à tous les hommes » annule les contingences de la vie, atteint de sa main tremblante par delà le tombeau et la mort. Aisé à dire, certes. Puis aussi, grâce à Dieu, doux et réconfortant à croire.

Nous parvînmes enfin sur une large chaussée blanche au silencieux tapis de poussière. La nuit était venue. La lune s'était reverbérée pendant un bon moment sur la montagne d'en face, lorsque, à un tournant, mon baudet et moi nous trouvâmes dans sa pleine clarté. J'avais vidé mon eau-de-vie à Florac, car cette potion m'était devenue insupportable. Je l'avais remplacée par un Volnay généreux au bouquet parfumé. Et maintenant, sur la route je bus à la majesté sacrée de la lune. Ce ne fut qu'une couple de gorgées; pourtant, dès cet instant, je devins inconscient de mes membres et mon sang circula avec une volupté insolite. Modestine elle-même, inspirée par ce rayonnement d'astre nocturne, remuait ses menus sabots comme à plus vive cadence.

La route montait et descendait rapidement parmi les masses de châtaigniers. Nos pas soulevaient une poussière chaude qui flottait au loin. Nos deux ombres, — la mienne déformée par le havresac, la sienne comiquement chevauchée par le paquetage — tantôt s'étalaient nettement dessinées devant nous, tantôt, à un tournant, s'éloignaient à une distance fantomatique et couraient comme des nuages le long des montagnes. De temps en temps, un vent tiède bruissait dans le vallon et faisait sur tous les arbres se balancer les bouquets de feuillages et de fruits. L'oreille s'emplissait d'une musique murmurante et les ombres valsaient en mesure.

Le moment d'après, la brise avait cessé d'errer et, dans la vallée entière, rien ne remuait plus que nos pieds voyageurs; sur le versant opposé, l'ossature monstrueuse et les ravins de la montagne se devinaient vaguement au clair de lune. Et là-bas, très haut, dans quelque maison perdue, brillait une fenêtre éclairée, unique tache carrée, rougeâtre dans l'immense champ d'ombre morne de la nuit.

À un certain point, comme je marchais en contrebas par des détours rapides, la lune disparut derrière les monts et je poursuivis mon chemin dans une totale obscurité jusqu'à ce qu'un autre tournant me fit déboucher, à l'improviste, dans Saint-Germain-de-Calberte [4]. Le village était endormi et silencieux et enseveli dans la nuit opaque. Seule, par une unique porte ouverte, une lueur de lampe s'évadait jusqu'à la route afin de me montrer que j'étais arrivé parmi les habitations des hommes. Les deux dernières commères de la soirée bavardant encore près du mur d'un jardin, m'indiquèrent l'auberge. L'hôtelière mettait coucher ses poussins, le feu déjà était éteint qu'il fallut, non sans grommelage, rallumer. Une demi-heure plus tard, l'âne et moi aurions dû aller, sans souper, au perchoir.

NOTES

1. Cassagnas (Lozère), à 13 km au S.-E. de Florac. 121 habitants; altitude : 770 m.

2. Héros populaires de l'Écosse dans sa lutte contre l'Angleterre. *(N.d.T.)*

3. Allusion à un conte célèbre de Washington Irving dans lequel le héros, endormi pendant des années, apparaît anachronique à son réveil.

4. Saint-Germain-de-Calberte (Lozère), à 40 km de Florac. 462 habitants; altitude : 500 m.

VII

LA DERNIÈRE JOURNÉE

Quand je m'éveillai (jeudi 2 octobre), entendant grande fanfare de coqs et caquetage de poules satisfaites, je me mis à la fenêtre de la chambre propre où j'avais passé la nuit. Je contemplai une matinée ensoleillée dans une vallée profonde aux plantations de châtaigniers. Il était encore de bonne heure et le chant des coqs et les lumières obliques et les ombres allongées m'incitèrent à sortir explorer les alentours.

Saint-Germain-de-Calberte est une grande paroisse d'environ neuf lieues de circonférence. A l'époque des guerres de religion et juste avant la dévastation, elle était habitée par deux cent soixante-quinze familles dont neuf seulement étaient catholiques. Il fallut au curé dix-sept journées du mois de septembre pour aller à cheval, de maison en maison, faire un recensement. Mais la localité elle-même, quoique chef-lieu de canton, est à peine plus importante qu'un hameau. Elle s'étage en terrasses sur une pente escarpée au milieu de vigoureux châtaigniers. La chapelle protestante s'élève un peu plus bas, sur un éperon. Il y a, au centre du village, une vieille et curieuse église catholique.

C'est en ce lieu que le pauvre du Chayla, martyr du Christ, avait sa bibliothèque et tenait école de missionnaires. Ici, il avait édifié son tombeau, pensant reposer au sein d'une population reconnaissante d'avoir été rachetée de l'erreur et c'est ici qu'au lendemain de sa mort on apporta, pour l'inhumer, le corps percé de cinquante-deux blessures. Revêtu de ses habits sacerdotaux, il fut exposé en grand apparat dans l'église. Le curé, empruntant son texte au livre second de Samuel, chapitre vingtième, verset douzième, « Et Amasias baignait dans son sang sur le grand chemin » prêcha un sermon pathétique. Il exhorta ses frères à mourir, chacun à son poste comme leur infortuné pasteur. Au mitan de cette éloquence, le bruit court qu'Esprit Séguier approche et voilà que toute l'assistance saute en selle et détale qui à l'est, qui à l'ouest et le curé lui-même s'enfuit jusqu'à Alais.

Étrange était la situation de cette petite métropole catholique — un diminutif de Rome — dans pareil milieu sauvage et hostile. D'une part, la légion de Salomon la surveillait de Cassagnas, d'autre part, elle était coupée de tout secours par la légion de Roland, à Mialet. Le curé Louvrelenil, bien que pris de panique aux funérailles de l'archiprêtre et qu'il eût prestement décampé vers Alais, restait fidèle à sa chair isolée. De là, il fulminait contre les crimes des Protestants. Salomon assiégea le village pendant une heure et demie, puis battit en retraite. On pouvait entendre les miliciens postés en sentinelles devant la porte du curé chanter dans l'obscurité des psaumes protestants et bavarder en amis avec les insurgés. Au matin, bien que pas un coup de feu n'eût été tiré, il n'y avait plus une once de poudre dans leurs poires à munitions. Qu'était-elle devenue? Tout le monde prêtait la main aux Camisards en compensation. Gardiens peu sûrs pour un prêtre isolé!

L'imagination se figure à grand peine que Saint-Germain-de-Calberte ait pu être autrefois la scène de ces agitations incessantes. Tout y est maintenant si paisible. Les pulsations de la vie humaine battent maintenant d'un rythme si discret et si lent dans ce hameau de la montagne! Des gamins m'escortèrent un bon moment à distance, comme eut-on dit, des chasseurs timorés de lions. Des gens se retournèrent pour me regarder une deuxième fois ou sortirent de chez eux pendant que je passais devant leur demeure. Mon arrivée était, eut-on cru, le premier événement survenu depuis le temps des Camisards. Il n'y avait rien de désobligeant ni d'effronté dans cette curiosité. C'était tout bonnement une surprise qui les étonnait et leur faisait plaisir, comme à des bœufs ou à des enfants. Elle m'était pourtant fastidieuse et me fit bientôt déserter la rue.

Je me réfugiai sur les terrasses qui forment comme un vert tapis de gazon et tentai vainement d'imiter au crayon les inimitables attitudes des châtaigniers qui dressaient haut leurs dômes de verdure. Par instants soufflait un vent léger et les châtaignes dégringolaient dans l'herbe autour de moi avec un bruit assourdi. Ce bruit était comparable à celui d'une chute de gros grêlons, mais celui-ci portait en lui l'impression cordiale et humaine d'une récolte proche et de fermiers heureux du résultat. En levant les yeux, je pouvais voir les fruits bruns dans leurs bogues épineuses à demi ouvertes déjà et entre les troncs le regard embrassait un cirque de montagnes dorées par le soleil et vertes de feuillage.

Je n'ai pas souvent éprouvé tant d'intime satisfaction en présence d'un site. Je me mouvais dans une atmosphère délicieuse et me sentais allègre et tranquille et heureux. Peut-être n'était-ce point l'endroit seul qui me rendait l'esprit ainsi dispos. Peut-être quelqu'un dans un autre pays pensait-il à moi. Ou peut-être une de mes pensées avait-elle surgi spontanément et s'était-elle évanouie à mon insu, qui me faisait du bien. Car certaines pensées — et assurément les plus belles — s'effacent avant qu'il nous soit possible d'en déterminer les traits exacts, comme si un dieu, cheminant par nos grand'routes vertes, ne faisait qu'entrouvrir la porte de la maison, lancer un coup d'œil souriant à l'intérieur et s'éloigner pour toujours. Est-ce Apollon? Ou Mercure? Ou l'Amour aux ailes repliées? Qui peut le dire? Mais nous vaquons plus allègres à nos besognes et sentons paix et joie en nos cœurs.

Je dînai en compagnie de deux catholiques. Ils tombèrent d'accord pour condamner un jeune catholique qui, ayant épousé une protestante, avait adhéré à la religion de sa femme. Un protestant de naissance, ils pouvaient le comprendre et l'estimer. En fait, ils semblaient partager l'état d'esprit d'une vieille catholique qui m'assurait le même jour qu'il n'y avait pas de différence entre les deux croyances, excepté que « ce qui était mal était plus mal pour les catholiques » qui avaient plus de lumière et de conseils. Or, cette désertion d'un homme les remplissait d'un vrai mépris.

— Fâcheuse idée pour un homme d'abjurer! disait l'un.

Cela pouvait être fortuit, mais on voit comme cette phrase me poursuivait. Quant à moi, je crois qu'elle est la philosophie courante de ces gens-là. Il m'est difficile d'en imaginer une meilleure. Ce n'est point bien haut degré de confiance chez un homme d'abdiquer sa foi et d'abandonner sa famille spirituelle pour l'amour du ciel. Mais il y a grande chance, dis-je, il y a espoir aussi, qu'en dépit de cette conversion aux yeux des hommes, il n'y ait point modification de l'épaisseur d'un cheveu au regard de Dieu. Honneur à ceux qui agissent ainsi, car l'arrachement est pénible! Mais que ce soit par force ou faiblesse sous le coup de l'inspiration ou de la folie, c'est l'indice de quelque étroitesse d'esprit chez ceux qui peuvent s'intéresser assez à de semblables et infimes nuances d'âme ou qui peuvent délaisser une amitié pour un bénéfice spirituel tout problématique. Et je pense que je ne voudrais pas abandonner mon vieux credo pour un autre, en ne faisant que changer des mots pour d'autres mots, mais par un courageux examen le comprendre en esprit et en vérité afin de reconnaître comme mauvais ce qui est mauvais pour moi comme pour les meilleurs sectateurs des autres confessions religieuses.

Le phylloxera dévastait le pays. Au lieu de vin, on but, au dîner, un jus de raisin plus économique, *la Parisienne*, comme on le nommait. Elle se fabrique en mettant une grappe entière dans un bocal rempli d'eau. L'un après l'autre, les grains fermentent et éclatent. La quantité bue pendant le jour est remplacée par son volume d'eau durant la nuit. Ainsi avec une autre cruche puisée au puits et toujours une autre grappe qui explose et abandonne sa force, une caisse de Parisienne peut suffire à une famille jusqu'au printemps. C'est comme on peut le conjecturer une maigre boisson, mais fort agréable au goût.

Quoi qu'il en soit, après le dîner et le café, il était passé trois heures à mon départ de Saint-Germain-de-Calberte. Je descendis au bord du Gardon de Mialet [1], large lit de torrent à sec et je traversai

Saint-Étienne de la Vallée française [2], ou Val Francesque comme on a coutume de l'appeler ici, puis, vers le soir, je commençais de gravir le mont Saint-Pierre. Longue et pénible ascension! Sur mes derrières, un chariot vide rentrant à Saint-Jean-du-Gard [3] me suivait de près et me rejoignit non loin du sommet. Le conducteur, comme tout le reste du monde, était convaincu que j'étais un colporteur mais à l'encontre des autres, il était sûr de ce que je vendais. Il avait remarqué la laine bleue qui dépassait à l'un ou l'autre bout de mon paquetage. Il en avait conclu, malgré mes efforts pour modifier son opinion, que je faisais commerce de ces colliers de laine bleue pareils à ceux qui ornent l'encolure des chevaux de trait en France.

J'avais pressé Modestine, au delà même de ses forces, car j'étais extrêmement désireux de jouir de la vue sur l'autre versant avant la tombée du jour. Pourtant il faisait nuit, lorsque j'atteignis la cime. La lune voguait haute et claire dans l'espace et il n'y avait plus que quelques stries grisâtres de crépuscule attardées au couchant. Une vallée béante, comblée de ténèbres, approfondissait à mes pieds un gouffre creusé dans la nature. Mais le profil des monts se découpait franchement sur le ciel, notamment le mont Aigoal, forteresse de Castanet. Et Castanet, non seulement comme chef actif et entreprenant, mérite une mention parmi les Camisards : à ses lauriers se mêle une touffe de roses. Il montra, en effet, comment même dans une tragédie publique, l'amour arrive à ses fins. Au plus fort de la guerre, il épousa, dans sa citadelle des montagnes, une jeune et jolie fille, appelée Mariette. Il y eut de grandes réjouissances et le marié, en l'honneur de l'heureux événement, libéra soixante-dix prisonniers. Sept mois plus tard, Mariette, la princesse des Cévennes comme on la nommait par dérision, tomba aux mains des autorités, ce qui équivalait pour elle à la mort. Mais Castanet était un homme résolu et il aimait sa femme. Il fonça sur Valleraugue et en emmena une dame comme otage. Pour la première et dernière fois au cours de cette guerre, il y eut échange de prisonniers. Leur fille, gage de quelque nuit étoilée sur le mont Aigoal, a laissé des descendants jusqu'à aujourd'hui.

Modestine et moi — ce fut notre dernier repas ensemble — nous cassâmes la croûte sur le faîte du Saint-Pierre, moi assis sur un tas de cailloux, elle debout à mon côté au clair de lune et, comme une personne distinguée, recevant le pain de mes mains. La pauvre bête mangeait mieux ainsi, car elle avait pour moi une sorte d'affection que j'allais bientôt trahir.

Long trajet que la descente à Saint-Jean-du-Gard ! Nous n'y rencontrâmes personne, sauf un charretier, visible de loin au reflet de la lune sur sa lanterne éteinte. Avant dix heures, nous étions arrivés et en train de souper. Nous avions parcouru quinze milles et gravi une montagne escarpée en un peu plus de six heures.

NOTES

1. Mialet (Gard), la commune d'origine du camisard Rolland. A 17 km d'Alès, 371 habitants; altitude : 165 mètres.

2. Saint-Étienne de la Vallée française (Lozère). 513 habitants; altitude : 250 m.

3. Saint-Jean-du-Gard. A 25 km à l'ouest d'Alès. 2 667 habitants; altitude : 189 m.

VIII

ADIEU, MODESTINE!

À l'examen, le matin du 4 octobre, Modestine fut déclarée hors d'état de poursuivre le voyage. Elle aurait besoin d'au moins deux jours de repos, d'après le garçon d'écurie. Or, j'étais maintenant pressé d'arriver à Alais pour mon courrier. Comme je me trouvais à présent dans une région civilisée avec service d'omnibus, je décidai de vendre mon amie et de partir par la diligence de l'après-midi. Notre trotte de la veille, au témoignage du charreton qui nous avait suivis pendant toute la montée du Saint-Pierre, donnait une idée avantageuse des capacités de ma bourrique. Des acquéreurs éventuels escomptèrent une occasion sans précédent. Avant dix heures, j'avais une offre de vingt-cinq francs et avant midi, après un engagement téméraire, je la vendis, le bât et tout l'attirail, pour trente-cinq francs. Le gain pécuniaire n'était pas évident, mais j'avais, par ce marché, acquis ma liberté.

Saint-Jean-du-Gard est une localité importante et en majeure partie protestante. Le maire, un protestant, me demanda de l'aider, en une petite circonstance caractéristique des habitudes de l'endroit. Les jeunes femmes des Cévennes profitent d'une similitude de religion et de la différence de parler pour se placer en grand nombre comme gouvernantes en Angleterre. Il y en avait une, originaire de Mialet, qui se débattait avec les circulaires de deux agences rivales de Londres. Je lui rendis tous les services en mon pouvoir et donnai, en plus, quelques conseils qui me parurent d'excellente opportunité.

Une chose en outre à noter. Le phylloxera avait ravagé les vignobles des environs et, dans le prime matin, sous quelques châtaigniers en bordure de la rivière, j'aperçus un groupe d'individus actionnant un pressoir à pommes. Je ne parvenais pas à comprendre où ils en voulaient venir et demandai à l'un des types de me l'expliquer.

— Faire du cidre, répondit-il. *Oui, c'est comme ça. Comme dans le Nord.*

Il y avait dans son ton une pointe sarcastique. Le pays allait à la diable.

Ce ne fut qu'après être bien installé auprès du conducteur et roulant à travers un vallon rocailleux aux oliviers rabougris que j'eus conscience qu'il me manquait quelque chose. J'avais perdu Modestine. Jusqu'à cet instant, j'avais cru la détester; mais à présent qu'elle était partie « Ah! quel changement pour moi! »

Pendant douze jours nous avions été d'inséparables compagnons; nous avions parcouru sur les hauteurs plus de cent vingt kilomètres, traversé plusieurs chaînes de montagnes considérables, fait ensemble notre petit bonhomme de chemin avec nos six jambes par plus d'une route rocailleuse et plus d'une piste marécageuse. Après le premier jour, quoique je fusse souvent choqué et hautain dans mes façons, j'avais cessé de m'énerver. Pour elle, la pauvre âme, elle en était venue à me considérer comme une providence. Elle aimait manger dans ma main. Elle était patiente, élégante de formes et couleur d'une souris idéale, inimitablement menue. Ses défauts étaient ceux de sa race et de son sexe; ses qualités lui étaient propres. Adieu, et si jamais...

Le père Adam pleura quand il me la vendit. Quand je l'eus vendue à mon tour, je fus tenté de faire de même. Et comme je me trouvais seul avec le conducteur du coche et quatre ou cinq braves jeunes gens, je n'hésitai pas à céder à mon émotion.

DOCUMENTS
INÉDITS

UN AVENTURIER DÉBUTANT

par

Fanny VAN DE GRIFT-STEVENSON

Les deux voyageurs en canot, Louis Stevenson et Sir Walter Simpson, rentrèrent si grandement réconfortés de corps et d'esprit par leur croisière qu'il fut décidé de répéter l'expérience dès que possible. Mais à mesure que le temps passait, l'enthousiasme de Sir Walter se refroidissait et en outre il envisageait avec méfiance l'idée de s'en aller sur la route à pied, comme le proposait son camarade. Sa démarche était très lente, ses pas petits, réguliers et précautionneux; si bien qu'il ne tardait pas à être laissé en arrière par son compagnon plus impétueux, qui se lançait en avant d'une telle manière qu'il arrivait à destination longtemps avant Sir Walter. Comme marcher ensemble était pratiquement hors de question, quand partit la seconde expédition, le 22 septembre 1878, Modestine et son maître la composaient à eux seuls.

Un vagabondage de douze jours à travers les Cévennes, bien que, d'une certaine façon, plus épuisant que le voyage en canoë était mieux au goût du voyageur, car il présentait des éléments de romanesque qui manquaient à l'autre. Jusqu'à la fin de sa vie, l'auteur de *l'Ile au trésor* et du *Child's Garden* a gardé un cœur d'enfant. Qu'est-ce qui pouvait le mieux parler à l'imagination d'un « porteur de lanterne » que l'idée de dormir seul à la belle étoile dans un sac bleu ouatiné, et de prendre pour son petit déjeuner des bouts de chocolat? — sans parler du pistolet qui, en cas de besoin, ne se serait pas révélé, je pense, comme une arme bien efficace, car il était d'un modèle antique, d'un fonctionnement incertain et susceptible d'être plus une menace qu'une protection pour son propriétaire.

La préparation du paquetage de Modestine doit avoir été pour son maître une source d'exaspération et de perplexité; car mon mari était, comme son père avant lui, ce que les Écossais appellent un « homme sans mains ». Ils ne savaient ni l'un ni l'autre, faire un nœud qui tienne, et l'inventeur des phares tournants et d'instruments scientifiques sans nombre, se serait trouvé désemparé devant une malle à corder ou même pour boutonner ses propres manchettes. Je me rappelle mon mari offrant comme contribution au travail du camp, dans un endroit isolé, de porter du bois depuis une pile se trouvant à une certaine distance, jusqu'au foyer sur lequel nous préparions le repas, ma sœur et moi. Comme notre provision de combustible était très réduite, nous l'avons regardé avec intérêt et nous l'avons vu faire péniblement des allers et retours, en étant chaque fois chargé d'un seul morceau de bois. Il n'est certainement jamais parvenu à cette « efficacité précise, rapide, opiniâtre », qu'il admirait tant chez les Américains.

Non seulement Kegan Paul a payé vingt livres les *Voyages avec un âne*, mais encore il a invité l'auteur à dîner et là, le timide jeune homme a souffert mille morts devant le Bordeaux qui n'était servi qu'aux invités, car, par principe, M. Paul était buveur d'eau.

Le fait d'accepter de ce vin que M. Paul trouvait mal de boire n'allait-il pas mettre ce dernier dans une position fausse? Et cependant, sous quel prétexte refuser? Cette question délicate devint si préoccupante pour sa conscience d'Écossais que, m'a-t-il raconté, il aurait de beaucoup préféré ne pas être invité à ce dîner.

UN CHAPITRE INÉDIT :

UNE VILLE DE MONTAGNE EN FRANCE

Ce texte, supprimé par l'auteur sur épreuves, constituait à l'origine le premier chapitre du Voyage avec un âne. *Il paraît ici pour la première fois en français.*

Le Monastier est le chef-lieu d'un canton accidenté de la Haute-Loire, l'ancien Velay. Comme l'indique son nom, cette ville a une origine monastique; et elle possède toujours un monastère massif flanqué de tours et une église ayant quelques prétentions architecturales où officient un archiprêtre et plusieurs vicaires. Elle se dresse sur le flanc d'une colline au-dessus de la rivière Gazeille, à un peu plus de vingt kilomètres du Puy, en haut d'une route escarpée où il arrive, pendant l'hiver, que les loups poursuivent la diligence. La route, qui se dirige vers le Vivarais, traverse la ville d'un bout à l'autre en prenant la forme d'une rue étroite; on peut voir là la fontaine où les femmes viennent remplir leurs cruches; il y a aussi quelques vieilles maisons avec des portes et des frontons sculptés et des ornements de fer forgé. Car Monastier, comme Maybole dans l'Ayrshire, était une sorte de capitale campagnarde où l'aristocratie locale avait ses hôtels qui lui servaient de quartiers d'hiver; et il y a encore vivant, un certain baron, qui, d'après ce qu'on m'a dit, est un très grand pénitent, et qui a trouvé le moyen de se ruiner en menant grande vie dans ce village des collines. Il a certainement des droits au titre du plus remarquable dilapidateur connu. Comment il y est parvenu, dans un endroit où l'on ne peut acheter aucun objet luxueux et où la pension dans la meilleure auberge coûte un peu plus d'un shilling par jour, c'est un problème pour ceux qui réfléchissent un peu. Son fils, ruiné comme toute la famille alla jusqu'à Paris pour y faire ses fredaines, si bien que le cas du père et du fils marque une époque dans l'histoire de la centralisation en France. L'œuvre de Richelieu n'a été achevée que lorsque le dernier des deux fut monté dans le train.

C'est un peuple de dentellières. Les femmes sont assises dans les rues par groupes de cinq ou six; et le bruit des bobines s'entend d'un groupe à l'autre. De temps en temps vous entendrez une femme débiter des prières pour l'édification des autres qui sont au travail. Elles portent des châles voyants, des coiffes blanches avec un ruban de couleur gaie autour de la tête, et quelquefois un chapeau de brigand en feutre noir par-dessus la coiffe. Elles donnent ainsi à la rue de la couleur, du brillant, et un air étranger. Il y a un certain temps, quand l'Angleterre s'approvisionnait largement dans cette région de dentelle appelée *torchon*, il n'était pas exceptionnel de gagner cinq francs par jour; et cinq francs à Monastier équivalent à une livre à Londres. À présent, par suite d'un changement dans le marché, il faut qu'une femme soit intelligente et industrieuse pour gagner de trois à quatre francs par semaine, soit moins du huitième de ce qu'elle se faisait aisément il y a quelques années. La vague de prospérité va et vient, comme avec nos mineurs du Nord et ne laisse pas les gens plus riches. Les femmes prodiguent courageusement l'argent qu'elles gagnent, maintiennent les hommes dans l'oisiveté et d'après ce qu'on m'a dit, se livrent aux jeux amoureux et à la vie joyeuse. D'un bout de la semaine à l'autre, c'est un gala ininterrompu à Monastier; les gens passent la journée dans les débits de boisson, le tambour et les cornemuses font danser la bourrée jusqu'à dix heures du soir. A présent cette saison de la danse est terminée. *Il n'y a plus de jeunesse*, disait Victor le garçon. Je n'entends pas parler de grands progrès dans ce qu'on considère comme les éléments essentiels de la moralité; mais la bourrée, avec sa musique vagabonde, douce, interminable, ses figures alertes et rustiques, est tombée en désuétude et l'on s'en souvient surtout comme d'une coutume du passé. Ce n'est qu'à l'occasion de la foire que vous entendrez un tambour résonner discrètement dans un débit de boisson ou peut-être quelqu'un de la compagnie chanter la mesure pendant que les autres dansent. Ce changement m'attriste et je m'étonne une fois de plus de la façon compliquée dont les choses s'enchaînent sur cette terre, et comment un changement de mode en Angleterre peut étouffer tant de joie montagnarde en France. Les dentellières elles-mêmes n'ont pas complètement pardonné aux femmes de notre pays; et je crois qu'elles trouvent un plaisir particulier dans la légende du quartier nord de la ville, qu'on appelle l'Anglade, parce que c'est là que les francs-tireurs anglais ont été arrêtés et repoussés grâce au pouvoir d'une petite Vierge Marie qui se trouvait sur le mur.

Un marché se tient de temps en temps et la ville

connaît un certain renouveau; le bétail et les cochons sont parqués dans les rues, les pickpockets sont connus pour venir spécialement de Lyon à cette occasion. Tous les dimanches les gens de la campagne s'assemblent là dès le lever du jour pour acheter des pommes, assister à la messe et rendre visite à l'un des débits de boisson, dont il n'y a pas moins de cinquante dans cette petite ville. Le costume du dimanche pour les hommes est un habit à queue fait dans une sorte de droguet vert grossier, élément habituel d'un costume complet. Je n'ai jamais eu sous les yeux de vêtement aussi peu seyant. Ici, il serre, là, il fait des poches; et le corps humain, avec ses lignes agréables et son aspect vivant, est tourné par lui en moquerie et en dérision. Une autre occupation des paysans pour le dimanche consiste à aller demander l'avis du pharmacien sur leurs maux. Cela se fait le dimanche aussi ponctuellement que d'aller à l'église. J'ai vu une femme qui ne pouvait pas parler depuis le lundi précédent, qui respirait péniblement, cherchait vainement à reprendre son souffle, qui toussait interminablement et douloureusement; et cependant elle avait attendu plus de cent heures avant de venir demander de l'aide, et la semaine aurait été deux fois plus longue qu'elle aurait cependant attendu. Il y avait un jour sacré pour la consultation; c'était une coutume ancestrale à laquelle une dame respectable devait apprendre à se conformer.

Il y avait chaque jour deux services publics pour se rendre au Puy, mais ils rivalisaient en concessions polies plutôt qu'en rapidité. L'un et l'autre attendaient avec bonne humeur pendant une heure ou deux qu'une vieille dame ait fait son marché ou qu'un monsieur ait fini de lire ses journaux dans un café. Le *Courrier* (tel est le nom d'une de ces diligences) devait quitter Le Puy au retour à deux heures de l'après-midi et arriver à temps à Monestier pour dîner à six heures. Mais le conducteur n'ose pas désobliger ses clients. Il remettra plusieurs fois son départ, d'heure en heure; et j'ai vu le soleil se coucher pendant ce temps-là. Ces faveurs purement personnelles, cette prise en considération des fantaisies des hommes, plutôt que des aiguilles d'une pendule mécanique, pour marquer l'avance de cette abstraction, le temps donne à l'exploitation des diligences un aspect comique dont nous n'avons pas l'habitude.

A perte de vue, c'est une succession de chaînes de collines; si vous montez sur une éminence ce n'est que pour voir de nouvelles lignes de sommets plus éloignés. De tous côtés de nombreuses petites rivières s'élancent dans les vallées escarpées. Et l'une d'entre elles, à quelques kilomètres de Monastier, porte le grand nom de Loire. L'altitude moyenne de la région est d'un peu plus de neuf cents mètres au-dessus du niveau de la mer, ce qui rend l'atmosphère relativement vivifiante et saine. Il y a peu d'arbres à part des sapins, et la plus grande partie de la campagne est faite de pâturages. La région est sauvage et accidentée plutôt que dominante; une haute terre plutôt qu'un district montagneux; et le décor le plus frappant aussi bien que le plus agréable se trouve en bas, sur le bord des rivières. Là, en vérité, vous trouverez de nombreux coins auxquels on prend goût; ce qui fit choisir par un noble anglais le bord d'un ruisseau de Suisse pour y faire creuser sa tombe, un endroit où la Nature présente l'aspect le plus frais, et paraît aussi jeune qu'au matin du septième jour. Un endroit de ce genre est le cours de la Gazeille, là où elle arrose le pré communal de Monastier et de là descend jusqu'à son confluent avec la

Loire; un endroit où écouter chanter les oiseaux; un endroit que les amoureux aiment à fréquenter. Le nom de cette rivière a peut-être été suggéré par le bruit qu'elle fait en coulant sur les cailloux; car c'est une grande chanteuse et la nuit, quand j'étais couché à Monastier, je pouvais l'entendre gazouiller en descendant la vallée jusqu'au moment où je m'endormais.

Dans l'ensemble, c'est un paysage écossais, bien que moins noble que ce qu'il y a de mieux en Écosse; et par une étrange coïncidence, la population est, à sa façon, aussi écossaise que le pays. Les gens ont des façons brusques, grossières, dignes du comté de Fife; ils vous abordent comme si vous passiez dans un endroit interdit avec un *Ousque vous allez?* qui ne peut se traduire qu'en dialecte des Basses Terres par « Whaur ye gaun? » Ils observent le Sabbat écossais. Ce jour-là on ne fait pas d'autre travail que de sortir et de rentrer les porcs, les moutons et les différents bestiaux qui font dans les prairies un bruit de clochettes si agréable. Les dentellières ont disparu de la rue. Manquer la messe entraînerait un déshonneur social; et vous pouvez trouver des gens lisant des livres du dimanche, en particulier une sorte de *Monthly Visitor* catholique sur les miracles de Notre-Dame de Lourdes. Un dimanche, en me promenant dans la campagne, je me rappelle être tombé dans un hameau où j'ai trouvé tous les habitants, depuis le patriarche jusqu'au plus jeune bébé, réunis à l'ombre d'un pignon, en train de prier. Une fille solide adossée au mur, disait le solo, et les autres répondaient en chœur avec dévotion. Pas loin de là, un garçon étalé à plat ventre dans la paille, représentait l'élément terrestre.

En outre, cette population est très portée au prosélytisme ; la fille du receveur des postes discutait avec moi de mon hérésie pendant des demi-heures entières, jusqu'à devenir toute rouge. J'ai entendu le processus inverse se dérouler entre une femme écossaise et une fille française; et dans les deux cas, les arguments étaient identiques. Chacune de ces deux femmes apôtres fondait ses affirmations sur la vertu supérieure et les réalisations de son clergé et consolidait le tout par la menace du feu de l'enfer. *Pas de bons prêtres ici*, disait la presbytérienne, *bons prêtres en Écosse*. Et la fille du receveur des postes employant une arme analogue, m'attaquait, pour ainsi dire, avec la crosse plutôt qu'avec la baïonnette. Nous sommes une race sur laquelle on peut fonder quelque espoir, semble-t-il, et nous sommes facilement persuadés pour notre bien. Il y a une circonstance réconfortante que je note dans cette guérilla des missions, c'est que de chaque côté on s'appuie sur l'enfer, et Protestants de même que Catholiques s'adressent à ce qu'ils croient être une incertitude dans le cœur de leur adversaire. Et je dis réconfortante, car la foi soutient plus efficacement que l'imagination.

Ici, comme en Écosse, il y a beaucoup de familles de paysans qui s'enorgueillissent d'avoir un fils dans les ordres. Et ici aussi, les jeunes gens ont tendance à émigrer. Ce n'est certainement pas la pauvreté qui les conduit dans les grandes villes ou qui les pousse à traverser les mers, car un grand nombre de familles paysannes, m'a-t-on dit, ont une fortune de 40 000 francs au bas mot. Les garçons partent dans un esprit d'aventure et avec le désir de s'élever dans la vie; et de laisser leurs aînés mal dégrossis ronchonner et s'étonner de ce qui arrive. Dans un village appelé Lausonne, j'ai rencontré un jour l'un de ces parents désappointés : un canard qui avait couvé un cygne sauvage et qui le voyait déployer ses ailes et disparaître. Le cygne sauvage en question était à présent apothicaire au Brésil. Il s'était enfui par Bordeaux, avait d'abord atterri en Amérique, tête nue et pieds nus, et avec un sou dans sa poche. Et maintenant, il était apothicaire! Quelle chose merveilleuse, dans une vie aventureuse! Je pensais qu'il aurait aussi bien pu rester chez lui; mais vous ne pouvez jamais dire en quoi consiste la vie d'un homme, ni où il trouve son plaisir; l'un le trouve à boire, un autre à se marier, un troisième à écrire des articles injurieux et à se faire sans cesse corriger en public, et maintenant ce quatrième, peut-être, à être apothicaire au Brésil. Quant à son vieux père, il ne pouvait voir aucune raison à la conduite de ce garçon. « J'avais toujours du pain pour lui », dit-il; « il s'est enfui pour m'ennuyer. Il adorait m'ennuyer. Il n'avait aucune reconnaissance. » Mais dans le fond de son cœur il était gonflé d'orgueil en pensant à son rejeton voyageur, et il sortit de sa poche une lettre qui, disait-il, y moisissait, un simple chiffon de papier qu'il se mit à agiter fièrement. « Ça vient d'Amérique », s'écria-t-il, « à six mille lieues d'ici! » Et tout le public du café de regarder la lettre en ressentant un certain frisson.

Je ne tardai pas à devenir une figure populaire, et à être connu à des kilomètres à la ronde. *Ousque vous allez?* se changea pour moi en *Quoi, vous rentrez au Monastier ce soir* *? et dans la ville même le moindre bambin paraissait connaître mon nom, bien qu'aucune créature vivante n'ait été capable de le prononcer. Il y avait en particulier un groupe de dentellières

* En français dans le texte.

qui, chaque fois que je passais, m'apportaicnt une chaise et me détournaient de ma promenade pour bavarder. Elles étaient pleines de curiosité pour l'Angleterre, sur sa langue, sa religion, la façon dont les femmes s'habillaient, et elles ne se lassaient pas de voir la tête de la Reine sur les timbres-poste anglais ou de chercher des mots français dans les journaux de ce pays. La langue, en particulier, leur causait de grandes surprises.

— Parle-t-on *patois* en Angleterre? me demanda-t-on une fois; et comme je répondais par la négative, « Ah! alors, Français? » dirent-elles.

— Non, non, dis-je, pas Français.

— Alors, conclurent-elles, ils parlent *patois*.

Vous devez, cela est évident, parler français ou *patois*. Parlez-moi de la force de la logique — ici, celle-ci apparaissait dans toute sa faiblesse. Je cédai sur ce point, mais entrepris de donner des exemples de mon jargon national et je subis une nouvelle mortification. De tous les patois ils trouvèrent que le mien était le plus absurde et le plus comique à entendre. À chaque mot nouveau c'était une nouvelle explosion de rires et quelques-unes des plus jeunes étaient heureuses au point de se lever de leur chaise et de se mettre à trépigner dans la rue, délirante de joie; et je considérais cette allégresse avec un vague ahurissement légèrement désagréable. « Bread », qui en anglais, est considéré comme un monosyllabe banal et allant de soi, était le mot qui ravissait le plus ces bonnes dames de Monastier; il leur paraissait folâtre et piquant, comme une page de Pickwick; et elles le retenaient toutes par cœur, comme réserve, je présume, pour les soirées d'hiver. J'ai essayé depuis de ce mot avec toutes sortes d'accent et d'inflexion, mais il semble que je manque de sens de l'humour.

Il y en avait de tous les âges; des enfants qui en étaient à leur première dentelle, une adolescente au regard timide mais encourageant, de solides matrones, et des grand'mères, dont certaines en pleine maturité et d'autres s'acheminant vers la décrépitude. Toutes de la première à la dernière, étaient agréables et naturelles, prêtes à rire, mais en gardant une certaine solennité tranquille quand cela était exigé par le sujet de notre conversation. La vie depuis la diminution de leurs salaires, avait commencé de leur apparaître sous un jour plus sérieux. L'adolescente, si j'en juge bien, se moquait de moi d'une façon parfois provocante et non dépourvue d'une certaine admiration; et l'une des grand'mères, qui était ma grande amie dans la bande, émettait des jugements incisifs sur mes croquis, mon hérésie, et même ma façon de discuter, avec une légère grimace et un clignement ironique de l'œil qui étaient particulièrement écossais. Mais les autres se conduisaient vis-à-vis de moi avec un certain respect, comme vis-à-vis de quelque chose qui venait de loin et qui n'était pas entièrement humain. Rien ne les comblait d'aise au point où le faisait l'irrésistible gaieté de ma langue maternelle. Je crois qu'il existait entre la vieille dame et moi un attachement réel. Elle n'était jamais fatiguée de rester assise près de moi pour que je fasse son portrait, avec sa plus belle coiffe et son chapeau de brigand, son visage ridé soigneusement composé, et cependant elle n'a pas manqué une fois de refuser le résultat obtenu, d'insister pour que nous fassions un nouvel essai. C'était un véritable spectacle de la voir juger le dernier. « Non, non, disait-elle, ce n'est pas ça. Je suis vieille, bien sûr, mais mieux que ça. Nous devons essayer encore une fois. » Quand je fus sur le point de partir, elle me fit ses adieux pour cette vie d'une manière assez touchante. Nous ne nous reverrions plus, dit-elle; c'était un adieu pour longtemps et cela l'attristait. Mais la vie est si pleine de surprises, ma vieille dame, qui sait? J'ai dit adieu à des gens pour de plus grandes distances et de plus longs délais, et, si Dieu veut, j'ai bien l'intention de les revoir.

Il y avait quelque chose de remarquable chez ces femmes, de la plus jeune à la plus âgée, et sans exception pour ainsi dire. Malgré leur piété, elles auraient pu échanger des jurons avec Sir Toby Belch lui-même. Il n'y avait rien de si élevé ou de si bas, au ciel, sur la terre ou dans le corps humain, dont une femme de ces parages ne lançât pas le nom, carrément, pour orner sa conversation. Ma propriétaire, qui était jeune et jolie, habillée comme une dame et qui évitait de s'abaisser à parler patois, s'adressait fréquemment à son enfant dans le langage d'une brute avinée. Et de tous les jureurs que j'ai jamais entendus, aucun ne ressemble à une certaine vieille dame de Gondet, un village de la Loire. Je faisais un croquis, et quand j'eus terminé et que je me préparais à partir, elle n'avait pas encore cessé de répandre ses injures. Elle avait, il est vrai, le droit d'être en colère; car il y avait là son fils, un gros garçon, qui était visiblement ivre avant même qu'il fasse grand jour. Mais il était étrange d'entendre cet inlassable flot de jurons et d'obscénités, sans fin, comme une rivière, qui s'élevait de temps en temps jusqu'à une stridence passionnée, dans l'air limpide et silencieux du matin. Dans les quartiers de taudis d'une ville, la chose aurait pu passer sans être remarquée; mais dans une vallée rustique, et de la part d'une campagnarde simple et honnête, cet abominable langage surprenait.

Le *Conducteur des Ponts et Chaussées* — tel était son titre — était mon principal compagnon. Il était généralement intelligent et aurait pu parler plus ou moins de sa voix de fausset sur n'importe quel sujet banal; mais c'était sa spécialité d'avoir un goût marqué pour la bonne chère. C'était ce qui rattachait le plus cet homme à la région; c'était sur ce point qu'il était un artiste; et j'ai compris dans sa compagnie ce que je soupçonnais depuis longtemps, à savoir que l'enthousiasme et une connaissance spécialisée sont de grandes qualités sociales, et que le point sur lequel ils portent, la sauce blanche ou les pièces de Shakespeare, est d'importance secondaire.

J'accompagnais le *Conducteur* dans ses tournées professionnelles et je devins peu à peu expert en la matière. Je me croyais capable de porter des inscriptions dans le livret des heures de travail d'un casseur de cailloux, ou de donner l'ordre comme n'importe quel ingénieur français de retirer le fumier du bord de la route. Gondet était l'une des localités que nous avons visitées ensemble; et Laussonne, où j'ai fait la connaissance du père de l'apothicaire, en était une autre. Là, à Laussonne, George Sand a passé une journée alors qu'elle recueillait des matériaux pour le « Marquis de Villemer ». Et j'ai parlé à un vieil homme, qui n'était alors qu'un enfant courant autour de la cuisine de l'auberge, et qui se souvient encore d'elle avec une sorte de respect. Il semble parler imparfaitement le français; c'est pour cette raison que George Sand l'avait choisi comme compagnon, et toutes les fois qu'il laissait échapper une expression rustique et pittoresque en *patois*, elle la lui faisait répéter inlassablement jusqu'à ce qu'elle soit gravée dans sa mémoire. Le mot pour désigner une grenouille lui plaisait tout particulièrement; et il serait curieux de savoir si elle l'a employé par la suite dans ses œuvres. Les paysans qui ne connaissaient rien aux lettres et qui n'avaient jamais entendu parler de couleur locale, ne pouvaient pas s'expliquer ses bavardages avec cet enfant arriéré; à leurs yeux elle passait pour une dame très simple qui était loin d'être belle : la plus célèbre tombeuse d'hommes du siècle plaisait si peu aux porchers du Velay!

Au cours de ma première excursion technique, qui m'amena par Crouzials vers le mont Mézenc et la limite de l'Ardèche, je commençai à faire plus ample connaissance avec le contremaître des réparateurs de routes. Il était très fier de m'avoir avec lui, me fit passer auprès de ses subalternes pour l'ingénieur en chef, et insista pour que je « lui fasse l'amabilité » d'accepter qu'il paie mon petit déjeuner dans un débit sur le bord de la route. Dans l'ensemble, c'était un homme qui s'y connaissait très bien dans la prévision du temps, qui était plein d'entrain, et d'humeur sociable. Mais je crains qu'il n'ait été superstitieux. A l'âge de neuf ans, il avait vu, une nuit, un groupe de *bourgeois et dames qui faisaient le manège avec des chaises* *, et il en avait conclu qu'il assistait à un Sabbat de sorcières. Je suppose mais je ne hasarde cette suggestion que timidement, que cela n'était peut-être qu'un pique-nique romantique nocturne. Une autre fois, il venait de Pradelles avec son frère quand ils ont vu devant eux sur la route une grande charrette vide traînée par six chevaux énormes. Le cocher criait très fort, et faisait retentir les montagnes du claquement de son fouet. Il ne semblait ja-

* En français dans le texte.

mais dépasser l'allure du pas, mais il était impossible de le rattraper; et à la fin, au tournant d'une colline, l'équipage se perdit entièrement dans la nuit. A l'époque les gens disaient que c'était le diable *qui s'amusait à faire ça*. *

Je suggérai qu'il n'y avait rien de plus vraisemblable, car il faut bien qu'il s'amuse un peu.

Le contremaître dit que c'était étrange, mais qu'on voyait moins ce genre de chose qu'autrefois. *C'est difficile à expliquer*, ajouta-t-il.

Quand nous fûmes à une bonne hauteur sur la lande, alors que le *Conducteur* était en train de sonder de la caillasse avec une jauge...

— Écoutez! dit le contremaître, n'entendez-vous rien?

Nous prêtâmes l'oreille, et le vent qui venait, glacé, de l'est, apporta en effet à nos oreilles un léger tintement.

— Ce sont les troupeaux du Vivarais, dit-il.

Car chaque été, on emmène tous les troupeaux de l'Ardèche paître sur ces plateaux herbeux.

Çà et là, un petit troupeau privé était gardé par une fille, l'une filant à la quenouille, une autre assise sur un mur et s'appliquant à faire de la dentelle. Cette dernière, quand nous nous sommes adressés à elle, a sursauté, prise de panique, en étendant les bras, comme quelqu'un qui nage, pour nous tenir à distance, et il nous a fallu quelques secondes pour la persuader de l'honnêteté de nos intentions.

Le *Conducteur* m'a raconté qu'une autre gardienne de troupeau à qui il avait une fois demandé sa route alors qu'il était nouvellement arrivé dans le pays, s'était enfuie à son approche en poussant ses

* En français dans le texte.

bêtes devant elle, jusqu'au moment, où, désespéré, il avait renoncé à obtenir ce renseignement. Sous ces timidités bizarres on peut trouver la trace d'une époque reculée où sévissait une certaine anarchie.

Sur ces plateaux l'hiver est une saison dangereuse et mélancolique. Les maisons sont recouvertes de neige et les voyageurs se perdent dans les rafales à portée de voix de leur foyer. Aucun homme ne se risque au-dehors sans emporter de la viande et une bouteille de vin, qu'il fait remplir à chaque débit de boisson; et même ainsi équipé il ne prend la route qu'avec terreur. Toute la journée, la famille reste assise autour du feu dans un taudis nauséabond et sans air, sans plus de travail que de distraction. Il est possible que le père sculpte un meuble grossier, mais c'est tout ce qui sera fait jusqu'au retour du printemps qui amène la reprise des travaux des champs. Ce n'est pas sans raison que vous trouvez une pendule dans la plus minable de ces habitations de la montagne. Une pendule et un almanach, vous l'imaginez, étaient indispensables dans une pareille existence...

QUELQUES LETTRES DU MONASTIER

A Mrs Thomas STEVENSON

Chez Morel, au Monastier, Haute-Loire
[*En août 1878*]

Ma chère Mère,

J'ai entendu dire que mon père avait l'intention de me donner un peu d'argent pour ce petit exil. J'ai fait le pari de vivre à mes frais, si je le peux. Mais je dois toujours recevoir ma pension de 25 livres par trimestre et si vous ne voyiez pas d'inconvénient à me verser l'arriéré de deux trimestres, soit 50 livres, je vous assure que je les accepterais avec joie, et je n'aurais pas l'impression d'avoir perdu mon pari.

Je suis souffrant aujourd'hui, car hier, j'ai à la fois trop travaillé et trop marché. A des milles à la ronde les gens me connaissent à présent, avec mes guêtres et ma canne. « Vous rentrez au Monastier? » crient-ils sur mon passage. L'ingénieur est un très brave type, si bien que tout est parfait pour mes repas, et le soir, avant d'aller au lit, je fais avec lui une promenade à pied. La pension est de 3 F 50, disons trois shillings par jour; la nourriture, vraiment bonne et plantureuse, et le vin beaucoup plus fort et plus agréable que la plupart des vins ordinaires. Il y a en outre un certain Saint-Joseph, dont je m'offre parfois une bouteille et qui est une bonne camelote. Chaque jour, ou presque, j'aime un peu mieux ce pays, et je continue mes croquis dans de meilleures conditions que je ne m'y serais attendu.

Votre fils toujours affectionné

R.-L. S.

A Mrs Thomas STEVENSON

septembre 1878.
Chez Morel, Le Monastier, Haute-Loire

Ma chère Mère,

Je suppose que vous êtes maintenant à Buxton, mais comme vous ne m'avez pas donné votre adresse, je ne peux envoyer cette lettre qu'à Swanston. Je vais beaucoup mieux, et je suis de bonne humeur. Le pays est beau, plutôt trop semblable aux Highlands, mais pas aussi grandiose. La vallée de la Gazeille, au dessous du village est mon endroit favori; un vallon sinueux entre des falaises et des bois de sapins avec çà et là des prairies verdoyantes. Le

Mézenc, point culminant du Centre de la France n'est qu'à quelques kilomètres d'ici. J'ai pour compagnons un type des *Ponts et Chaussées*, deux receveurs des Contributions Indirectes, et un *percepteur des Contributions Directes*. Il y a quelquefois à table des scènes terrifiantes. L'ingénieur est le mieux de tous.

Telles sont les nouvelles!

Votre fils toujours affectionné

Robert-Louis STEVENSON

A Mrs Thomas STEVENSON

Le Monastier, dimanche 8 septembre 1878

Ma chère Mère,

Reçu *Scots Worthies, sans notes*. Cependant c'est un livre lamentable, en tout cas, il ne vaut pas la peine qu'on se précipite. Je dessine, je tire au revolver, je travaille, je fais de longues marches; généralement je passe du bon temps; par dessus tout, je suis heureux de ne rencontrer que des étrangers; cela me plaît énormément. Dans quelque temps, je vais acheter un âne et partir dans mes voyages vers le Sud; il faut qu'un nouveau livre sorte de là. En attendant, j'ai à peine assez d'énergie et j'ai toujours trop de travail en train. Avant de partir, il faut que j'aie fait place nette. Parlez moi de Buxton, et dites moi qui mon père trouve pour flirter. Je ne peux pas exactement dire que je voudrais être avec vous, car à dire vrai, je suis mieux ici tout seul; mais j'aimerais le vouloir.

Votre fils toujours affectionné

R.-L. S.

À William E. HENLEY

Le Monastier, 14 septembre 1878

Cher Henley,

J'espère quitter Monastier dans une semaine — samedi prochain. Mon adresse est désormais Poste Restante, Alès, Gard. *Voyages avec un âne dans les Highlands français*. Ça ne va pas aujourd'hui. Je ne peux pas écrire, ni travailler, ni même écrire des lettres. Un déjeuner colossal que j'ai fait hier au Puy m'a anéanti à jamais. J'ai certainement mangé plus que j'ai jamais mangé de ma vie. Une grosse tranche de melon, du jambon en gelée, un filet, une portion de goujons, un blanc et une cuisse de perdrix, quelques petits pois, huit écrevisses, un peu de fromage du Mont-Dore, une pêche, une poignée de biscuits, de macarons et d'autres petites choses. Cela paraît gargantuesque; et cela coûte trois francs par tête. C'était donc très léger pour le porte-monnaie, mais je crains que ce ne le soit moins pour l'estomac. Je ne peux pas savoir comment j'ai fait cela, ni pourquoi. C'est pour moi une nouvelle forme d'excès; mais je crois qu'il rapporte moins que n'importe quel autre.

A Mrs Thomas STEVENSON

Chez Morel
Le Monastier, Haute-Loire, 1878.

Ma chère Mère,

Vous ne vous rendez peut-être pas compte que je suis l'un des hommes les plus fatigués du monde, qui aspire à quelques jours de vacances plus que je ne puis le dire, et avec autour du cou deux meules de moulin : un livre qui doit être prêt pour le début d'octobre, et qu'il espère encore mener à bien; et une besogne hebdomadaire qu'il est actuellement trop fatigué pour mener à bien, mais dont il doit s'acquitter en dépit du destin et du hasard, pour l'argent et pour l'honneur. Vous voyez que mon travail n'a rien de ce côté souriant, joyeux, partie de plaisir que vous semblez imaginer. Je dois dire que mes lettres vous sont assez désagréables, mais essayez de rétablir l'équilibre.

Aujourd'hui il m'avait fallu (m'avait, remarquez) par suite d'un jour de fête qui tombait hier, d'aller avec l'ingénieur jusqu'aux confins du Vivarais, pour marcher depuis sept heures et quart jusqu'à onze heures, — à ce moment j'étais déjà mort de fatigue, — puis de trois à cinq, et de nouveau de neuf heures à onze heures et demie, et dès mon retour je me suis mis à vous écrire. Je pense que c'est en soi-même assez bien; j'ai quantité d'autres lettres en souffrance, vous pouvez en être sûre.

Hélas! J'ai les papiers de l'assurance dans ma poche. Ce n'est pas de ma faute; je n'ai jamais eu un moment à Londres, sauf pendant les deux dernières heures, et à ce moment-là, je me suis assis à la buvette de la gare et il n'y a rien dont j'aie eu aussi peu envie comme de bouger. Il était préférable que Dick m'envoie quelque chose à signer Poste Restante, Alès, Gard, où j'arriverai en revenant de ma tournée. Car, je suis heureux de le dire, le travail va être terminé et je commence à voir mes vacances approcher. Vers la fin de la semaine prochaine au plus tard, j'imagine que je serai parti d'ici et que je serai un homme libre pour quinze jours.

Hier, quand je suis parti après le déjeuner, j'ai été arrêté par quelques-unes de mes amies dentellières. « *Quoi, vous n'êtes pas fatigué* *, M. Steams? » et elles savaient partout où j'avais été dans la matinée. (Il faut que je vous dise, toutes les femmes sont assises à l'ombre dans la rue, et font de la dentelle du matin au soir.) Vous voyez que ce nom de Steams me poursuit; l'S additionnel est un raffinement dans ces parages; mais c'est visiblement quelque chose qui ressemble à cela, qui doit représenter notre nom pour une oreille française. A table et généralement chez Marcel, ils ont renoncé à essayer et ils m'appellent M. Louis, qui, d'une certaine façon, a une résonance familière et amicale.

Votre fils toujours affectionné

R.-L. STEAMS

* En français dans le texte.

À Charles BAXTER

Le Monastier, chez Morel, 20 septembre 1878

Dieu sait quelle est la date, regardez le cachet de la poste.

Mon cher Charles,

Bien reçu votre lettre du 16 (avec les pièces jointes). Tout le travail est fait. Je vais demain au Puy pour expédier mes bagages, prendre de l'argent, inviter à déjeuner l'ingénieur qui est plein d'entrain et qui m'a été très utile; j'espère que samedi matin à cinq heures je serai en train de conduire Modestine vers le Gévaudan. Modestine est mon ânesse; un trésor, couleur souris, de la taille approximative d'un Terre-Neuve (plus grande, entre nous) qui m'a coûté 65 francs et un verre de cognac. Heureux que vous m'ayez envoyé tout l'argent; je craignais un peu de me trouver sans un sou en pleine montagne, avec l'âne et tout, ce qui aurait été diabolique. J'ai terminé *les Mille et Une Nuits* et le livre d'Edimbourg, je suis un homme libre. Prochaine adresse, Poste Restante, Alès, Gard. Mettez-moi aux pieds de la famille. Santé mauvaise; humeur, je pense, en progrès.

Toujours à vous

R.-L. S.

À Mrs Thomas STEVENSON

Le Monastier, septembre 1878

Ma Chère Mère,

Vous ne devez pas vous attendre à entendre beaucoup parler de moi pendant les deux semaines qui viennent; car je suis sur le point de partir. Âne acheté — un amour — prix, 65 francs, et un verre de cognac. Mon itinéraire est assez bien tracé; je ne toucherai aucune ville avant d'arriver à Alès. Rappelez-vous, Poste Restante, Alès, Gard. *Greyfriars* sera en octobre. Vous ne m'avez pas dit si vous aimiez *Septembre;* vous pourriez me le faire savoir à Alès. Les autres numéros d'*Edimbourg* sont [1] : *Parliament Close, Villa Quarters* (qui ne paraîtra peut-être pas); *Calton Hill Winter and New Year* et *To the Pentland Hills*. C'est un genre de livre que personne n'aura envie de lire; mais personne parmi les jeunes gens n'aurait pu le faire mieux que moi, ce qui est toujours une consolation. L'autre jour, j'ai lu *Inland Voyage :* quelles bêtises disent ces critiques! Ce n'est pas mal écrit, c'est mince, modérément gai, et forcé. *Selon moi.* J'ai l'intention de rendre visite à Hamerton [2] au retour; sinon, je rentrerais par mer en m'embarquant à Marseille. A présent, je suis très connu ici : une personnalité de l'endroit, vraiment.

Votre fils affectionné

R.-L. S.

L'ingénieur est le Conducteur des Ponts et Chaussées; maintenant, j'ai le Receveur de l'Enregistrement, le Premier Clerc des Contributions Indirectes et le Percepteur des Contributions Directes. Ce sont les convives de nos dîners. Je suis une sorte de fonctionnaire gouvernemental ambulant, comme vous voyez. Mais que je m'éloigne — que je m'éloigne de ces grands compagnons!

NOTES

1. Il s'agit de *Notes pittoresques sur Edimbourg*, texte qu'il préparait pour une publication en feuilletons dans la revue « Portfolio ». Il fut également recueilli en volume en décembre 1878.

2. Philip Gilbert Hamerton, rédacteur en chef de « The Portfolio », habitait alors en France, dans un petit château près d'Autun. Stevenson lui rendit en effet visite, après son voyage dans les Cévennes.

NOTRE-DAME DES NEIGES [1]

Hors du soleil, hors de la rafale,
Hors du monde, seul j'ai passé
A travers la lande, à travers le bois,
Jusqu'au lieu où se trouvait le monastère.
Là, ni luth ni flûte
Ni rumeur du monde des vivants
Ni confidences tendres à voix basse
Ne frappaient l'Ouïe du méditatif
Au loin, sans aide, sans bonté,
Les prisonniers de l'esprit d'acier,
Où nul ne parle à part la cloche
Habitaient les frères ennemis.

Pauvres hommes passionnés encor vêtus à neuf
De draperies de chair torturée
Dont les yeux clairs appellent encor
Un acte audacieux de volonté
Tandis que la Fantaisie féerique longtemps avant
Et le Souvenir rêveur tenaient la porte
A présent invitent à la mort héroïque
Et dévoilent des délices nouvelles
Oh! il ne sert guère d'habiter
Une lointaine colline sans voisins!

Oh! pour être debout et prêt
Sans crainte ni honte à plonger
Dans le tumulte et dans la foule
Pour mes affaires de ce monde!
J'entends mon cœur toujours constant,
Murmurer des mots de courage.
D'un appel muet la terre antique
M'appelle à renaître chaque jour.
Toi, mon amour, vous, mes amis,
L'essence de la vie, la fin des fins,
Rire, aimer, vivre, mourir,
Vous m'appelez par l'oreille et par l'œil!

Sortant de la casemate, sur la plaine
Où l'honneur a le monde à gagner,
De l'avant, allez bravement, faites votre devoir
Ô seigneurs au cœur sans bouclier!
En avant pour toujours! Hors
De l'abri prudent de la tourelle et de la redoute,
Dans la mêlée charge avec violence,
Pour tomber, mais pour se relever!
Captif? Ah! toujours pour l'honneur,
Un soldat captif du droit!
Ou libre et combattant, bon avec le mal?
Conquérant, non! mais conquis, pas non plus!

Et vous, Ô mes frères, si Dieu, du haut des Cieux,
Voit ce qui se passe ici
Voit sur cette scène en désordre
La noble guerre de l'humanité enragée
Et si son œil qui donne la vie
Ô moines, passait près de votre coin?
Car le Seigneur est toujours le Seigneur tout [puissant;
Des actes, des actes, il se réjouit

La charrue, le javelot, la charge, il les fustige,
Le champ, la ville fondée, il les observe;
Il observe celui qui sourit dans les rues,
Le chanteur sur les sièges du jardin,
Il voit celui qui grimpe aux rochers;
Pour Lui, le berger parque ses troupeaux,
Pour ceux qu'Il aime il étaie
Avec des vertus quotidiennes la cime du Ciel;
Et supporte aisément le ciel qui tombe
Imperturbables cariatides.
Ceux qu'Il approuve, qui exercent un métier,
Qui bercent l'enfant, qui épousent la vierge,
Qui avec de faibles vertus, des mains plus faibles [encor,
Sèment le bonheur sur les terres peuplées,
Et toujours dans les rires, les chants et les cris,
Font tourner la grande roue de la terre.

Mais vous? — Oh! vous vous attardez encor
Dans votre forteresse sur la colline
Avec un visage calme, une respiration paisible
Volontaires spontanés de la mort,
Notre joyeux Général sur la hauteur
D'un air insouciant peut passer devant vous.

NOTE

1. Poème paru pour la première fois dans *The Independent* du 3 mars 1887. Recueilli ensuite dans le volume *Underwoods* en juillet 1887.

L'APPEL DES ROUTES

Aucun amateur ne dira le contraire : il peut trouver plus de plaisir avec un simple dessin, qu'il contemplera sans bouger pendant une matinée entière pour entrer peu à peu en communion avec l'artiste, qu'il n'en tirera jamais de l'éblouissement et de l'accumulation d'impressions hétéroclites qui le font sortir, las et hébété, de quelque galerie de tableaux réputée. Mais ce que l'on admet ainsi quand il s'agit d'art ne s'étend pas aux beautés dites naturelles : le contour d'une montagne peut être exceptionnellement sublime, une plaine cultivée particulièrement harmonieuse, ce n'est pas pour cela que le goût de celui qui les contemple s'en trouvera affaibli ou dégradé. Nous ne sommes pas du tout sûrs, toutefois, que la modération, et un régime d'une austérité tolérable, même dans un paysage, ne sont pas sains et revigorants pour le goût; et que la meilleure école pour un amoureux de la Nature ne doive pas se trouver dans l'un de ces pays où il n'y a pas d'effet scénique — rien de frappant ni de surprenant — mais où se traduit dans tous les détails une sorte de beauté paisible, harmonieuse et bien ordonnée, si bien que nous pouvons nous attacher patiemment à chacune des petites touches qui, toutes ensemble, font vibrer en nous la note atténuée correspondant au paysage. C'est au sein d'un décor de ce genre que nous nous trouvons dans l'état d'esprit convenable pour aller rechercher les détails cachés qui font sa beauté. Le retour continuel de combinaisons de couleurs et de formes semblables nous conduit peu à peu à sentir comment cette harmonie s'est construite, et nous nous familiarisons plus ou moins avec un certain aspect de la manière de la nature. C'est le vrai plaisir de votre « voluptueux de la campagne » de ne pas être frappé de terreur devant le Chimborazo; de ne pas rester assourdi par la grosse caisse de l'orchestre, mais, jour après jour, de se familiariser avec quelque beauté nouvelle, d'éprouver quelque sensation nouvelle, vague et sans violence, qui lui échappait jusque-là. Ce ne sont pas les gens qui « prisonniers de la grande ville, ont langui dans leur grande soif de nature, bien des fois chaque année » comme disait Coleridge dans le poème qui a fait éprouver par Charles Lamb une telle honte de lui-même; ce ne sont pas ceux qui ont fait les progrès les plus marqués dans cette intimité avec elle, ou qui sont les plus prompts à voir, qui sont susceptibles d'éprouver la plus grande délectation. En cette matière, comme dans toute chose, c'est une connaissance minutieuse et un commerce affectueux longtemps poursuivi qui font le véritable dilettante. Un homme doit avoir longuement réfléchi sur un décor avant de commencer à en jouir pleinement. Il n'y a pas d'enthousiasme juvénile sur le sommet des collines qui puisse se rendre maître de la quintessence de la beauté. Le crâne de la plupart des gens qui sont en mesure de voir un paysage deviendra probablement chauve avant qu'ils n'en perçoivent tous les détails; et même alors, ce ne sera que pour un faible instant avant que leurs facultés ne soient de nouveau sur le déclin, et que ceux qui regardent par les fenêtres commencent à voir s'obscurcir et se rétrécir leur champ de vision. L'étude de la nature peut ainsi être effectuée d'une manière approfondie et systématique. Toute approbation ne doit être formulée qu'après mûre réflexion, et nous devons toujours nous efforcer d'analyser et de comparer afin d'être capables de donner une raison plausible à nos mouvements d'admiration. A dire vrai, il est difficile de traduire en mots, même approximativement, le genre de sentiments qui entre ainsi en jeu. C'est un vice dangereux de raffiner intellectuellement en partant d'une vague sensation. L'analyse des satisfactions qu'on éprouve ainsi conduit tout droit aux affectations littéraires; et nous pouvons tous penser à des exemples où elle s'est montrée capable d'exercer une influence morbide, même sur le choix d'un vocabulaire par un auteur, ou sur la tournure de ses phrases. Et il y a cependant beaucoup de choses qui rendent cette tentative attrayante; car toute expression, même imparfaite, attribuée une fois à un sentiment auquel on tient, passe pour une sorte de légitimation du plaisir que nous y trouvons. Un sentiment partagé est l'un des grands biens qui donnent à la vie de la saveur et un renouvellement constant. Savoir que quelqu'un d'autre a éprouvé ce que nous avons éprouvé, et a vu les choses, même s'il ne s'agit pas de choses importantes, d'une manière qui n'est pas très différente de la nôtre, restera jusqu'à la fin l'un des plaisirs les plus précieux.

Que le lecteur, alors, se transporte, dans l'état d'esprit que nous avons recommandé, dans certains paysages anglais, choisis parmi les plus calmes. La familiarité avec ces districts agricoles paisibles et sans grande beauté, fera ressortir bien des choses dignes d'être notées qui arriveront agréablement jusqu'à lui par une sorte d'attirance due à la sympathie; telles que le mouvement des ailes de moulins, au-dessus de la campagne immobile, qui lui donne une vie merveilleuse; l'apparition et la réapparition du même clocher au bout d'un vaste panorama; et, particulièrement remarquable au milieu de ces détails procurant un calme plaisir, le caractère et la variété de la route même qu'il suit. Non seulement à portée de sa main, dans les souples sinuosités grâce auxquelles cette route s'adapte aux changements de niveau et de pente, mais également au loin, quand il la verra, sur deux ou trois cents mètres, escalader une colline ou briller au soleil de l'après-midi, il trouvera que c'est là un élément de changement et d'animation qu'il pourra évoquer dans son esprit avec toujours autant de plaisir. Il peut quitter le bord de la rivière, ou s'écarter des villages, mais la route sera toujours avec lui; et s'il est animé du véritable sens de l'observation, il trouvera qu'elle constitue une compagnie suffisante. Les subtils lacets qu'elle décrit, ses changements de niveau, font naître un intérêt vif et continuel qui maintient l'attention constamment en éveil. Tout ajustement notable au profil du terrain, chaque petite déclivité et le moindre crochet paraissent doués de vie, résulter d'un sens subtil de l'équilibre et de la beauté. La route ondule sur les pentes douces de la campagne, comme un long navire sur les lames de l'océan. Les bas-côtés de terrain inculte qui empiètent un peu plus loin sur la route elle-même, ou qui se dissimulent à l'abri de la haie, ont quelque chose de cette même délicatesse déliée, du même balancement et de cette attitude délibérée. Vous pourriez réfléchir pendant toute une journée d'été (sans avoir dans la soirée entrevu une conclusion) au concours et à la succession de circonstances qu'il a fallu pour produire la moindre de ces déformations; et c'est peut-être là que nous devrions chercher le secret de leur intérêt. Un sentier à travers une prairie — dans toute son obstination humaine et son caractère inexplicables, dans toute la *grata protervitas* de sa direction changeante — sera toujours pour nous plus qu'une voie ferrée bien construite à travers une région difficile *. Aucune succession raisonnée ne s'impose à notre attention; c'est comme si nous avions échappé pour un court instant à la loi d'airain des causes et des effets; et nous revenons immédiatement à l'une des agréables hérésies anciennes de la personnification, toujours poétiquement orthodoxes, pour attribuer une sorte de volonté indépendante de vie active et spontanée, au ruban blanc de route qui s'étend au loin, accuse des sinuosités, et s'adapte adroitement aux irrégularités du terrain que nous avons sous les yeux. Pendant que nous écrivons, nous reviennent en mémoire plusieurs kilomètres d'une grande route large et belle tracée avec un sens esthétique conscient à travers un terrain accidenté et richement cultivé. On dirait qu'en la traçant l'ingénieur avait présente à l'esprit la beauté du trait de Hogarth. Et le résultat est frappant. Une splendide courbe satisfaisante pour l'œil se lie sans heurt à une autre, et rien ne vient troubler ni interrompre la vigoureuse continuité de la ligne générale de la voie. Et il y a cependant quelque chose qui manque. Il n'y a aucune imperfection salutaire, il

* À rapprocher de ce qu'écrit Blake, dans le *Mariage du Ciel et de l'Enfer* : « Le perfectionnement nous donne des routes droites; mais les routes sinueuses, sans perfectionnement, sont les routes du Génie. »

n'y a pas de ces courbes surajoutées ni de ces petites hésitations dans la direction que notre curiosité suit avec avidité, sur les routes naturelles. On sent immédiatement que cette route n'a pas poussé comme une route naturelle, mais que son tracé a été laborieusement étudié. Et que, tandis qu'un modèle peut être d'une rigueur académique dans son contour, il restera toujours froid et inanimé. Le voyageur a aussi conscience d'une sympathie d'humeur qui s'établit entre lui et la route qu'il suit. Nous avons tous vu des chemins qui erraient, près de la côte, dans un sable meuble, et qui se déroulent péniblement sur les dunes comme un serpent tracé par les pas : ici, nous devons aussi avancer à une allure lente et pénible; il subsiste ainsi une sympathie entre notre état d'esprit et ce qu'expriment les courbes molles et lourdes de la route. A dire vrai, notre raison pourrait peut-être résoudre un tel phénomène en se donnant un peu de peine. Nous pourrions nous dire que la route actuelle est issue d'une piste que des générations de voyageurs primitifs ont suivie spontanément; et nous pourrions voir dans son allure la preuve que ces générations avaient été impressionnées les unes après les autres, par ce même terrain, de la même façon que nous aujourd'hui. Ou bien nous pourrions pousser plus loin la réflexion et nous rappeler que là où l'air est vivifiant, là où le terrain est solide sous le pied du voyageur, l'œil tire rapidement avantage des petites ondulations, et nous nous détournerons sans nous en soucier, de la route directe toutes les fois qu'il n'y a rien de beau à regarder, où il n'y a pas de promesse d'une vue plus étendue; si bien que même un buisson d'églantiers est susceptible de faire dévier et de déformer le sentier rectiligne qui traverse une prairie; alors que, lorsque le sol est lourd, on est absorbé par le seul effort d'avoir à avancer, et l'on marche tête baissée, péniblement, sans rien remarquer devant soi. Toutefois, la raison ne nous fera pas progresser sur tout le parcours; car le sentiment reparaît souvent dans des situations où il est très difficile d'imaginer une explication quelconque et, à dire vrai, si nous suivons rapidement, à bord d'un véhicule découvert, une bonne route bien faite, nous ressentirons presque à son maximum cette sympathie. Nous sentons le rétablissement brusque des ressorts à un virage curieusement contourné; après une montée brusque, au moment où nous nous précipitons sur l'autre versant, l'air frais nous danse devant le visage et nous éprouvons de la difficulté à éviter d'attribuer à la route elle-même quelque chose d'impétueux, une sorte d'*abandon*.

La simple sinuosité de ce sentier suffit à égayer une étape durant une longue journée, même dans une campagne banale et triste. Une chose que nous avons vue à des kilomètres en arrière, sur une éminence, a disparu de nos yeux depuis si longtemps, tandis que nous errons parmi des vallées fermées ou au milieu des bois, que notre désir de la revoir se mue en une vive impatience et tandis que nous nous rapprochons, nous hâtons le pas, notre cœur bat un peu plus fort à chaque tournant. C'est dans cet état prolongé d'expectative, cette succession d'espoirs que nous vivons en quelques heures de marche l'équivalent de longues saisons de plaisir. C'est en suivant ces sinuosités capricieuses que nous apprenons, par bribes et à travers une suite de réticences coquettes tout le charme du pays, tout à fait comme nous nous familiariserions avec le cœur d'un ami. Cette disposition d'esprit réserve toujours quelque chose de nouveau à découvrir, et nous emmène, comme un cicerone attentif, en bien des points différents d'où l'on peut apercevoir la destination espérée avant de nous permettre finalement de l'approcher.

Dans son rapport avec la circulation, et l'ensemble des relations amicales avec le pays, il y a quelque chose de très agréable dans cette succession de flâneurs, de passants affairés et alertes, qui peuple nos chemins et nous aide à construire de ce que Walt Whitman appelle « la voix réconfortante de la route publique, le sentiment plein de gaieté et de fraîcheur de la route ». Mais en dehors du grand réseau de voies qui lie tout ce qui vit, depuis la ferme sur le coteau jusqu'à la ville, il y a quelque chose d'individuel à la plupart, et, dans l'ensemble, presque autant de choix sur le plan de la compagnie, que sur le plan de la beauté et de la facilité du voyage. Sur certains chemins nous ne sommes jamais longtemps sans entendre un bruit de roues, et les gens nous croisent en rangs si serrés que nous perdons la notion de leur nombre. Mais sur d'autres, aux abords de districts peu fréquentés, rencontrer quelqu'un dépend du moment; nous apercevons de loin quelqu'un qui vient dans notre direction, nous voyons ce personnage se préciser de plus en plus, puis c'est le court instant où nous nous croisons en nous saluant, et la route se vide devant nous pour rester ainsi pendant peut-être un long moment. De telles rencontres ont un intérêt discret qui peut difficilement être compris par ceux qui habitent des lieux plus peuplés. Nous nous rappelons être restés une fois à côté d'un homme de la campagne, au débouché d'une rue secondaire tranquille dans une ville qui était plus fréquentée et mouvementée que d'ordinaire; il paraissait étonné et déconcerté par ce défilé continuel de visages différents; et après un long silence, pendant lequel il avait paru chercher une expression convenable, il dit timidement qu'il lui paraissait y avoir *un grand nombre de rencontres dans ces parages*. L'expression est significative. C'est la traduction de la vie urbaine dans le langage des longues routes solitaires de la campagne. La rencontre d'une personne avec une autre, c'était ce à quoi cet homme avait été habitué dans les régions montagneuses pastorales d'où il venait; et l'affluence dans les rues était à ses yeux une extraordinaire multiplication de telles « rencontres ».

Et nous arrivons maintenant à la dernière qualité, la plus subtile de toutes, cette sensation de perspective, de vue lointaine, qu'une route impose si puissamment à nos esprits. Dans la nature réelle aussi bien que dans les vieux tableaux de paysages, sous cet éclairage implacable dans lequel toute une plaine bigarrée est plongée et qui en est saturée, la route entraîne l'œil en avant avec le vague sentiment de désirer atteindre la ligne verte de l'horizon. Le voyage nous impressionne, nous visitons en esprit chaque bosquet, chaque hameau qui nous tentent au loin. *Sehnsucht* — la passion de ce qui se trouve au-delà — est exprimée d'une manière vivante par ce ruban blanc, possibilité de voyage, qui sépare le pays accidenté; cette ligne sinueuse de jonction ne nous donne une sensation de proximité, de but facile à atteindre comme ne nous en donnera jamais un laboureur suivant derrière sa charrue le sillon brillant ou la fumée bleue d'une chaumière dans un pli de terrain. Il y a dans *Werther* un paragraphe passionné qui donne le ton juste. « Quand je venais ici, écrit-il, comme de chaque côté la belle vallée m'invitait, alors que j'y plongeais les yeux depuis le sommet de la colline! Là, le bois — ah! si je pouvais me perdre dans son ombre! là, les sommets de la montagne — ah! si je pouvais, de là-haut, découvrir toute l'étendue de la campagne! les collines entrelacées! les vallées secrètes! Oh! me perdre parmi leurs mystères! Je me précipitai au sein de la vallée et je m'en retournai sans avoir rien trouvé de ce que j'espérais. Hélas! la distance est comme le futur. Un vaste tout s'étend devant nous dans le crépuscule; la vue, comme la sensation, plongent et se perdent dans cette perspective, et nous aspirons à nous y donner corps et âme, à ce que tout notre être soit envahi par l'extase d'une sensation unique et merveilleuse; et, hélas, quand nous nous hâtons de parvenir à la réalisation, lorsque *là* se change en *ici,* tout reste comme avant, nous restons dans notre état indigent et étriqué, et nos âmes sont assoiffées d'un élixir qui ne cesse de se dérober. » C'est à cet esprit vagabond et inquiet d'anticipation que les routes pourvoient. Le moindre petit aperçu, la moindre ouverture que nous avons sur ce qui s'étend devant nous libère l'imagination impatiente, de sorte qu'il peut dépasser le corps et plonger déjà dans l'ombre des bois, apercevoir depuis le sommet de la colline la plaine qui s'étend au delà, et errer dans les sinuosités des vallées qui sont encore lointaines devant nous. La route est déjà là-bas — nous ne resterons pas longtemps en arrière. C'est comme si nous marchions avec l'arrière-garde d'une grande armée, et que de loin, nous entendions les acclamations du peuple à l'entrée de l'avant-garde dans une ville amie en proie à la jubilation. Est-ce que tout homme, au long de tous ces kilomètres de marche, n'aurait pas l'impression d'être, lui aussi, à l'intérieur des portes?

RANDONNÉES A PIED

On ne doit pas se figurer qu'une randonnée à pied, comme certains voudraient que nous allions l'imaginer, est simplement une meilleure ou une plus mauvaise manière de voir le pays. Il y a bien des façons tout à fait aussi bonnes, de voir le paysage; et aucune n'est plus vivante, n'en déplaise aux dilettantes affectés, que dans un train. Mais dans une randonnée pédestre, le paysage est tout à fait secondaire. Celui qui fait vraiment partie de la confrérie ne voyage pas à la recherche du pittoresque, mais de certains états d'âme vivifiants — l'espoir et l'élan avec lesquels la marche débute le matin, la paix et la plénitude spirituelle qu'on goûte avec le repos du soir. Il est incapable de dire quel est le moment qu'il goûte le plus, celui où il met sac au dos, ou celui où il le met à terre. L'excitation du départ le met au diapason de ce que sera l'excitation de l'arrivée. Tout ce qu'il fait n'est pas seulement une récompense en soi mais trouvera sa récompense par la suite; et ainsi un plaisir conduit à un autre, suivant un enchaînement sans fin. C'est ce qui est compris par si peu de gens; ils vont flâner sans arrêt ou marcher à la vitesse de cinq milles à l'heure; ils n'opposent pas l'un à l'autre, ils se préparent toute la journée pour la soirée, et toute la soirée pour le lendemain. Et par-dessus tout, c'est sur ce point que votre marcheur acharné manque de compréhension. Son cœur s'élève contre ceux qui boivent leur curaçao dans des verres à liqueur, quand il peut lui-même avaler le sien dans une chope en terre brune. Il ne croira pas que la saveur est plus délicate à dose plus faible. Il ne croira pas que le fait de marcher sur cette distance démesurée n'a d'autre but que celui de l'abrutir et de le brutaliser pour arriver le soir, dans cette auberge, avec ses cinq sens comme gelés, et l'esprit complètement obscurci. La soirée douce et lumineuse du marcheur modéré n'est pas pour lui ! Il n'a plus rien d'humain, à part le besoin physique d'aller se mettre au lit après avoir bu un double whisky; et même sa pipe, s'il est fumeur, lui paraîtra sans saveur et sans charme. C'est le destin d'un tel individu de se donner deux fois plus de mal qu'il n'est nécessaire pour parvenir au bonheur, et de manquer le bonheur en fin de compte; bref il est comme l'homme du proverbe qui va plus loin et se porte plus mal.

A présent, pour se goûter convenablement, une randonnée à pied doit être faite seul. Si vous l'entreprenez en groupe, ou même à deux, elle n'a plus de la randonnée pédestre que le nom; c'est quelque chose d'autre qui se rapprocherait davantage du pique-nique. Une randonnée à pied doit se faire seul, car la liberté est essentielle; parce que vous devez être libre de vous arrêter et de continuer, et de suivre ce chemin-ci ou cet autre, au gré de votre fantaisie; et parce que vous devez marcher à votre allure, sans trotter comme un champion de la marche, ni musarder avec une fille. Et alors vous devez être accessible à toutes les impressions et laisser vos pensées prendre la couleur de ce que vous voyez. Vous devez être comme un chalumeau dont n'importe quel vent peut jouer. « Je ne vois pas l'intérêt, dit Hazlitt, qu'il peut y avoir à marcher et à parler en même temps. Quand je suis à la campagne, j'ai le désir de végéter comme la campagne » — ce qui est l'essentiel de tout ce que l'on peut dire en la matière. Il ne doit pas y avoir de caquetages près de vous, qui viennent troubler le silence méditatif de la matinée. Et tant qu'un homme raisonne, il ne peut pas s'abandonner à cette bonne ivresse salutaire qui prend naissance quand on se remue beaucoup au grand air, qui débute par une sorte d'éblouissement et de lourdeur de l'esprit et se termine dans une paix qui dépasse l'entendement.

Pendant approximativement la première journée de n'importe quelle randonnée il y a des moments d'amertume, lorsque le voyageur a des sentiments plus que froids à l'égard de son havresac, lorsqu'il a à moitié envie de le lancer par-dessus une haie et, comme Christian dans une occasion semblable, « de faire trois bonds et de continuer en chantant ». Et cependant il acquiert bientôt la propriété d'être facile. Il devient magnétique; l'esprit du voyage pénètre en lui. Et dès que vous avez passé les courroies sur votre épaule la lie du sommeil se dépose, vous vous ressaisissez en vous ébrouant et vous reprenez votre allure. Et de toutes les dispositions dans lesquelles un homme peut se trouver quand il prend la route, celle-ci est sûrement la meilleure. Naturellement, s'il ne cesse de penser à ses anxiétés, s'il ouvre le coffre du marchand Abudah et s'il va la main dans la main avec la sorcière — eh bien! quel qu'il soit, qu'il marche rapidement ou lentement, il a toutes les chances de ne pas être heureux. Et il en sera d'autant plus couvert de honte ! Il y a probablement trente hommes qui partent à la même heure et je parierais gros qu'il n'y a pas parmi eux d'autre visage maussade. Ce serait beau de suivre, en se cachant, ces voyageurs l'un après l'autre, par une matinée de printemps, pendant les premiers milles qu'ils parcourront sur la route. Celui-ci, qui marche vite, avec dans l'œil un regard perçant, est entièrement concentré sur lui-même; il est à son métier, entrelaçant les fils, pour traduire le paysage en mots. Celui-ci inspecte tout autour de lui, en avançant, parmi les herbes; il s'attarde au bord du canal pour guetter les libellules; il se penche sur la clôture du pâturage et ne se lasse pas de contempler la vache béate. Et voici venir un autre qui parle, qui rit et gesticule tout seul. Son expression change d'un instant à l'autre, l'indignation jaillit de ses yeux ou la colère vient assombrir son front. Il compose des articles, prononce des harangues et mène en chemin les interviews les plus passionnées. Un peu plus loin, il ne s'en faut pas de beaucoup qu'il ne se mette à chanter. Et il est à souhaiter pour lui, s'il n'est pas grand artiste en la matière, qu'il ne tombe pas au prochain croisement sur un paysan lourdaud, j'ai peine à savoir qui est le plus troublé, ou ce qui est pire, souffrir la confusion de votre troubadour ou l'inquiétude non feinte de votre clown. Une population sédentaire, habituée, en outre, à l'étrange comportement machinal du chemineau habituel ne peut en aucune manière s'expliquer la gaieté de ces passants. J'ai connu un homme qui avait été arrêté comme fou évadé parce que, bien qu'adulte et portant une barbe rousse, il marchait en gambadant comme un enfant. Et vous seriez étonné si je me mettais à vous raconter ce que m'ont confessé tant de personnages graves et instruits : pendant leurs promenades à pied, ils chantaient — et très faux — et ils rougissaient jusqu'à la racine des cheveux quand le paysan décrit plus haut leur tombait inopportunément dans les bras au tournant de la route. Et, de crainte que vous ne pensiez que j'exagère, voici la confession de Hazlitt dans son essai intitulé *En voyage* qui est si bon qu'on devrait faire payer un impôt spécial à tous ceux qui ne l'ont pas lu :

« Donnez-moi le ciel bleu et limpide au-dessus de ma tête », dit-il, « le vert gazon sous mes pieds, une route sinueuse devant moi, et une marche de trois heures avant le dîner — et alors, je me mets à penser ! Il est difficile que je ne me mette pas à jouer un jeu sur ces landes désertes. Je ris, je cours, je bondis, je chante de joie. »

Brave ! Après cette aventure de mon ami avec le policeman, vous ne vous seriez pas soucié, n'est-ce pas, de publier cela à la première personne ? Mais de nos jours on n'est plus courageux et même dans les livres chacun veut se faire passer pour aussi sinistre et aussi fou que son voisin. Il n'en était pas de même pour Hazlitt. Et remarquez combien il est instruit (comme, en vérité, tout au long de cet essai) dans la théorie des voyages à pied. Il n'appartient pas à la catégorie de vos athlètes en bas violets qui font leurs trente milles par jour : trois heures de marche, voilà son idéal. Et alors, il lui faut une route sinueuse, à cet épicurien !

Il y a cependant, dans ce qu'il fit, une chose à laquelle je fais une objection, un point dans la pratique de ce grand maître qui ne me paraît pas entièrement justifié. Je n'approuve pas cette façon de courir et de bondir. Ces deux pratiques accélèrent la respiration; elles secouent le cerveau et le font sortir de sa glorieuse confusion due au grand air, et elles rompent la cadence. Une marche irrégulière ne convient pas tellement au corps; elle distrait et agace l'esprit. Tandis que, une fois que vous avez trouvé une démarche régulière, vous n'avez plus besoin de pensée consciente pour la conserver et cependant cela vous évite de penser sérieusement à quoi que ce soit d'autre. Comme le tricot, comme le travail de copie d'un clerc, cela neutralise progressivement toute activité sérieuse de l'esprit et la met en sommeil. Nous pouvons penser à une chose ou une autre, légèrement et en riant, comme fait un enfant, ou comme nous faisons dans le demi-sommeil du matin; nous pouvons faire des jeux de mots ou combiner des acrostiches, et nous jouer de mille façons des mots et des rimes; mais quand on en arrive au travail sérieux, quand nous en arrivons à rassembler nos esprits en vue d'un effort nous pouvons sonner de la trompette aussi fort et aussi longtemps que cela nous convient; les grands barons de l'esprit ne rallieront pas l'étendard, mais resteront chacun chez soi, à se chauffer les mains au-dessus de leur foyer, et à rêver au gré de leurs pensées personnelles.

Dans le cours d'une marche de la journée, il y a, vous voyez, beaucoup de variations d'humeur. Entre le joyeux enthousiasme du départ et le calme heureux de l'arrivée, le changement est certainement très important. A mesure que la journée s'avance, le voyageur se déplace d'un extrême à l'autre. Il s'incorpore de plus en plus au paysage matériel, la griserie du grand air se développe en lui avec les grandes enjambées, jusqu'au moment où il suit la route, voit tout ce qui l'entoure, comme dans un rêve joyeux. La première étape est certainement plus brillante, mais la seconde est la plus paisible. Un homme n'en fait pas autant vers la fin, et ne rit pas tout haut; mais les plaisirs purement animaux, le sens du bien-être physique, les délices causées par chaque inhalation d'air, chaque durcissement des muscles en bas des cuisses, le consolent de l'absence des autres et le conduisent à destination toujours satisfait.

Et je ne dois pas oublier de dire un mot des bivouacs. Vous arrivez à une borne au sommet d'une colline, ou à quelque endroit où des chemins creux se rejoignent sous les arbres; et le sac va à terre, et vous vous asseyez pour fumer une pipe à l'ombre. Vous vous plongez en vous-même, les oiseaux vous entourent et viennent vous regarder; et votre fumée se dissipe dans l'atmosphère de l'après-midi sous le dôme bleu des cieux; et le soleil vous chauffe les pieds, et l'air frais se glisse dans votre cou, écarte le col ouvert de votre chemise. Si vous n'êtes pas heureux, c'est que vous n'avez pas bonne conscience. Vous pouvez folâtrer aussi longtemps que vous voulez sur le bord de la route. C'est un peu comme si le règne millénaire du Messie était arrivé à son terme, quand nous jetterons nos montres et nos pendules par-dessus le toit de nos maisons et quand nous oublierons le temps et les saisons. Ne pas considérer les heures pour une vie entière c'est, allais-je dire, vivre pour toujours. Vous n'avez pas idée, si vous ne l'avez pas essayé, combien est interminable une journée d'été, que vous ne mesurez que par la faim et qui ne se termine pour vous que lorsque vous avez sommeil. Je connais un village où il n'y a pour ainsi dire pas de pendules, où personne n'a d'autre idée des jours de la semaine que par une sorte d'instinct du jour de fête le dimanche, et où une seule personne est capable de vous dire le jour du mois, et encore, elle se trompe généralement; et si les gens savaient avec quelle lenteur le Temps avançait dans ce village, et quelles brassées d'heures d'oisiveté il donnait, par-dessus le marché, à ses habitants avisés, je crois qu'il y aurait une fuite précipitée hors de Londres, Liverpool, Paris, et de toute une série de grandes villes, où les pendules perdent la tête, et font dérouler les heures plus vite les unes que les autres, comme si elles étaient toutes engagées dans un pari. Et tous ces pèlerins insensés emporteraient chacun leur propre misère, sous forme d'une montre dans leur poche ! On doit noter qu'il n'y avait ni pendules ni montres aux jours tant vantés ayant précédé le déluge. Il en résulte naturellement qu'il n'y avait pas de rendez-vous et que l'on n'avait pas encore imaginé la ponctualité. « Bien que vous ayez pris à un homme cupide tout son trésor », dit Milton, « il lui reste encore un joyau ; vous ne pouvez le priver de sa cupidité. » Et ainsi je dirais qu'un homme d'affaires moderne, vous pouvez faire pour lui tout ce que vous voulez, l'installer au Paradis, lui donner l'élixir de longue vie, il aura toujours un défaut intrinsèque, il aura toujours ses habitudes d'homme d'affaires. Maintenant, il n'y a pas de moment où les habitudes d'homme d'affaires soient plus atténuées qu'au cours d'un voyage à pied. Et ainsi, pendant ces haltes, comme j'ai dit, vous vous sentirez presque libre.

Mais c'est à la tombée de la nuit, et après le dîner, que l'on jouit du meilleur moment. Il n'y a pas de pipes qui vaillent celles que l'on fume après une bonne journée de marche ; l'arôme du tabac ne peut s'oublier, il est si sec et si aromatique, si plein et si fin. Si vous terminez la soirée par un grog, ce sera un grog comme vous n'en avez jamais connu ; à chaque gorgée une jovialité paisible se répand dans vos membres, s'installe doucement dans votre cœur. Si vous lisez un livre — et vous ne le ferez jamais que par à-coups — vous trouverez la langue étrangement pleine de verve et d'harmonie; les mots prennent une signification nouvelle; de simples phrases vous résonnent à l'oreille pendant une demi-heure; et l'auteur se fait aimer de vous, à chaque page, par la plus belle coïncidence de sentiments. Il vous semble que c'est un livre que vous auriez écrit vous-même en rêve. Nous repensons ensuite avec une préférence particulière à tout ce que nous avons lu en de telles occasions. « C'est le 10 avril 1798 », dit Hazlitt avec une amoureuse précision, « que je me suis mis à lire *la Nouvelle Héloïse*, à l'Auberge de Llangollen, devant une bouteille de sherry et un poulet froid. » J'aimerais en citer davantage, car, bien que, de nos jours, nous soyons des gars joliment bien, nous ne savons pas écrire comme Hazlitt. Et, à ce propos, un volume des essais de Hazlitt serait un livre essentiel à avoir dans sa poche pendant un tel voyage; de même qu'un volume de poèmes de Heine; pour ce qui est de *Tristram Shandy* je peux invoquer une expérience loyale.

Si la soirée est belle et douce, il n'y a rien de meilleur dans la vie que de flâner devant la porte de l'auberge au coucher du soleil, ou de se pencher par-dessus le parapet du pont, pour regarder les roseaux et les poissons rapides. C'est dans une telle occasion, ou jamais, que vous éprouvez la Jovialité dans la pleine signification de ce mot audacieux. Vos muscles sont si agréablement détendus, vous vous sentez si net, si fort et si disponible que, quoi que vous fassiez — bouger ou rester immobile, cela est fait avec fierté et un plaisir d'une qualité royale. Vous entamez la conversation avec n'importe qui, sage ou insensé, ivre ou à jeun. Et il semble qu'une marche ardente vous a purgé, mieux que n'importe quoi, de toute étroitesse d'esprit et de tout orgueil, en laissant la curiosité jouer librement son rôle, comme chez un enfant ou un homme de science. Vous laissez de côté toutes vos marottes, pour regarder les humeurs provinciales se développer devant vous, tantôt comme une farce risible, tantôt comme un vieux conte grave et magnifique.

Ou bien vous êtes peut-être abandonné à votre propre compagnie pour la soirée, et le temps maussade vous tient prisonnier au coin du feu. Vous pouvez vous rappeler comment Burns, énumérant les plaisirs passés, s'attarde sur les heures pendant lesquelles il s'est livré à « la pensée heureuse ». C'est une expression qui peut bien rendre perplexe un malheureux moderne, entouré de tous côtés par des horloges et des carillons, et hanté, même la nuit, par des cadrans flamboyants. Car nous étions tous si occupés, nous avons tant de projets lointains à réaliser, de châteaux en Espagne à transformer en manoirs habitables construits sur un terrain solide que nous n'avons pas le temps de faire des voyages d'agrément dans le Pays de la Pensée et parmi les Collines de la Vanité. Les temps sont changés, cela est vrai, lorsque nous devons rester toute la nuit, au coin du feu, les mains jointes; et un monde changé pour la plupart d'entre nous, quand nous découvrons que nous pouvons passer les heures sans ennui et être heureux à penser. Nous sommes dans une telle hâte de faire des choses, d'écrire, d'amasser de l'argent, de faire entendre un instant notre voix dans le dérisoire silence de l'éternité, que nous oublions une seule chose, dont ces choses ne sont que des parties, c'est-à-dire, vivre. Nous tombons amoureux, nous buvons sec, nous courons çà et là sur la terre comme des brebis terrifiées. Et à présent vous devez vous demander si, quand tout est fait, vous ne feriez pas mieux de vous asseoir chez vous au coin du feu et d'être heureux en pensant. Rester immobile en contemplation — se remémorer le visage des femmes sans éprouver de désir, être satisfait des grandes actions des hommes sans éprouver d'envie, être en sympathie avec tout et partout et cependant satisfait de rester ce que l'on est, où l'on est — n'est-ce pas cela connaître à la fois la sagesse et la vertu, vivre heureux ? Après tout, ce ne sont pas ceux qui portent les bannières, mais ceux qui les regardent passer de leur chambre qui goûtent tout le plaisir de la procession. Et si vous en êtes là, vous vous trouvez dans l'état d'esprit même de toute hérésie sociale. Ce n'est pas le moment de tergiverser ou de dire de grandes phrases vides. Si vous vous demandez ce que vous entendez par la réputation, la richesse, la science, la réponse est hors de portée ; et vous revenez dans ce royaume des imaginations légères qui paraissent si vaines aux yeux des Philistins aspirant à la fortune, et si importantes pour ceux qui sont frappés par les disproportions du monde et en face des étoiles géantes ne peuvent s'arrêter d'établir des différences entre deux degrés de l'infiniment petit, tels que le tabac pour la pipe ou l'Empire romain, un million en argent ou une bagatelle.

Vous vous penchez à la fenêtre, votre dernière pipe dégage une fumée blanche dans l'obscurité, votre corps est plein de douleurs délicieuses, votre esprit intronisé dans le septième cercle du bonheur ; quand soudain la lune change, la girouette s'oriente autrement, et vous vous posez encore une question : est-ce que dans la circonstance, vous avez été le plus sage des philosophes ou l'âne le plus accompli ? L'expérience humaine n'est pas encore en mesure de répondre ; mais au moins vous avez passé un agréable moment, et considéré tous les royaumes de la terre. Que cela ait été sage ou insensé, le voyage de demain vous emportera, corps et esprit, dans quelque paroisse différente de l'infini.

AU HASARD DES RENCONTRES ENTRE COCKERMOUTH ET KESWICK

(Fragment inachevé)

Un peintre ferme à moitié les yeux pour qu'une unité frappante se dégage de la foule des détails et pour que ce qu'il voit forme un tout; j'applique tout à fait le même principe, je puis dire, quand je laisse s'écouler un laps de temps considérable entre n'importe lequel de mes petits voyages et le moment où je tente de le raconter. Je ne peux pas décrire une chose qui se trouve au même moment devant moi, ou qui s'y est trouvée très peu de temps auparavant; je dois permettre à mes souvenirs de se débarrasser complètement de toute leur gangue jusqu'à ce que l'or pur subsiste seul; permettre à ma mémoire de choisir ce qui mérite vraiment d'être retenu, par un processus de sélection naturelle; et je crois avec ferveur que, de cette façon, j'assure la Survivance de ce qui est le mieux Adapté. Si je prends des notes destinées à un usage ultérieur, ou bien si je me trouve dans l'obligation d'écrire des lettres au cours de ma petite excursion, je suis si gêné par ce processus que là encore je ne peux jamais trouver ce qui mérite d'être conservé, ou bien de ce qui doit être donné in extenso, ce qui doit fournir la matière à un buste, ou seulement à un profil. Ce processus d'incubation ne peut pas être prolongé d'une manière déraisonnable; et je crains un peu d'avoir commis cette erreur avec le voyage dont il s'agit ici. Comme sur un mauvais daguerréotype, une grande partie en a été entièrement perdue; je ne peux rien vous dire sur le début ni sur la fin; mais ce que j'ai fait pendant cinquante ou soixante heures au milieu reste tout à fait net et précis, comme une petite tache de soleil sur une longue plaine plongée dans l'ombre, ou le seul point d'un vieux tableau qui a été nettoyé par la main habile du restaurateur. Je me rappelle cette histoire d'un vieux prêtre écossais appelé à l'improviste à prêcher, qui prit hâtivement un vieux sermon dans son bureau et qui se trouve ainsi en chaire sans avoir encore remarqué que les rats avaient pris des libertés avec son manuscrit et en avaient dévoré les deux ou trois premières pages. Il explique gravement aux fidèles la situation dans laquelle il se trouve, et ajoute : « Commençons à l'endroit où les rats ont abandonné. » Je dois suivre l'exemple de ce saint homme et prendre le fil de mon discours au point où il émerge avec netteté des limbes de l'oubli.

COCKERMOUTH

J'étais en train d'allumer ma pipe au moment où je sortais de l'auberge de Cockermouth et je ne levai la tête que lorsque je me trouvai nettement dans la rue. Ce faisant, il me sauta aux yeux que j'étais en Angleterre; le soleil de la fin de la journée éclairait des maisons anglaises, des visages anglais, une conformation anglaise de la rue — en un mot, une atmosphère anglaise me jaillit au visage. Il n'y a probablement rien de plus intrigant (si, en sociologie, une chose peut jamais être réellement plus incompréhensible qu'une autre) que le vaste gouffre qui sépare l'Angleterre de l'Écosse — un gouffre en apparence si facile, en réalité si difficile à traverser. Voici deux peuples de sang presque identique; enfermés ensemble dans une petite île, si bien que leurs rapports doivent être aussi intimes que ceux de prisonniers qui partageaient une cellule de la Bastille; ayant la même langue et la même religion; et cependant quelques années d'isolement riche en querelles — une querelle d'une simple matinée, pourrait-on dire, si on la compare aux grands cycles historiques — ont tellement séparé leurs pensées et leurs façons de faire qu'il n'y a pas d'unions, de dangers partagés, de steamers, de chemins de fer, il ne suffit pas de tous les chevaux du roi, ni de tous les hommes d'armes du roi, pour supprimer cette large distinction. Dans la trituration effectuée pendant encore un siècle environ, les angles peuvent disparaître; mais, en attendant, en l'an de grâce 1871, j'étais dans un autre pays au même titre que si j'étais sorti de l'Hôtel Saint-Antoine à Anvers.

Je ressentis un léger frisson de plaisir en constatant le changement, et je partis à grandes enjambées en remontant la rue, les mains dans le dos, notant d'une façon morne et en même temps sensuelle combien étrangères, et en même temps amicales, étaient les pentes des pignons et la couleur des tuiles, et même les gestes et les voix des gens qui bavardaient autour de moi.

Vagabondant ainsi sans but, je m'engageai dans un sentier et me retrouvai en train de suivre le cours d'une alerte petite rivière. Je dépassai un premier couple d'amoureux, puis un autre, enfin un troisième et plusieurs autres, attirés par cette soirée de printemps; je me sentis pris peu à peu d'une impression de solitude, quand je parvins à une digue qui traversait la rivière et à un moulin, — un grand bâtiment avançant en promontoire — à moitié sur la terre ferme, l'autre moitié enjambant la rivière. En ce point la route passait dans ses épaulements et se glissait entre l'extrémité du moulin côté terre et une petite clôture de jardin, avec une petite maison et une grande affiche à l'intérieur de sa haie de troènes. J'avais plaisir à imaginer cette maison comme une auberge, et je fis de petits croquis en imaginant un salon au sol recouvert de sable, avec des crachoirs triangulaires, et une société de compères de la paroisse accompagnés de leurs marguilliers; mais à mesure que je me rapprochais, l'affiche révélait son texte, et je pouvais lire le nom de Smethurst et la raison sociale « Fabricants Canadiens de Chapeaux de Feutre ». Il n'y avait plus d'espoir de trouver de compagnie pour passer la soirée et je ne pouvais plus qu'arpenter le bord de la rivière, sous les arbres. L'eau était tachetée par les rayons obliques du soleil et entièrement saupoudrée d'un petit nuage d'insectes volants. Il y avait quelques canards amoureux, aussi, dont la façon de se courtiser me rappelait ce que j'avais vu un petit peu plus bas. Mais la route devenait triste, et je me lassais; et comme j'étais perpétuellement hanté par la terreur de voir revenir le tic qui m'avait ravagé la tête une semaine auparavant, je m'en retournai à l'auberge, pour dîner et me coucher.

Le lendemain matin, au petit déjeuner, je fis part à l'intelligente serveuse de mon intention de continuer en suivant la côte, de passer par Whitehaven pour aller à Furness et comme j'aurais pu m'y attendre, je me trouvai immédiatement en face de cette dernière et très désagréable forme d'indiscrétion, celle par laquelle on fait intervenir la tradition et l'autorité dans le choix que fait un homme de ses plaisirs. Je peux excuser une personne qui combat mes hérésies politiques ou philosophiques parce que celles-ci, je les ai délibérément acceptées et parce que je suis prêt à les justifier par des arguments. Mais je ne cherche pas à justifier mes plaisirs. Si je préfère un paysage apaisant plutôt que grandiose, quelques rayons de soleil réchauffants sur des plaines couvertes de parcs et de bois aux éléments déchaînés autour du sommet du mont Blanc; ou bien si je préfère une pipe de tabac doux et la compagnie d'un ou deux amis bien choisis à un bal où j'aurai trop chaud, où je me sentirai déplacé et où je m'ennuierai, je me contente d'énoncer ces préférences comme des faits et je ne cherche pas à les établir comme des principes. Ce n'est pas une règle générale, cependant, et la serveuse fut en conséquence choquée comme on le serait devant une hérésie de m'entendre lui dire quelle route j'avais choisie pour mon usage personnel. Quiconque vient à Cockermouth pour son plaisir, semble-t-il, va jusqu'à Keswick. Ce fut en vain que je plaidai en faveur de la liberté en la matière; ce fut en vain que je dis préférer aller à Whitehaven. Je m'entendis dire « qu'il n'y avait rien à voir en cet endroit » — ce vieux mensonge lassant, usé, et finalement comme la servante commençait à être sérieusement préoccupée, j'abandonnai, comme font toujours les hommes en pareilles circonstances et je reconnus que je devais partir pour Keswick par un train du début de la matinée.

Selon la même source, Cockermouth était un endroit où « il n'y a rien à voir »; j'ai néanmoins vu beaucoup de choses et j'ai conservé un souvenir vague, mais agréable, de la ville et de tous ses environs. J'aurais pu errer avec assez de plaisir toute la journée autour de la rue principale et en montant au château, ainsi que dans les rues transversales, cette curieuse attraction qui conduit quelqu'un qui est étranger à un endroit, à suivre, jour après jour, le même circuit, et à se constituer des habitudes intangibles en huit ou dix jours, me faisait prendre presque inconsciemment le même chemin que la veille au soir. Quand je parvins à la fabrique de chapeaux, Smethurst lui-même se tenait à la grille du jardin. Il était en train de brosser un chapeau en feutre canadien, et plusieurs autres avaient été posés l'un au-dessus de l'autre sur sa propre tête, attendant leur tour, si bien qu'il ressemblait à un vieux marchand d'habits Juif typique. Tandis que je m'approchais, il se glissa hors de sa porte pour venir m'aborder, avec une si curieuse expression sur le visage que je me préparais instinctivement à le prier de m'excuser de mon indiscrétion involontaire. Sa première question eut tendance à me confirmer dans ces craintes, car il s'agissait de savoir s'il m'avait vu passer par là la veille au soir. Et après lui avoir répondu par l'affirmative, j'attendis, assez inquiet, la suite de mon inculpation. Mais le cœur de ce brave homme débordait de dispositions pacifiques; et il restait là à brosser ses chapeaux et à bavarder sur la pêche, la marche, et les plaisirs de la convalescence, dans un flot de paroles brillantes et creuses qui me plaisaient et m'intéressaient, je pourrais à peine dire pourquoi.

En continuant, il s'échauffait et il finit par laisser ses chapeaux de côté pour venir me montrer au bord de l'eau l'endroit où se rassemblaient en général les grosses truites, à l'abri de la berge en surplomb; et heureusement pour moi, mais à sa vive déception, il n'y en avait pas de visible sur le moment. Alors il chercha un autre sujet de conversation, et resta un bon moment au milieu de la prairie, exposé aux rayons brûlants du soleil, en essayant de préciser qu'il m'avait déjà vu, ou que, si ce n'était pas moi, c'était l'un de mes amis, dans le seul désir, je pense, que nous nous sentions mieux à notre aise, et en plus grande amitié l'un avec l'autre. Pour terminer il me fit un petit discours, dont j'aurais voulu me rappeler les termes exacts, car ils étaient si simples et si peu apprêtés qu'ils auraient fait rougir de honte les meilleurs écrivains ou orateurs; toujours est-il que je peux seulement m'en rappeler le sens, imparfaitement peut-être. Il dit pour commencer qu'il y avait dans sa vie passée des petits détails qu'il avait un plaisir particulier à se remémorer; et que la faculté de ressentir des impressions aussi vives avait disparu chez lui, mais qu'à mon âge elle devait être encore éveillée et active. Il me dit ensuite qu'il avait sur la rivière au-dessus de la digue un petit bateau à fond plat qu'il allait me prêter afin que je puisse, dans les années futures, y repenser et tirer une grande satisfaction de ce souvenir. Maintenant, j'ai un ami qui se privera de plaisirs immédiats et subira bien des inconvénients présents dans le seul but de se préparer « un souvenir » à son propre usage. Mais il y avait quelque chose de singulièrement raffiné dans ce plaisir que trouvait ce chapelier à constituer des souvenirs à l'intention des autres; on ne peut certainement pas imaginer de luxe plus simple et moins égoïste.

Après avoir désamarré sa petite embarcation et m'avoir vu partir en sécurité au milieu du courant, il retourna à ses chapeaux en courant avec l'air d'un homme qui vient juste de se rappeler qu'il avait quelque chose à faire.

Je ne suis pas resté longtemps sur le radeau. Il aurait dû être très agréable de le pousser à la perche à l'ombre fraîche des arbres, ou de rester en place, amarré à une racine en surplomb. Mais c'était peut-être la simple notion que j'étais contraint à une gratitude spéciale pour prendre plaisir à ma petite croisière et à me régaler du souvenir qu'elle me laisserait, qui transformait en devoir ce qui aurait dû être un plaisir. Que ce soit pour une raison ou une autre, il n'y a pas de doute, j'en fus vite las et je revins à la rive, et me rappeler cet homme lui-même, sa conversation simple et enjouée, si pleine de verve et de sympathie, me procure aujourd'hui plus d'agrément que tout ce qui se peut se rapporter à cette embarcation délabrée et peu sûre. Pour éviter de le voir, car j'avais un peu honte de n'avoir pas pris un plaisir suffisant à la distraction qu'il m'avait offerte, je décidai de continuer à remonter la rivière et de trouver, à tout prix, un autre chemin pour retourner en ville et y arriver à temps pour le dîner. Tout en marchant, je pensais à Smethurst avec admiration; un regard plongé dans l'esprit de cet homme était comme un regard rétrospectif sur la riante campagne de sa vie passée, et très différente des gorges du Sinaï du sommet desquelles on plonge, terrifié pendant un moment dans les âmes noires de bien des hommes bons, sages, et prudents. Je ne peux pas être très reconnaissant à de tels hommes pour leur excellence, leur sagesse, et leur prudence. Je me trouve en train d'affronter aussi vaillamment que je le puis une existence dure et faite de combats, pleine de doute, de difficultés, de défaites, de déceptions, et de dangers, une vie assez dure sans leurs visages sombres auprès de moi, car ce que je veux est un Smethurst heureux placé ici et là aux mauvais coins sur le chemin de ma vie, prêchant son évangile de calme et de contentement.

UN AUTRE

Je ne devais pas tarder à faire la connaissance d'un évangéliste d'un autre acabit. Après m'être introduit sur les terres d'un gentleman, je suis sorti sur la grand'route et je me suis assis pour me reposer sur un tas de cailloux au sommet d'une colline, avec Cockermouth qui s'étendait confortablement au fond de la vallée. Une mendiante irlandaise avec une belle petite fille à ses côtés vint me demander l'aumône et se laissa aller peu à peu à me raconter la petite tragédie de sa vie. Sa propre sœur, me dit-elle, après de longues années de vie conjugale, avait détaché son mari d'elle, et le couple s'était enfui, en la laissant sans ressources, avec la petite fille sur les bras. Elle paraissait gaie et pleine d'espoir, et bien qu'étant sincèrement triste d'être privée des sommes que gagnait son mari, elle n'essayait pas de paraître désespérée par la perte de son affection; un jour ou l'autre, elle rencontrerait les fugitifs, la loi la rétablirait dans ses droits légitimes, et d'ici là la moindre contribution serait acceptée par elle avec reconnaissance. Tandis qu'elle me racontait tout cela avec la plus grande simplicité, j'avais remarqué un homme de grande taille, avec un chapeau blanc très haut et des vêtements sombres, qui s'approchait de nous. Il arriva en haut de la colline à vive allure et se joignit à nous en ébauchant une sorte de salut. Il se tourna immédiatement vers la femme, lui demanda sur un ton d'homme d'affaires si elle avait une occupation, si elle était catholique ou protestante, si elle savait lire, et ainsi de suite; et alors, après quelques paroles aimables et après avoir donné des bonbons à l'enfant, il congédia la femme en lui donnant des tracts sur Biddy la servante irlandaise et le Prêtre et sur la Bible des Orangistes. J'étais assez amusé par ses manières brusques, car il était encore jeune et avait plus ou moins l'air d'un officier de marine; mais il s'en prit à moi avec une grande solennité. Je pouvais m'amuser de ce qu'il disait, car je ne pense pas que c'était très intelligent, mais le sujet ne doit pas m'apparaître à présent comme une plaisanterie, si bien que je dirai seulement qu'il me raconta sa propre conversion, qui s'est produite — comme c'est très souvent le cas à l'occasion d'un accident de bateau, et, après m'avoir interrogé et avoir fait un diagnostic sur mon cas, il choisit dans sa collection quelques tracts qui lui convenaient, il me les donna et en me souhaitant bon voyage, il poursuivit son chemin.

LA DERNIÈRE DE SMETHURST

Ce soir-là je montai dans une voiture de troisième classe pour me rendre à Keswick, et je fus suivi presque immédiatement par un homme corpulent en vêtements marrons. Ce compagnon de voyage paraissait mal à son aise, passait continuellement la tête à la portière en demandant aux personnes présentes si elles ne *le* voyaient pas venir. Pour finir, au moment où le train était déjà en marche, il y eut une bousculade sur le quai, un passage libre fut dégagé jusqu'à la porte de notre wagon. *Il* était arrivé. Dans la précipitation je pus juste voir Smethurst, rouge et essoufflé, déposer deux pipes en terre dans la main tendue de mon compagnon, nous crier ses adieux au moment où nous quittions déjà la gare à une allure qui s'accélérait sans cesse. Je dis quelque chose signifiant que cela s'appelait prendre un train de justesse et le gros homme, déjà occupé à bourrer l'une de ses pipes, acquiesça et se mit à me parler de la stupidité dont il avait fait preuve en négligeant de se munir d'un objet indispensable et me dit comment son ami était descendu au dernier moment dans le bas de la ville avec la plus grande gentillesse pour réparer cet oubli. Je lui dis que j'avais déjà vu M. Smethurst et qu'il avait été très aimable avec moi; et nous avons engagé une discussion sur les mérites du chapelier, qui dura un certain temps et à l'issue de laquelle nous étions devenus les meilleurs amis du monde. Ce sujet de conversation fit régner une atmosphère de bonne volonté. Nous avons échangé du tabac, nous avons parlé de la saison, et nous sommes tombés finalement d'accord pour descendre à Keswick dans le même hôtel et pour souper ensemble le soir même. Comme il avait à faire en ville pour une heure environ, je devais profiter de ce temps pour descendre à notre arrivée jusqu'au bord du lac et jeter un coup d'œil sur les merveilles qui nous attendaient.

Quand je parvins au bord de l'eau, la nuit était déjà tombée; de nombreux bateaux de plaisance étaient amarrés là, prêts à être loués. Et tandis que je suivais un sentier empierré, entre le bois et l'eau, un vent violent soufflait par rafales, venant du fond du lac. Le ciel était couvert d'embruns qui voltigeaient et comme ils se dispersaient, il y eut une course déchaînée d'ombre et de rayons de lune à la surface de l'eau frémissante. Il me fallait tenir mon chapeau, je commençais à être plutôt fatigué et enclin à repartir dégoûté quand il se produisit un petit incident qui dissipa l'ennui. Une rafale soudaine et violente vint couper en deux le sous-bois et en même temps il y eut l'un de ces brefs éclairs de lune qui bondit dans l'ouverture ainsi ménagée en faisant apparaître à mes yeux trois jeunes filles voletant dans le plus ravissant désordre. C'était comme si elles avaient jailli du sol. Je les abordai très civilement grâce à ma qualité d'étranger et les priai de me dire les noms de toutes sortes de collines, de bois, et d'endroits divers que je n'avais aucune envie de connaître; nous sommes ainsi restés ensemble un moment et nous avons eu une amusante petite conversation. Le vent, lui aussi, se mit de la partie, fit venir des couleurs à leurs joues et leur donna assez à faire pour empêcher leurs robes de voltiger; et l'une d'entre elles, avec force petits rires, dut pirouetter sans fin sur ses orteils (comme font les jeunes filles) quand une bouffée de vent particulièrement vigoureuse triomphait de leur résistance. Elles étaient situées juste assez haut dans l'échelle sociale pour ne pas craindre de parler à un monsieur; et juste assez bas pour trembler légèrement, pour se rendre compte avec nervosité qu'elles n'agissaient peut-être pas très bien — qu'elles étaient en terrain défendu, ce qui donnait beaucoup de piquant à notre conversation pourtant bien innocente. Elles étaient aussi bouleversées que si j'avais été un baron débauché proposant d'enlever le trio au complet; mais elles ne montraient aucune envie de s'en aller et j'avais réussi à les écarter du sujet des collines et des chutes d'eau pour les amener à des sujets plus prometteurs quand on annonça à grands cris l'arrivée d'un jeune homme sur le sentier venant de Keswick. Maintenant, ce jeune homme appartenait-il à l'une de mes amies, était-il le frère de l'une d'entre elles, ou tout simplement leur frère à toutes les trois, je ne sais pas; mais elles déclarèrent incontinent qu'elles devaient s'en aller, et elles remontèrent le sentier en me saluant amicalement. Je n'ai pas besoin de dire qu'après leur départ, j'ai trouvé le lac et le clair de lune assez tristes, et que j'ai rapidement trouvé le chemin menant aux harengs marinés et au whisky à l'eau qui m'attendaient avec mon compagnon de voyage dans la salle réservée aux voyageurs de commerce. Dans le fumoir, il y avait un homme grand et brun, portant moustache, vêtu d'un ulster, qui s'était adjugé la meilleure place et qui accaparait presque toute la conversation. Quand j'entrai, on me chuchota des deux côtés que c'était le directeur d'un théâtre de Londres. La présence d'un tel homme était un grand événement pour Keswick et je dois reconnaître que ce directeur se montra à la hauteur de sa situation. Il avait un grand porte-feuille bourré duquel il extrayait les uns après les autres, des poèmes écrits sur des envers de lettres ou des notes d'hôtels; et rien ne pouvait être plus plaisant que sa récitation de ces extraits élégants, sauf peut-être les anecdotes dont il les entremêlait pour donner de la variété à son numéro. Remarquant, je pense, dans mon aspect quelque chose de moins campagnard que dans le reste de l'assistance, il s'adressa spécialement à moi pour que je corrobore certaines de ses déclarations sur des sujets comme la dépravation et les vices de l'aristocratie, et quand il en vint à raconter des expériences qu'il avait connues sous des lambris dorés, je suis fier de dire qu'il rendit hommage à ma sagacité par un petit clin d'œil complice avant de faire pour la seconde fois appel à moi pour que je confirme ses dires. Le clin d'œil ne fut pas perdu ; je me rangeai aux côtés du directeur au point que je me pris à penser qu'un peu de la gloire de ce grand homme rejaillissait sur moi, et que j'étais vraiment la seconde personnalité dans ce fumoir où il occupait la première place. Pour un jeune homme c'était une position assez remarquable, je pense que vous le reconnaîtrez...

EFFET D'AUTOMNE

« Nous ne décrivons jamais mieux la nature que lorsque nous nous efforçons d'exprimer sobrement et simplement l'impression que nous en avons reçue. » — André THEURIET « l'Automne dans les bois », *Revue des Deux Mondes*, 1er octobre 1874, p. 562 *.

Une région traversée rapidement sous des auspices favorables peut nous laisser une unité d'impression qui ne serait que troublée ou effacée par un séjour plus prolongé. Une vision claire va de pair avec un pied léger. Les choses prennent leur place dans une sorte de perspective naturelle quand nous les voyons pendant un instant, en passant; nous généralisons hardiment et simplement et nous som-

* J'avais presque terminé la transcription des pages qui suivent quand j'ai vu sur la table d'un ami le numéro contenant le texte d'où cette phrase est extraite, et, frappé par la similitude de titre, je l'emportai chez moi et le lus avec une indescriptible satisfaction. Je ne sais qui j'envie le plus, M. Theuriet pour le plaisir d'avoir écrit ce délicieux article ou le lecteur pour le plaisir qu'il a, j'espère, encore devant lui, de le lire et de le relire, en s'attardant sur les passages qui lui plaisent le plus. (Note de l'Auteur.)

mes partis avant que le soleil se cache, avant que la pluie se mette à tomber, avant que la saison puisse se dérober, comme l'aiguille d'une pendule qui passe d'un chiffre sur un autre, avant que les lumières et les ombres, tournant sur elles-mêmes vers la tombée de la nuit, puissent nous faire apercevoir l'autre côté des choses et démentent ce qu'elles nous ont montré le matin. Nous exposons notre esprit au paysage (comme nous exposerions la plaque sensible dans l'appareil photographique) simplement pour le temps que dure l'effet, et nous sommes partis avant que cet effet ait pu changer. Il en résulte que nous aurons dans nos souvenirs un long rouleau d'images ininterrompues du bord du chemin, toutes déjà imprégnées du sentiment qui prévaut, de la saison, du temps, et du paysage et appelées certainement à s'unifier de plus en plus, à la longue, grâce au travail inconscient de la pensée. Si bien que nous qui avons seulement regardé une région par-dessus notre épaule, pour ainsi dire, en passant, nous en aurons une notion beaucoup plus mémorable et plus détaillée qu'un homme qui a passé là toute sa vie, depuis son enfance, dont l'impression d'un jour était modifiée par celle du lendemain, et démentie par celle du surlendemain, jusqu'à ce qu'à la longue les caractéristiques constantes du pays soient complètement effacées derrière la confusion de l'effet passager.

J'ai commencé mon petit pèlerinage dans les dispositions les plus enviables; celles grâce auxquelles une personne, disposant d'assez d'argent et d'un havresac, tourne le dos à une ville et s'engage à pied dans un pays qu'il ne connaît que par les vagues rapports d'autres voyageurs. Un tel homme n'a pas abdiqué sa volonté en s'engageant pour les cent cinquante kilomètres qui s'étendent devant lui, comme un voyageur en chemin de fer. Il peut changer d'avis à chaque poteau indicateur et, à la croisée des chemins, suivre de vagues préférences en toute liberté, prendre la route du bas ou celle du haut, choisir l'ombre ou le soleil, se laisser tenter par le sentier qui s'enfonce immédiatement sous bois, ou par la large route qui s'étend devant lui à perte de vue, dégagée, en lui laissant apercevoir dans le lointain les clochers d'une ville, ou une chaîne de montagnes, ou peut-être un bord de mer, le long d'un horizon en contrebas. Bref il peut satisfaire toutes ses impulsions et ses fantaisies, sans le moindre remords de conscience et sans faire la moindre violence à son amour-propre. Il est cependant vrai que la plupart des hommes ne possèdent pas la faculté d'agir librement, le don inestimable d'être capable de vivre pour l'instant; et quand ils commenceront à avancer dans leur voyage, ils s'apercevront qu'ils se sont forgé de nouveaux liens. Des projets sans importance qu'ils ont pu concevoir un moment, à moitié par plaisanterie, deviennent pour eux des lois d'airain, sans qu'ils puissent dire pourquoi. Ces rapports vagues dont je parlais plus haut le mèneront par le bout du nez; et le simple fait que leur informateur ait cité un village plutôt qu'un autre va diriger leurs pas avec une force inexplicable. Et encore un petit moment, quelques jours de cette liberté fictive, et ils vont commencer à entendre des voix impérieuses leur enjoignant de s'en retourner; et quelque passion, quelque devoir, l'attente de quelque chose qui en vaut la peine ou non, vont leur poser la main sur l'épaule et leur faire reprendre les anciens chemins. Sans cesse nous avons tous fait cette expérience. Nous savons très bien comment cela se termine. Et cependant, si nous le faisons demain pour la centième fois, cela aura toujours le même charme. Notre cœur battra, nos yeux brilleront, tandis que nous laisserons la ville derrière nous, et nous aurons de nouveau l'impression (comme nous l'avons eue si souvent par le passé) que nous rompons pour toujours avec notre vie antérieure, avec tous ses péchés, ses folies et ses limitations, et que nous entrons, entièrement renouvelés, dans un monde nouveau.

C'était, peut-être, une bonne chose que j'aie eu cet enthousiasme tout neuf pour m'encourager à faire cette longue montée au-dessus de High Wycombe; car la journée n'était pas bonne pour marcher dans les meilleures conditions et vers l'après-midi, elle devint sombre, lourde, sans vie. Le ciel était couvert de nuages gris, et cette couleur influençait la couleur du paysage. A portée de ma main, en vérité, les arbres de la haie étaient encore assez verts, éclataient en jaunes d'automne brillants, brillants comme le soleil. Mais un peu à l'écart, les carrés boisés qui s'étendaient sur la pente et au sommet de la colline n'étaient pas verts, mais bruns et grisâtres à mesure qu'ils étaient plus éloignés. En s'éloignant, aussi, les bois paraissaient faire masse et s'étendaient, en une ligne mince et droite, comme des nuages, à la limite de notre champ de vision. Non pas que cet amoncellement ait été complet, ou ait donné l'idée d'une étendue quelconque de forêt, car çà et là les arbres s'espacaient et descendaient dans une vallée en ordre dispersé, ou s'étendaient en longue file indienne le long de l'horizon, chaque arbre se détachant, assez drôlement. sur le ciel. Je dis assez drôlement, bien que j'aie vu l'effet utilisé intelligemment en art, et une telle rangée d'arbres isolés se profilant sur le lever de soleil habituel d'un tableau japonais avec un certain effet fantastique qui n'était pas à dédaigner; mais là ils se détachent sur l'eau et un terrain plat, où ils ne se heurtent pas, comme ici, avec le contour moelleux des collines et des vallées. L'ensemble du décor avait l'aspect indéfinissable d'avoir été peint, la couleur était si abstraite et si correcte, et il y avait quelque chose de si imprécis et de si impressionniste dans ces arbres alignés sur l'horizon lointain que l'on était forcé de penser à tout cela comme à un adroit paysage français. Car nous voyons plutôt dans la nature une ressemblance avec l'art que dans l'art une ressemblance avec la nature; et nous disons une centaine de fois « Comme cela ressemble à un tableau ! » quand nous ne disons qu'une fois « Comme cela est vrai ! » Les formes sous lesquelles nous apprenons à penser à un paysage sont des formes que nous connaissons d'après les toiles. N'importe quel homme est capable de voir et de comprendre un tableau; est réservée à quelques-uns la faculté d'isoler quoi que ce soit de la confusion de la nature, de le voir distinctement et intelligemment.

Le soleil disparut avant que j'aie fait un long chemin; et comme à ce moment j'étais parvenu au sommet de mon ascension, et que j'étais en train de me retrouver dans un labyrinthe de routes transversales resserrées, tout le spectacle que j'avais sous les yeux prit des couleurs considérablement plus vives car c'étaient seulement les lointains qui étaient gris et froids et au loin je ne pouvais plus rien voir. Au-dessus de ma tête, il y avait un véritable concert d'alouettes. A dire vrai, pendant tout le temps que j'ai passé dans ce pays, les alouettes ne m'ont pas quitté. L'atmosphère en grouillait depuis High Wycombe jusqu'à Tring; et comme, jour après jour, leur délicieux chant perçant arrivait sur moi, venant du ciel vide, elles commencèrent à prendre une importance prédominante et à devenir inséparables pour moi de l'idée que je me faisais du pays, à tel point que j'aurais pu l'appeler « Le Pays des Alouettes ». Cela aurait naturellement pu aussi bien se passer au début du printemps; mais tout le reste était profondément imprégné du sentiment de la fin de l'année. On ne voyait pas bouger les insectes dans l'herbe. Le soleil était plus doré et donnait moins de chaleur que le soleil d'été; et les ombres, sous la haie, étaient plutôt bleues et brumeuses. Ce n'est qu'en automne que vous auriez pu voir dans le feuillage de l'orme ce mélange de vert et de jaune, et les feuilles mortes tombées autour de la route, qui recouvraient la surface des mares le long du chemin sur une telle épaisseur que le soleil n'était réfléchi que çà et là aux trous d'épingle et aux coutures de ce manteau brun; ou que votre oreille aurait été frappée, tandis que vous avanciez, de temps en temps par la détonation d'un fusil de chasse, dans toutes les directions et à toutes les distances.

Pendant longtemps ces coups de feu furent le seul indice d'activité humaine qui m'ait dérangé pendant que je marchais. Les sentiers étaient profondément silencieux. Ils auraient été tristes s'il n'y avait pas eu le soleil et le chant des alouettes. Mais malgré cela j'étais parfois gagné par une sensation d'isolement qui n'était pas désagréable, mais suffisait pourtant à me faire hâter le pas quand je voyais quelqu'un devant moi sur la route. Il se trouva cette fois que ce compagnon de route était un personnage aussi important que le garde-champêtre de la paroisse. L'idée m'était venue que dans un district aussi peu peuplé et aussi boisé un criminel assez intelligent pourrait jouer à cache-cache avec les autorités pendant des mois; et cette idée se trouva renforcée par l'aspect de ce personnage majestueux quand il se fut mis à marcher à mes côtés avec une dignité délibérée et les pieds en dehors. Mais quelques minutes de conversation me rassurèrent. Ces criminels ruraux sont des oiseaux assez craintifs, semble-t-il. Si celui qui me documentait ainsi ne mettait pas instantanément la main au collet du délinquant, il se contentait d'attendre; un soir, après la tombée de la nuit, il entendrait frapper à sa porte, et le hors-la-loi, las de sa situation irrégulière viendrait se rendre, sans histoire, pour être jugé et reprendre sa place dans la communauté. Les hommes mariés ne lui causaient aucun ennui; il ne tardait pas à les cueillir. Tôt ou tard ils reviendraient voir leur femme, un voisin aux aguets préviendrait et mon majestueux constable irait tranquillement cueillir l'oiseau au nid.

Et s'il s'agissait des rares individus qui n'avaient aucun lien dans le voisinage et qui préféraient s'en aller dans une autre région quand ils avaient des ennuis, leur départ ne causait à ce paisible constable aucune émotion.

Il partageait l'opinion de Dogberry : si un homme refusait de vivre selon la loi du Prince, il ne s'occupait pas de lui, mais le laissait aller et remerciait Dieu d'être débarrassé d'un fripon.

Le crime et les représentants de la loi vivaient en bonne intelligence; le constable et le délinquant campagnards étaient en bons rapports. Le fonctionnaire restant chez lui au coin de son feu en attendant la visite du criminel, et le criminel venant en effet — c'est un match loyal. On avait l'impression que cela devait se passer ainsi sur ce délicieux rivage de Bohème où Florizel et Perdita se courtisaient dans des termes si doux, où les Puritains chantaient des psaumes en s'accompagnant à la cornemuse, et où les vingt-quatre tondeurs de moutons dansaient avec sur la poitrine un bouquet de fleurs odorantes et chantaient chacun leurs trois chansons à la fête du vieux berger; et l'on ne pouvait s'empêcher de s'imaginer les ravages dans les bourses des bonnes gens, et les tribulations pour les constables débonnaires qui seraient provoqués ici par l'arrivée, par-dessus les échaliers et les sentiers, d'un nouvel Autolycus.

Prenant congé de mon compagnon de route, je quittai la route et pris à travers champs. C'était presque une révélation de cesser de passer entre les haies pour trouver de l'autre côté une vive animation, des allées et venues d'écoliers dans les petits chemins et dans un champ sur deux, de vigoureux chevaux et de robustes paysans en train de labourer. Je traversai bien des champs où les gens travaillaient ainsi, bien des espaces plantés, puis je passai sur une petite étendue de gazon moelleux, très agréable sous les pieds, plantée de sapins élevés et retentissant des cris de nombreuses corneilles se préparant pour l'hiver, et me retrouvai sur la route calme. A présent, je n'était plus éloigné du terme de mon étape. A quelques centaines de mètres de là, après être passé à travers un trou de la haie, je me mis à descendre le versant de la colline en traversant une plantation assez étendue de jeunes hêtres. Je ne tardai pas moi-même à me trouver à l'ombre, mais le soleil de l'après-midi, colorait encore les rameaux les plus élevés du bois, et allumait au-dessus de ma tête un incendie dans le feuillage automnal. Une légère vapeur planait parmi les minces tiges des arbres au fond de la dépression; et venant de beaucoup plus haut, j'entendais de temps en temps éclater un gros rire, comme si des clowns avaient batifolé dans le buisson. Il y avait dans l'atmosphère quelque chose qui faisait porter tous les spectacles et tous les sons avec une pureté singulière, si bien que j'avais l'impression que mes sens avaient été lavés dans l'eau. Lorsque j'eus traversé cette petite zone de brume, le sentier se mit à remonter la pente; et au moment précis où, en le suivant, je fus remonté depuis le bas dans le soleil léger, j'ai vu devant moi un âne attaché à un arbre. Notez que j'ai une certaine affection pour les ânes; principalement, je le crois, à cause des choses délicieuses que Sterne a écrites sur eux. Mais celui-ci n'était pas conforme à l'idée qu'on se fait de l'âne à Lyon. Il était de couleur blanche et semblait fait pour les jours de fête exceptionnels plutôt que pour les corvées ordinaires. En outre, il était très petit, et des proportions les plus jolies que vous puissiez imaginer chez un âne. Et d'ailleurs, cela était sûr, vous n'aviez qu'à le regarder pour voir qu'il n'avait jamais travaillé. Il y avait dans sa figure quelque chose de trop fripon et folâtre, son regard ressemblait trop à celui d'un écolier ou d'un Arabe de la rue, pour avoir survécu à de trop durs travaux. Il était clair que ces pattes avaient plus souvent désarçonné des enfants sportifs qu'elles n'avaient peiné sous un fardeau en suivant des sentiers bourbeux. C'était un âne fait pour le beau temps et pour les vacances; et bien qu'étant en cet instant plutôt grave et lugubre, il donna encore une preuve de son peu de sérieux en agitant avec impudence les oreilles dans ma direction au moment où je m'approchais. Je dis qu'il était plutôt grave, à ce moment précis; car, avec cet instinct admirable qu'ont tous les hommes et toutes les bêtes soumis à une contrainte, il avait si bien enroulé et enroulé sa corde autour de l'arbre qu'il ne pouvait plus ni avancer, ni reculer et qu'il ne pouvait pas davantage baisser la tête pour brouter. Il restait là, le pauvre fripon, en partie intrigué, en partie furieux, en partie, je crois, amusé. Il n'avait pas abandonné tout espoir, il retournait le problème dans sa tête, en imprimant sans cesse une nouvelle secousse aux quelques centimètres de corde libre qui n'étaient pas encore enroulés. Je fus pris d'une sorte de sympathie amusée pour ce petit être. Je m'approchai et avec quelque gêne de ma part, beaucoup de méfiance et de résistance de la sienne, je l'obligeai à reculer jusqu'à ce que la corde soit déroulée sur toute sa longueur et il ne tarda pas à jouir d'autant de liberté que je me risquai à lui donner. J'étais content — comme tout le monde — de ce geste amical à l'égard d'un camarade de tribulations et je jetai un coup d'œil par-dessus mon épaule pour voir comment il profitait de sa liberté. Il me regardait, l'animal, et dès qu'il eut surpris mon coup d'œil il leva sa grande figure blanche en l'air, me fit de la bouche une grimace insolente et se mit à braire d'un air moqueur. L'ingratitude endurcie de sa conduite, l'impertinence avec laquelle il retroussait la lèvre, montrait les dents et se mettait à braire, m'amusa tellement, et correspondait si bien à ce que j'avais imaginé de son caractère que je n'eus pas le courage de me fâcher; j'éclatai de rire de bon cœur. Cela donna à l'âne l'impression d'être une repartie, si bien qu'il se mit à nouveau à me braire en guise de réplique; et nous avons ainsi continué pendant un certain temps, à braire et à rire, jusqu'à ce que je commence à en avoir assez; je lui criai alors un adieu ironique et fis demi-tour pour poursuivre mon chemin. Ce faisant, je me trouvai — c'était comme si j'avais été brusquement plongé dans l'eau froide —

face à face avec une petite vieille fille à l'air compassé. Elle était dans tous ses états, la pauvre chère vieille chose! Elle avait conclu comme hors de question que ce ne pouvait être qu'un fou qui restait là à rire tout haut en s'adressant à un bourricot blanc, dans ces paisibles bois de hêtres. D'après son expression de physionomie, j'étais sûr qu'elle avait déjà recommandé son âme au Ciel, de la manière la plus religieuse, et qu'elle s'attendait au pire. Et ainsi, pour la rassurer, je me découvris et la priai, sur un ton très posé, de m'indiquer le chemin du Grand Missenden. Sa voix tremblait un peu, c'est sûr, mais je pense que son esprit avait retrouvé le repos; et elle me dit, d'une manière très explicite, de suivre le sentier jusqu'à la sortie du bois et qu'alors je verrais le village en question au fond de la vallée. Et après avoir échangé toutes sortes de civilités nous sommes partis sur nos chemins respectifs.

Elle ne m'avait pas induit en erreur. Grand Missenden était tout près, comme elle avait dit, dans le creux d'une jolie vallée, entouré d'une profusion de grands hêtres. La fumée de ses cheminées s'élevait agréablement dans les rayons de soleil de l'après-midi. Le bourdonnement somnolent d'une batteuse emplissait les champs environnants et s'entendait jusqu'au coin des rues vieillottes. Un peu plus haut, l'église est campée contre le versant de la colline — position qui, vous savez, fait croire qu'une église pourrait être toujours placée plus haut si elle le voulait; et les arbres poussaient, très touffus, aux alentours, comme pour donner une ombre épaisse au cimetière. Un endroit très tranquille, semblait-il; et cependant je vis beaucoup de pancartes et d'affiches menaçant de sévères punitions quiconque briserait les vitraux de l'église ou dégraderait l'édifice, et offrant des récompenses à qui ferait arrêter ceux qui s'étaient déjà rendus coupables de tels forfaits. C'était jour de foire à Grand Missenden. Il y avait trois baraques dressées pour la vente de pâtisseries et de jouets bon marché; un grand nombre d'enfants en congé flânaient autour de ces comptoirs, et envahissaient bruyamment tous les coins du village aux maisons éparses. Ils m'entouraient par bandes, et soufflant tous ensemble dans des trompettes à deux sous, ayant l'air de s'imaginer que j'allais m'effondrer comme les remparts de Jericho. J'en remarquai un parmi eux qui savait faire la roue comme un jeune Londonien, et qui paraissait jouir d'une sérieuse suprématie à cause de la force dont il faisait preuve dans cette réalisation. Cependant, les trompettes commençaient à me fatiguer et je suis rentré à l'intérieur, en laissant la foire, j'imagine, au moment où elle atteignait son point culminant.

La nuit était tombée avant que je ne m'aventure de nouveau dehors. Il faisait un noir d'encre dans la rue du village et l'obscurité paraissait d'autant plus profonde qu'une lumière apparaissait çà et là à travers une fenêtre sans rideau ou une porte ouverte. J'ai été assez mal élevé pour risquer un œil à travers l'une de ces fenêtres et j'ai vu, à l'intérieur, un charmant tableau *de genre*. Dans une chambre, toute en boiseries blanches et en papier de tenture cramoisi, une pierre précieuse parfaite de couleur en sortant de l'obscurité vide et noire où je m'étais trouvé, une jolie fille était en train de raconter une histoire, autant que j'ai pu m'en rendre compte, à un enfant attentif assis sur son genou, tandis qu'une vieille femme somnolait paisiblement au coin du feu. Vous pouvez être sûr que je n'avais pas pour mon compte une histoire en retard — une bonne vieille histoire dans la manière de G.P.R. James et des mélodrames de village, avec un seigneur débauché, des braconniers, un procureur, un vertueux jeune homme qui a le génie de la mécanique, qui doit aimer, protéger et finalement épouser la jeune fille de la chambre cramoisie. Baudelaire a quelques jolies phrases pour exprimer les choses que nous imaginons quand nous regardons par une fenêtre vivre les autres; et je crois que Dickens a développé quelque part le même thème. Le sujet, du moins, est de ceux dont je me lasse rarement. Je me rappelle avoir à Bruxelles, regardé chaque soir, une brave famille souper, s'amuser et aller se coucher; chaque soir j'attendais pour voir les bougies s'allumer, préparer la salade, échanger comme il se doit les dernières salutations sans que mon intérêt ait jamais faibli. Soir après soir, la scène captait mon attention et me maintenait éveillé, une fois couché, avec toutes sortes d'imaginations étranges. Une grande partie du plaisir procuré par les *Mille et Une Nuits* repose sur cet intérêt dans le style d'Asmodée. Nous ne nous lassons pas de soulever le toit des autres gens et d'aller chercher l'envers du décor avec le Caliphe et le serviable Giaffar. C'est, en outre, un exercice salutaire; il est salutaire de sortir de nous-mêmes et de voir les gens vivre ensemble en ignorant complètement notre existence, comme ils vivront quand nous serons partis. Si demain tout s'effondre, si nos pires craintes se trouvent réalisées, la jeune fille n'en racontera pas moins des histoires à l'enfant assis sur ses genoux dans le cottage du Grand Missenden, et mes braves Belges n'en allumeront pas moins leur bougie, ne mélangeront pas moins leur salade avant d'aller tranquillement se mettre au lit.

Le lendemain matin il y avait du soleil sur nos têtes

et de l'humidité sous nos pieds, avec une fraîcheur dans l'air qui était comme une réminiscence de la gelée. Je montai dans le jardin en pente qui se trouvait derrière l'auberge et je fumai assez agréablement une pipe, avec comme accompagnement les lamentations de ma propriétaire dont les divers choux et choux-fleurs avaient été ravagés par les chenilles. Elle avait été si heureuse, pendant l'été, disait-elle, de voir tous ces papillons blancs voltiger sur son jardin. Et maintenant, regardez comment ça se termine! Elle ne pouvait en aucune façon concilier cela avec son sens moral. Et, en vérité, à moins que ces papillons n'aient été créés avec l'idée accessoire de fournir la matière à des apologues édifiants, même pour les gens qui ont lu Hegel et le Dr M'Cosh, il n'est pas facile de trancher la question d'une façon claire. Je me lançai alors dans un long calcul assez obscur, avec mon aubergiste; il s'agissait de comparer la distance qu'il avait parcourue pendant huit ans de service sur le siège de la diligence de Wendover avec la circonférence de la terre. Nous nous sommes attaqués au problème le plus consciencieusement du monde, en tenant compte, comme il convenait, des dimanches et des années bissextiles et nous arrivions à la conclusion triomphale de nos travaux quand nous fûmes arrêtés par une légère lacune dans mes informations. Je ne connais pas la circonférence de la terre. L'aubergiste la connaissait sûrement, lui, — il avait certainement fait ce calcul plutôt deux fois qu'une — mais il cherchait la confirmation de ses chiffres et dès l'instant où je me suis révélé comme un second aussi pitoyable il a paru cesser complètement de s'intéresser au résultat.

Wendover — mon étape suivante — est situé dans la même vallée que le Grand Missenden, mais au fond, à un endroit où les collines s'enfuient de chaque côté comme un rivage et où un grand hémisphère de plaines s'étend, comme une mer, devant l'une d'elles. Je gravis une route crayeuse jusqu'à ce que j'aie une bonne vue sur l'endroit. La vallée, au point où elle s'ouvrait sur la plaine, était plate, peut-être un peu nue, mais riche en sinuosités gracieuses. Du niveau que j'avais atteint, les champs s'étendaient devant moi comme sur une carte, et je pouvais voir toute l'agitation des travaux d'automne, qui, la veille, avaient été dissimulés à mes yeux par les haies, ou ne m'étaient apparus que l'espace d'un instant lorsque je suivais le sentier. Wendover était situé sensiblement plus bas dans la brume, entouré de montagnes de feuillage. La grande plaine s'étendait vers le nord et l'étrange dessin des champs y introduisait un élément de variété, tout près de l'endroit où je me trouvais, mais qui s'estompait avec la distance jusqu'à devenir un simple fouillis d'arbres et de croissants brillants de rivière, de morceaux de route accidentée, pour se mêler finalement à cet océan équivoque de nuages au-dessus de l'horizon. Le ciel était d'un gris d'opale, avec çà et là des touches de bleu, et de vagues rousseurs qui avaient l'air d'être des reflets des bois d'automne se trouvant plus bas. Je pouvais entendre les laboureurs exhortant leurs chevaux, le concert ininterrompu donné au-dessus de nos têtes par d'innombrables alouettes, et, venant d'un pré où le berger rassemblait son troupeau, un tintement doux et tumultueux de clochettes. Tous ces bruits me parvenaient, ténus et nets, dans l'air limpide. Il y avait une merveilleuse impression de distance et d'atmosphère dans cette journée et en cet endroit.

J'escaladai la colline plus haut grâce à un escalier

rudimentaire fait de marches crayeuses taillées dans l'herbe. Les collines entourant Wendover, à perte de vue, toutes les collines du Buckinghamshire, portaient une sorte de capuchon de hêtres; mais dans ce cas particulier on avait laissé le capuchon s'étendre jusqu'à devenir une sorte de manteau, qui retombait des épaules de la colline en larges plis, au lieu de s'étendre à plat autour du sommet. Les arbres étaient si serrés, leurs rameaux si emmêlés que le bois, dans son ensemble, paraissait aussi dense qu'un buisson de bruyères. La couleur dominante était un rouge sombre, où le feu semblait couver, avec çà et là des touches d'un jaune vif. Mais l'automne avait à peine dépassé les ouvrages extérieurs; au cœur du bois c'était encore presque l'été, et à peine m'étais-je glissé à travers la haie, je me trouvai dans une atmosphère de forêt d'un vert atténué sous un toit de feuillage vierge. Dans les endroits où le bois n'avait pas d'autre fond que les arbres eux-mêmes et où les troncs étaient serrés les uns contre les autres, la couleur devenait intense et ressemblait presque à celle d'une pierre précieuse; une parfaite explosion de vert, qui semblait telle malgré quelques taches d'or automnal. Aucun arbre n'était d'un âge ni d'une taille considérables; mais, comme j'ai dit, ils poussaient bien ensemble; et comme la route tournait et serpentait autour d'eux, ils formaient des groupes agréables et interceptaient la lumière d'une façon plaisante. Il y avait quelquefois une colonnade de troncs minces et droits avec la lumière qui jouait sur eux comme sur une rangée de colonnes, qui semblait conduire quelque part, et qui menait seulement dans un coin de jungle sombre et inextricable. Quelquefois un jet de feuillage délicat était lancé à plat, avec la lumière qui se répandait à plat à son sommet, si bien que sur un fond sombre il paraissait presque lumineux. Un grand silence régnait au-dessus du taillis (car, à dire vrai, c'était plus un taillis qu'un bois) et les vagues rumeurs qui se glissaient parmi les cimes des arbres, et par moment, le bruissement produit par de gros oiseaux, ou, dans les fourrés, par un lièvre, avaient en eux quelque chose de traître et de furtif, qui mettait l'imagination en garde et m'incitait à marcher avec prudence sur le tapis roux des feuilles de l'année précédente. L'esprit de l'endroit semblait entièrement fait de vigilance; le bois écoutait à mesure que j'avançais, et retenait sa respiration pour compter mes pas. On ne pouvait pas s'empêcher de se dire qu'il devait y avoir une raison à ce silence : soit que, comme le disent les vieilles légendes, Pan soit couché quelque part en train de faire la sieste, soit que, peut-être le ciel pense à faire pleuvoir, et qu'on soit appelé à entendre bientôt les premières gouttes traverser les feuilles. Il n'était pas désagréable, dans de telles dispositions d'esprit, d'apercevoir, de temps en temps, de vastes étendues de plaine découverte. Cela n'arrivait que là où le sentier mordait beaucoup sur la pente, et qu'il y avait une percée dans le chaume épais constitué par les feuilles des arbres à une certaine distance au-dessous du niveau sur lequel je marchais; alors, en vérité, de petits fragments vus en raccourci à cause de la distance, des champs miniatures, des maisons minuscules et des arbres de haies lilliputiens, apparaissaient pour un instant dans l'ouverture, devenaient plus grands ou plus petits, changeaient et se fondaient les uns dans les autres, à mesure que je continuais d'avancer et de changer ainsi d'angle de vision.

Pendant peut-être dix minutes, j'avais entendu, venant de quelque part devant moi dans le bois, un bruit étrange et continu, ressemblant à un gloussement, un roucoulement, à celui qui serait produit par la déglutition, interrompu de temps à autre par un cri rauque. Tandis que je m'avançais en direction de l'origine de ce bruit il commença à se faire plus léger autour de moi et j'aperçus à travers les arbres, divers pignons et murs de clôture, et quelque chose qui ressemblait au sommet d'un pailler. Et c'était certainement cela, de très jolies dépendances d'une ferme, avec la hêtraie qui arrivait presque jusqu'à sa porte. Cependant, juste devant moi, tandis que je gravissais le sentier, les arbres s'écartaient et laissaient entrer un large flux de lumière jusqu'à une pelouse circulaire. C'était de là que partaient ces bruits. Plus d'une vingtaine de paons (il y en a en tout trente dans la ferme), un contingent proportionné de paonnes, une grande quantité que je n'ai pu dénombrer de volailles de basse-cour, étaient en train de picorer ensemble sur cette petite étendue de gazon ouverte au milieu des hêtres. Ils formaient en mangeant une foule dense, qui ondulait çà et là, avançait et reculait comme sous l'influence d'une sorte de flux et reflux, et dont la surface était agitée comme celle de la mer lorsque chacun des oiseaux promenait la tête goulûment sur le sol, à la recherche du grain éparpillé. Le bruit de gloussement, de roucoulement qui m'avait attiré là était formé par le mélange d'innombrables expressions de contentement individuel, leur fusion dans une expression collective de satisfaction, une sorte d'action de grâces pour ce repas. A chaque instant un gros paon sortait de la foule, faisait cérémonieusement une fois ou deux le tour du gazon, ou montait éventuellement un moment sur la balustrade, pour proclamer d'une voix stridente devant le monde la satisfaction qu'il éprouvait de lui-même et de ce qu'il avait à manger. Il se trouva, pour ma punition, qu'aucun de ces admirables oiseaux n'avait plus qu'un rudiment de queue. Les queues n'étaient pas de saison, semblait-il. Mais ils avaient en revanche leur cou; et rien que par leur cou ils surpassaient autant tous les oiseaux de notre terne climat gris qu'ils étaient eux-mêmes inférieurs par le chant au merle ou à l'alouette. Avec son incomparable parade de couleurs éclatantes et de la voix nasillarde qui sort, comme par moquerie, de son gosier peint, le paon doit sûrement, comme les papillons de ma logeuse du Grand Missenden, avoir été inventé par quelque habile fabuliste pour la consolation et la défense de la vertu simple; ou plutôt, peut-être, par un fabuliste un peu moins habile qui procède par petites touches instantanées sans avoir un œil assez appliqué pour voir l'effet d'ensemble; car je trouvais cet après-midi-là ces bleus et ces verts mélangés si magnifiques que je leur aurais donné la préférence sur la plus délicieuse des pipes dans tous les bois de printemps. Car, en vérité, il n'y a pas dans la nature d'étendue de couleur comparable, capable de satisfaire et de flatter l'avidité des yeux humains; et arriver sur un aussi grand nombre d'entre eux, après ces hectares de ciels couleur de pierre et de bois roussis, de terres labourées d'un gris brun et de routes blanches, c'était comme d'avoir fait en direction du sud un voyage de trois jours ou d'être retourné en arrière d'un mois dans le sens de l'été.

Je regrettais de quitter la *Ferme du paon* — tel était en effet le nom de cet endroit, à cause du nom de ses magnifiques pensionnaires — et de repartir dans les bois silencieux. Il commençait à faire humide et sombre sous les hêtres; à mesure que la journée s'avançait, la couleur du feuillage s'effaçait; et l'ombre, vide et sans forme, prenait la place du délicat contour des feuilles et des subtiles gradations de vert vivant qui avaient auparavant accompagné ma promenade. J'avais regretté de quitter la *Ferme du paon,* mais je ne regrettais pas de me retrouver encore une fois sur la route libre, sous un ciel du soir pâle et plutôt troublé et de partir du bon pied pour l'auberge de Wendover.

Wendover, en lui-même, est un endroit désordonné et sans plan. Tout le monde semble avoir eu son idée sur la direction que devaient prendre les rues; ou plutôt, il semble qu'un homme soit arrivé à chaque instant, avec une nouvelle idée sur la question, et ait réuni une petite secte de voisins pour adhérer à son hérésie. Il aurait plutôt l'aspect d'une station balnéaire avortée, comme nous pouvons en voir maintenant çà et là le long de la côte, mis à part l'âge des maisons, le dessin calme et avenant de quelques-unes d'entre elles, l'air d'être habité depuis longtemps, d'une vie établie, ayant des racines et qui fait que cela vaut la peine de cultiver des fleurs autour des fenêtres, et autrement modeler la demeure selon l'humeur de l'habitant. L'église qui avait peut-être servi de point de ralliement pour ces maisons dispersées, et donné à la commune quelque chose qui ressemble à une unité compréhensible, se dresse à une certaine distance parmi de grands arbres; mais l'auberge (pour considérer les bâtiments publics dans l'ordre de leur importance) se trouve dans ce que je pense être la rue principale : une agréable vieille maison, avec des baies, trois pignons pointus et de nombreux nids d'hirondelle maçonnés autour des avant-toits.

L'intérieur de l'auberge répondait à l'extérieur; à dire vrai, je n'ai jamais vu de pièce qui mérite autant d'être admirée que le salon bas orné de boiseries dans lequel j'ai passé le reste de la soirée. Il était oblong et court, sauf que le foyer était construit dans l'un des angles de manière à le couper partiellement du reste, et l'angle opposé était tronqué de même par un meuble de coin. La boiserie était blanche, il y avait sur le sol un tapis de Turquie, si ancien qu'il aurait pu avoir été importé par Walter Shandy avant sa retraite, presque complètement usé par endroits, mais dans d'autres faisant apparaître de magnifiques bleus et oranges, harmonieux d'être plus ou moins effacés. Le meuble de coin était d'un dessin agréable; il y avait sur ses étagères exactement ce qui convenait — des carafes et des verres, des assiettes bleues, et une rose rouge dans un verre d'eau. L'ameublement était à l'ancienne mode et guindé. Tout s'accordait, jusqu'au lourd encrier de plomb sur la table ronde. Et vous pouvez imaginer comme cela paraissait agréable, tout rougi et scintillant par le reflet d'un feu vif d'agréable voisinage, vu, par un effet étrange, dans les trois compartiments du vieux miroir placé au-dessus de la cheminée. Tandis que j'étais assis dans le grand fauteuil, en train de lire, je ne cessais de regarder du coin de l'œil le curieux et brillant tableau que faisait mon entourage et je ne pouvais me défendre d'un certain plaisir et d'une certaine fierté enfantine d'en faire partie. Le livre que je lisais concernait l'Italie au début de la Renaissance, les pompes et les amours frivoles des princes, la passion des hommes pour l'étude, la poésie et l'art. Mais, par chance, il était écrit dans un style solide et prosaïque, qui convenait infiniment mieux à la pièce que le sujet; et le résultat, c'est que je pensais peut-être moins à Lippo Lippi, Lorenzo, ou Politien, qu'au brave Anglais qui avait écrit dans ce volume ce qu'il savait d'eux et pris tant de plaisir à aligner ses grands mots solennels.

Je n'étais pas sans compagnie. Mon aubergiste avait une très jolie petite fille, que nous appellerons Lizzie. Si j'avais pris des notes à l'époque je serais peut-être capable de vous donner des précisions sur son physique. Mais les visages ont le secret de devenir dans la mémoire de plus en plus spiritualisés et abstraits, jusqu'au moment où il n'en subsiste plus qu'un regard, une expression qui vous hante; ce caractère secret qui a précisément tendance à se dérober devant le pinceau du peintre le plus habile et à laisser le portrait sans vie du fait de son absence. Et s'il est difficile à saisir au moyen du plus fin des pinceaux en poil de chameau, vous pensez à quel point peut être désespérée toute tentative pour le traduire au moyen de mots maladroits. Si je dis, par exemple, que ce regard dont je me souviens comme étant celui de Lizzie, avait quelque chose de songeur qui semblait résulter en partie d'une certaine sournoiserie et en partie d'une certaine simplicité, et que j'aurais tendance à imaginer qu'il avait quelque chose à voir avec un léger strabisme de ses grands yeux, j'aurai dit tout ce qu'il m'est possible de dire, et le lecteur n'en sera pas beaucoup plus avancé. J'ai lié connaissance avec cette demoiselle dans la matinée, manifesté beaucoup d'intérêt pour ses poupées, ainsi qu'un impatient désir de voir la grande qui restait enfermée à clef et qu'on ne sortait que dans les grandes occasions. Si bien que je ne suis pas resté longtemps dans le salon avant que la porte ne s'ouvre et que Miss Lizzie ne fasse son entrée avec deux poupées serrées gauchement sous son bras. Elle était suivie de son frère John, son cadet d'environ un an, venu non pas simplement pour prendre part à notre conversation, mais piqué d'émulation par la présentation des poupées de sa sœur, pour me montrer ses deux fouets. Je fis de mon mieux pour me rendre agréable à mes visiteurs, en manifestant beaucoup d'admiration pour les poupées et pour leurs robes et en posant le plus sérieusement du monde, de nombreuses questions sur leur âge et leur caractère. Je ne crois pas que Lizzie ait mis en doute ma sincérité, mais il était évident qu'elle était à la fois embarrassée et légèrement méprisante. Elle était prête pour sa part à traiter ses poupées comme si elles avaient été vivantes, mais elle semblait avoir peu d'estime pour un adulte qui entrait de bon cœur dans le jeu de cette fiction. Elle me regardait quelquefois avec gravité et une certaine gêne, comme si elle avait craint réellement que je n'aie pas toute ma raison. Quelquefois comme lorsque je m'inquiétais trop particulièrement de leurs noms, elle riait si longtemps et de si bon cœur que je commençais à me sentir presque embarrassé. Mais lorsque j'eus le malheur de demander la permission d'en embrasser une, elle ne put se retenir plus longtemps. En descendant de la chaise sur laquelle elle s'était perchée pour me montrer, telle Cornélie, ses joyaux, elle sortit de la pièce en courant pour aller dans le bar — de l'autre côté du couloir — et je pus l'entendre dire à sa mère à voix basse, mais apparemment plus inquiète qu'amusée, que *le monsieur qui est dans le salon veut embrasser Dolly*. J'imagine qu'elle était décidée à m'éviter ce geste humiliant, même malgré moi, car elle ne m'a pas donné la permission sollicitée. Elle me rappelait un vieux chien que j'ai connu et qui ne supportait pas que le maître de la maison danse, par suite d'un sentiment excessif de la dignité de la situation occupée par ce maître et de la tenue qu'il devait observer.

Après le départ de ces jeunes gens, il n'y eut plus qu'un seul incident avant que j'aille me mettre au lit. J'ai entendu un groupe d'enfants qui allaient et venaient pendant un instant dans la rue obscure, en chantant d'une voix douce. Et le mystère de ce petit incident m'a paru si charmant que je me suis volontairement retenu de demander qui ils étaient et pourquoi ils se promenaient en chantant à une heure aussi tardive. Il est rare qu'on puisse être dans un endroit plaisant sans se trouver en face d'un incident plaisant. J'ai la conviction que ces enfants ne seraient pas venus chanter devant l'auberge si le salon de cette auberge n'avait pas été l'endroit délicieux qu'il était. Du moins, si j'avais été dans la salle publique habituelle de l'hôtel moderne, avec toutes ses disproportions et ses inconforts, mes oreilles n'auraient rien perçu, j'aurais été de très méchante humeur et ils n'auraient pas gaspillé leurs chansons pour un auditeur qui ne le méritait pas.

Le lendemain matin j'ai été visiter l'église. C'est un bâtiment rouge et blanc, avec une nef allongée, très restauré, qui se trouve au centre d'un joli cimetière au milieu de ces grands arbres dont j'ai déjà parlé. Le ciel était noyé dans le brouillard. De temps en temps des coups de vent froid soufflaient autour de l'enclos, secouaient les branches au-dessus de nos têtes, et envoyaient les feuilles mortes tourbillonner jusque dans les coins des arcs-boutants de l'église. De temps à autre, je pouvais entendre aussi le bruit sourd que faisait un marron en tombant dans l'herbe — le chien aboyait à la porte du presbytère — ou bien un bruit de seaux venait de la cour de l'étable se trouvant en arrière. Mais malgré ces interruptions occasionnelles — en dépit, aussi, du babil ininterrompu des oiseaux dans les arbres — l'impression dominante était plutôt celle d'un complet silence, à tel point que la petite cloche vert-de-grisée qu'on voyait apparaître à une ouverture du clocher me dérangeait en me donnant la crainte d'être troublé par un bruit discordant. L'herbe était humide, comme si une gelée blanche venait à peine de fondre. Je ne sais pas si j'ai jamais vu une matinée plus automnale. Alors que j'allais et venais au milieu des tombes, j'ai vu quelques fleurs déposées avec respect devant une tombe récente et en m'approchant, je fus presque surpris de m'apercevoir qu'elles se trouvaient sur la tombe d'un homme mort à l'âge de soixante-douze ans. Nous avons l'habitude de répandre des fleurs uniquement sur des êtres jeunes, là où l'amour a été fauché prématurément, où de grandes possibilités ont été détruites par la mort. Nous les répandons là dans l'espoir que ces possibilités, dans un sens plus profond, seront encore réalisées, et que le contact avec notre amour défunt pourra être conservé par nous et nous guider jusqu'à la fin. Et cependant, il y avait peut-être plus de signification et une plus grande consolation dans ce petit bouquet posé sur la tombe de quelqu'un qui était mort âgé. Nous avons tendance à tant insister sur la tragédie de la mort, et nous pensons si peu à la longue tragédie que représente la vie de certains hommes, que nous voyons plus de raisons de nous lamenter sur l'interruption d'une existence au moment où l'on aime et où l'on se rend utile, que sur le cas d'un homme qui survit misérablement à toute possibilité d'être utile et d'aimer, qui s'en va de par le monde comme son propre fantôme, sans espoir, sans joie, sans aucune consolation. Ces fleurs ne semblaient pas tant être le témoignage d'un amour ayant survécu à la mort que de quelque chose d'encore plus beau — un amour qui a vécu jusqu'à la fin la vie d'un homme, qui a été fidèle et bon compagnon, et qui, au long de toutes ces années, ne s'est jamais lassé d'aimer.

Sur le matin, le temps s'éclaircit un peu, et le ciel reprit cet aspect de voûte couleur de pierre sur les prairies jaunies et les bois roux, et j'ai fait en charrette anglaise le trajet de Wendover à Tring. La route suit sur une bonne distance les collines, avec d'un côté une grande plaine en contrebas, et de l'autre, au-dessus des bois de hêtres... Les champs étaient pleins de cultivateurs qui labouraient et semaient; çà et là une cruche de bière était posée à l'angle d'une haie, et je pouvais voir plus d'un attelage attendre, tout fumant, dans le sillon, pendant que celui qui labourait ou semait s'écartait pour boire un coup. Sur toute la surface de ces terres labourées brunes, sous les haies dépourvues de feuilles il se faisait un gros travail, et il y régnait une sorte d'esprit de pique-nique. Les chevaux fumaient, les hommes travaillaient, criaient, buvaient dans l'air vif de cette matinée d'automne; on avait ainsi l'impression d'une existence au grand air, pleine d'ampleur. Le garçon qui me conduisait avait quelque chose d'un humoriste; et sa conversation était entièrement à la gloire de la façon de vivre d'un travailleur agricole. C'est lui qui attira mon attention sur ces cruches de bière le long de la haie; il ne trouvait pas de mots pour exprimer la générosité des salaires de ces hommes; il me dit à quel point cela aiguisait l'appétit de retourner la terre dans l'air du matin, que ce soit à la charrue ou à la bêche, et admirait de tout son cœur cette prévoyance de la nature. Il chantait à dire vrai, sur tous les tons, *O fortunates agricolas!* et avec toutes sortes d'inflexions malicieuses jusqu'au moment où je commençais à me demander à quoi servaient des gens comme M. Arch, et où je me mis à chanter le même air, mais d'une manière plus hésitante.

On arriva à la ville de Tring, puis à la gare de Tring; car elles ne sont pas très proches l'une de l'autre, les bonnes gens de Tring, dans l'ancien temps, ayant éprouvé une extrême appréhension à l'égard du chemin de fer et craignant qu'il n'aille se lancer dans la ville en y faisant des dégâts. Je fis une dernière marche, comme d'habitude, à travers les hêtres roussis, l'air étant comme de coutume, empli du chant des alouettes; j'entendis au loin, des coups de feu, et vis, nouveau signe de l'installation de l'automne, deux cavaliers en train d'entraîner une meute de chiens courants pour le renard. Le train arriva alors et m'emmena à Londres.

UNE PROMENADE A PIED EN HIVER DANS LES DISTRICTS DE CARRICK ET DE GALLOWAY

(Fragment inachevé)

Au célèbre pont de Doon, Kyle, le district central du comté d'Ayr, est relié à Carrick, le plus au sud. Sur la rive de Carrick, se dresse une colline d'une forme plutôt douce, creusée de vallons peu profonds, semée çà et là de fermes et de petits bois. A l'intérieur des terres elle se perd, pour rejoindre, je suppose, le grand troupeau de collines semblables qui occupent le centre des Basses Terres. Dans la direction de la mer, elle forme une protubérance sur le rivage, comme une baie sur un plan, et elle se protège des brisants derrière des rochers escarpés. Cette colline est connue sous le nom de Brown Hill of Carrick, ou, plus brièvement, Brown Carrick.

Il avait neigé dans la nuit. Les champs étaient entièrement recouverts; ils étaient emmitouflés de neige et leur forme était moulée dans une courtepointe épousant leur forme, comme des enfants emmitouflés par une mère aimante. Le vent avait fait des rides et des plis à la surface, ressemblant à ceux que la mer laisse sur le sable, par temps calme. Il y avait de la gelée dans l'atmosphère. Une tache de lumière cuivrée au sommet de Brown Carrick montrait l'endroit où le soleil essayait de traverser; mais le long de l'horizon, des nuages de brume glacée s'étaient installés, si bien qu'on ne distinguait plus le ciel de la mer. Par-dessus les épaulements blancs des sommets, ou dans l'ouverture des baies, il n'y avait qu'un grand vide et l'obscurité; et là où la route suivait le bord de la falaise, elle semblait côtoyer les rivages de la création et l'espace vide.

La neige crissait sous les pieds; dans les fermes, tous les chiens se mettaient à aboyer quand ils flairaient l'odeur d'un passant sur la route. Je rencontrai un sympathique vieux type, qui aurait pu jouer le rôle du père dans « The Cottar's Saturday Night » et qui jurait comme un païen contre la vache qu'il conduisait. Et un peu plus loin, j'ai fait connaissance avec un pauvre diable qui s'en allait ramasser des clovisses. Sa figure était ridée d'avoir été exposée aux intempéries; elle ressemblait à de la boue en train de sécher, semée de dépressions et de ravins, et elle avait pris deux couleurs, gris et un rose incongru. Il avait un vague air d'être surpris — ce qui, Dieu sait, pouvait bien être vrai — que la vie se soit si mal comportée à son égard. La forme de son pantalon avait l'air d'une blague, si étranges étaient les poches et les effilochures qu'il avait aux genoux; et sa veste était complètement recouverte d'argile comme s'il était resté couché dans un ruisseau pendant toutes les fêtes du Nouvel An. Je dirai que je n'étais pas triste de penser qu'il avait passé un joyeux Nouvel An, et que, pour un soir, il était redevenu jeune; mais je regrettais d'en voir encore les traces. On ne pouvait pas s'attendre à ce qu'un tel vieux monsieur ressemble beaucoup à un dandy, ou s'attache à avoir une tenue respectable; mais il aurait pu avoir une épouse à la maison, qui aurait déjà brossé des taches semblables après cinquante fêtes du Nouvel An, qui serait à présent devenue vieille, ou une fille aux bras ronds qui aurait désiré qu'il fût net, ne serait-ce que par amour propre et pour son bon ami le laboureur quand il regarde le soir tout autour de lui. Il était clair qu'il n'y avait rien eu de ce genre dans toute sa vie, les années et la solitude pesaient lourdement sur ses vieux bras. Il avait soixante-seize ans, me dit-il; et personne ne donnerait du travail même pour une journée à un homme de cet âge; on croirait qu'il n'est pas capable de faire ce qu'on lui demande. « Et, vrai », poursuivit-il avec un petit rire triste, « vrai, je ne suis pas sûr de pouvoir. » Il me dit adieu en arrivant dans le sentier et se remit, tout voûté, à son travail. Cela vous fera mal au cœur de penser à ses vieux doigts fouillant dans la neige.

Il me dit que je devais tourner à côté de l'école pour aller à Dunure. Et ainsi, quand je trouvai une maison isolée au milieu de la neige, et que j'entendis venant de l'intérieur un babil d'enfants, je m'engageai sur une route escarpée qui descendait vers la mer. Dunure se trouve tout près sous la colline en pente rapide : un havre au milieu des rochers, un brise-lames complètement délabré, beaucoup d'installations pour mettre les filets à sécher, et environ une vingtaine de maisons de pêcheurs. Tout près, quelques vestiges d'un château en ruines surplombaient la mer, quelques souterrains et un pignon élevé criblé de fenêtres. La neige recouvrait la plage jusqu'à la ligne de marée haute. Elle recouvrait jusqu'à la base de la ruine; elle nichait dans les crevasses du rocher comme des oiseaux de mer blancs; même sur les récifs isolés, il y avait un petit monticule de neige, comme un phare miniature. Tout était gris et blanc, dans une sorte de manteau de berger froid et triste. Dans le profond silence, rompu seulement par le bruit des avirons en mer, une trompe se fit entendre deux fois; et je vis le facteur, portant deux sacs à la ceinture, s'arrêter un moment à l'extrémité du bourg pour prendre des lettres. Cela est peut-être caractéristique de Dunure, mais personne ne lui en apporta.

Au bar, les gens ne parurent pas très contents de me voir, et bien que je me sois mis à côté du foyer de la cuisine, ils m'envoyèrent dans la salle des hôtes de la maison. A Dunure, cette pièce était peinte d'une manière très esthétique. Il y a des pièces dans le même goût à moins de cent milles de Londres, où des personnes d'un extrême sensibilité se retrouvent sans être embarrassées. Elle était entièrement peinte en un beau vert bouteille sombre et en noir; un échantillon de coloris grave et harmonieux, sans rien, autant qu'en puissent juger les gens les plus frustes, pour heurter les sentiments les plus délicats du puriste le plus raffiné. Une demi persienne rouge cerise conservait dans la chambre froide une chaleur imaginaire, et projetait nettement une lueur sur le plancher. Douze coquilles de clovisses et un sujet en porcelaine à un sou étaient solennellement rangés sur le manteau de la cheminée. Même le crachoir donnait une note originale, et au lieu de sable, il contenait des coquillages. Quant au tapis de foyer, il mériterait à lui seul un article, et un schéma en couleurs à l'appui. Il était en patchwork, mais en patchwork du pauvre; pas de morceaux étincelants de vieux brocart et de soie de Chine, agités ensemble dans le kaléidoscope d'une femme d'intérieur pleine de goût et d'imagination; mais un travail d'art à sa façon, et visiblement un travail d'amour. Les morceaux venaient exclusivement de vieux vêtements. Il n'y avait pas de couleur plus brillante qu'un drap chiné bruyère. « La culottc grise de mon Johnnie » bien lustrée par l'aviron sur le banc de nage entrait largement dans sa composition. Et les vestiges d'un vieux manteau noir qui avait été à l'église plus d'un dimanche ajoutaient un côté un peu précieux (Dieu me pardonne!) à l'ensemble.

Pendant que j'étais en train de déjeuner quatre charretiers firent leur entrée, des Écossais de l'Ayrshire musclés, avec des visages maigres et intelligents. Quatre litres de stout furent commandés; pendant qu'ils buvaient ils continuaient de l'autre main à remplir le verre; et en moins de temps qu'il ne faut pour l'écrire, les quatre litres furent terminés — une autre tournée fut proposée, discutée, et refusée — et ils sortaient déjà du village avec leurs charrettes qui grinçaient.

On se sentait attiré par les ruines. Vous n'aviez jamais connu un endroit plus désolé vu à distance, ni qui démente moins ses promesses quand on était arrivé tout près. Des corbeaux et des mouettes s'envolèrent en croassant au moment où je m'approchais péniblement. La neige avait pénétré dans les souterrains. Le bourg tacheté de neige, les collines toutes blanches, le ciel noir, la mer marquée, dans les anses, de vagues rides circulaires, le monde entier, comme on le voyait à Dunure d'une meurtrière, était froid, misérable, avec, aurait-on dit, des coudes troués. Si vous aviez été un baron pervers obligé de rester là tout l'après-midi, vous auriez eu un exceptionnel accès de remords. Comme vous auriez ranimé le feu et comme vous vous seriez mordu les doigts! Je crois qu'avant le soir vous en seriez venu à l'homicide — ne serait-ce que pour avoir le plaisir de voir quelque chose de rouge! Et les seigneurs, il faut le noter, avaient été de tout temps remarquables pour leur inhumanité. L'un de ces souterrains dans lequel la neige était entrée était le « caveau noir » où Mr Alane Stewart, Commandataire de Crossraguel a été torturé par le feu. Le 1er et le 7 septembre 1570 (dates néfastes pour Mr Alane), Gilbert, Comte de Cassilis, son chapelain, son boulanger, son cuisinier, son sommelier et un autre domestique, ont ligoté le pauvre Commandataire « entre une cheminée de fer et un feu », et là, l'ont rôti cruellement jusqu'à ce qu'il signe le renoncement à ses droits abbatiaux. C'est l'une des plus affreuses histoires d'une époque affreuse mais avec un tel parfum de ridicule qu'il devient difficile de sympathiser tout à fait sérieusement avec la victime. Et il est consolant de se rappeler qu'il finit par s'en tirer, par conserver son abbaye et que, par-dessus le marché, il bénéficia jusqu'à sa mort d'une pension du Duc.

A une certaine distance au-delà de Dunure s'ouvrait une large baie d'un aspect plutôt moins rébarbatif. Des cultures de colza s'étendaient le long du rivage escarpé, et il y avait vers le centre une colline boisée, où les arbres faisaient sur la neige une sorte de dessin vague. La route montait et descendait et passait devant la maison d'un maréchal-ferrant qui faisait une jolie musique dans la vallée. Trois compatriotes de Burns venaient vers moi dans une charrette. Ils étaient tous saouls et me demandèrent sur un ton goguenard si c'était bien la route de Dunure. Je leur dis que oui, et ma réponse fut accueillie par des manifestations de gaieté non feinte. L'un de ces messieurs s'amusait tellement qu'il tomba presque de la charrette; à dire vrai, il fut seulement sauvé par un de ses compagnons qui n'avait pas un sens de l'humour aussi fin ou qui avait moins bu.

« La villa de Mayboll » dit l'inimitable Abercrummie, « se dresse sur un terrain qui monte de l'est à l'ouest et qui est exposé au midi. Elle a une rue principale, bordée de maisons, construites en pierre de taille; et elle est embellie par deux châteaux, situés à chaque extrémité. Celui de l'est appartient au Comte de Cassilis. A l'ouest se trouve un château qui a appartenu autrefois au Laird de Blairquan, et qui est à présent l'hôtel de ville. Il est orné d'un toit en pyramide et depuis le haut de l'escalier ce toit est entouré d'une rangée de balustres au centre de laquelle on a installé une belle horloge. Il y a quatre rues qui partent de la voie principale; l'une est appelée la Venelle Noire, elle est en pente rapide descendant vers le sud-ouest, elle mène à une rue plus basse qui est beaucoup plus large que la rue principale, et elle va du Kirkland aux Arbres du Puits où il y a eu bien de jolies maisons appartenant à l'aristocratie du pays, qui avait l'habitude de venir passer là l'hiver; on se distrayait en se réunissant les uns chez les autres. Ce fut jadis la rue principale de la ville; mais un grand nombre de ces maisons de l'aristocratie se sont dégradées, sont tombées en ruines et la rue a perdu beaucoup de sa beauté d'autrefois. Juste en face de cette venelle, il y en a une autre qui mène au nord-ouest, en partant de la rue principale pour aboutir à la pelouse, un agréable bout de terrain entouré d'un mur de terre où l'on avait coutume de jouer au football, mais à présent c'est au golf et au base-ball. Les maisons de cette ville, des deux côtés de la rue, ont des jardins qui leur appartiennent; et dans la rue basse, il y a quelques jolis vergers qui donnent beaucoup de beaux fruits. » Comme le dit Patterson, cette description est encore presque exacte aujourd'hui, et elle est joliment bien écrite par-dessus le marché. Je suis obligé d'ajouter, du fait de mon expérience personnelle, que Maybole est délabré et lugubre. Assez prospère en réalité, il a un aspect décrépit, et bien que la population ait augmenté, une maison sans toit par-çi par-là semble signifier le contraire. Les femmes sont plus que favorisées par la nature, et les hommes sont de beaux grands gars; mais ils ont l'air négligé et dissipé. Quand on les voyait flâner au coin des rues ou rester à bavarder dans la neige, on pensait qu'ils se seraient trouvés mieux à leur place dans les faubourgs d'une grande ville que dans une localité de la campagne tenant le milieu entre un village et une ville. J'ai beaucoup entendu parler de boisson, et beaucoup aussi de retour à la religion, deux sujets sur lesquels insiste le caractère écossais et qui sont très peu sympathiques. J'ai entendu en particulier parler de clergymen qui passaient leur temps à expliquer à un auditoire ravi la physique du Second Avent. Il n'est pas très vraisemblable qu'aucun de nous soit prié de venir à son aide. Si cela était, il est vraisemblable que nous recevrions les instructions nécessaires d'une autorité plus digne de confiance. Et ainsi je peux seulement m'imaginer une congrégation sincèrement curieuse de telles crises de fantaisie théologique, comme si elle provenait de saints consacrés qui ont mené le bon combat jusqu'à son terme et survécu à toute passion de ce monde, et doivent être considérés comme faisant partie de l'Église Triomphante, plutôt que de la pauvre et imparfaite compagnie qui se trouve sur terre. Et cependant je voyais autour du fumoir quelques jeunes garçons qui paraissaient, aux yeux de quelqu'un qui ne peut pas se considérer comme collet-monté, avoir besoin d'une méthode d'enseignement plus pratique. Ils semblaient seulement avoir envie de se saoûler, et d'y parvenir très rapidement. On n'avait pas dépassé le Nouvel An de beaucoup plus d'une semaine; et les entendre revenir sur leurs excès passés avec une indicible délectation n'était pas très agréable. Voici un échantillon de conversation dont je peux garantir l'authenticité :

— Vous avez fait la bombe ici mardi dernier?

— Ça, oui!

— J'ai pas pu sortir du lit. Mon vieux, j'étais vachement mal mercredi.

— Oui, ça, t'étais mal!

Et il aurait fallu que vous voyiez les yeux brillants, que vous entendiez les intonations sensuelles! Ils se remémoraient ce qu'ils avaient fait avec délectation et une sorte de fierté raisonnée. Les écoliers, après leur première cuite, ne sont pas plus vantards; un coq ne se lisse pas les plumes avec une plus complète satisfaction en se pavanant au milieu de son harem; et cependant, c'étaient des adultes, et en aucune façon inintelligents. Il était difficile de supposer qu'ils s'inquiétaient beaucoup du Second Avent : c'était comme si des notions élémentaires de tempérance pour les hommes et de bienséance pour les femmes s'étaient rapprochées du but. Et cependant, comme Maybole me semble typique de beaucoup de ce qu'il y a de mal en Écosse, elle est aussi typique de beaucoup de ce qu'il y a de mieux. Quelques-unes des fabriques, qui ont pris la place du tissage dans l'économie de la ville, ont été fondées à l'origine et sont restées la propriété d'hommes du sterling qui se sont faits eux-mêmes, de la solide vieille souche — des gars qui ont fait un bout d'invention, emprunté un petit capital et qui, pas à pas, par le courage, l'économie, et l'esprit industrieux, se sont frayé un chemin jusqu'à une situation solide.

Abercrummie vous a assez parlé de l'Hôtel de

Ville; mais, comme échantillon d'orthographe cette inscription se trouvant sur la cloche de l'Hôtel de Ville est trop délicieuse pour qu'on l'omette : « Cette cloche a été fondue à Mayboll par Daniel Geli, un Français, le 6 novembre 1696 sur l'ordre des héritiers de la paroisse de Mayboll. » Le Château mérite plus d'attention. C'est une grande tour d'une belle forme, lisse depuis le sol jusqu'en haut, avec seulement une partie décorée vers le faîte. D'une manière générale cette ornementation est placée sur le sommet des embases des cheminées; mais il y a un coin qui est plus travaillé que le reste. Un bandeau très massif fait le tour de l'étage supérieur et juste au-dessus, face à la rue, la tour est munie d'une petite fenêtre en saillie, cannelée, encorbellée et sculptée tout autour avec des têtes de pierre. Elle est si ornée qu'elle a un peu l'air d'une chapelle. Et c'était, à vrai dire l'écrin d'un joyau très précieux, car dans la pièce qu'elle éclaire, repose, depuis de longues années, l'héroïne de la charmante vieille ballade de « Johnnie Faa », celle qui, à l'appel des chants de Bohémiennes, « a descendu l'escalier, avec toutes ses servantes devant elle ». Certaines gens disent que la ballade n'a pas de base réelle, et ont écrit, je crois, des articles sans réplique pour le prouver. Mais en face de tout cela, la seule vue de cette haute fenêtre en saillie persuade l'imagination et nous partageons tous les chagrins de la dame emprisonnée. Nous imaginons le fardeau de ces longs jours ternes, quand elle appuyait sa tête lasse aux moellons, quand elle voyait les bourgeois flâner dans la Grande-Rue de Mayboll, et les enfants en train de jouer, et les galants en dentelles revenant à cheval de la chasse ou d'une razzia. Nous concevons la souffrance de certains moments, lorsque le vent lui apportait un lambeau de chanson, ou que son cœur lui brûlait, et que ses yeux s'inondaient de larmes au souvenir du passé. Et même si l'histoire de cette dame ou d'une autre, l'histoire de cette vieille tour ou d'une autre n'est pas vraie, elle est vraie dans son essence pour tous les hommes et toutes les femmes; car, à un moment ou un autre nous entendons tous les bohémiens chanter, le charme se répand sur nous tous. Certains résistent et restent résolument au coin de leur feu. Pour la plupart ils s'en vont et sont ramenés, comme Lady Cassilis. Un petit nombre, de la tribu de Waring, s'en vont et on ne les voit plus; de temps à autre seulement, au printemps, lorsque le chant des bohémiens flotte dans le soir d'améthyste, nous entendons leurs voix dans la joie.

La nuit, il faisait plus clair, et Mayboll était plus visible que dans la journée. Par grandes masses, les nuages parcouraient le ciel; la pleine lune se frayait un passage de l'autre côté, éclairait la neige de reflets d'argent volant; la ville descendait le versant de la colline dans une cascade de pignons bruns, enjambée par des toits blancs unis, et parsemée çà et là de fenêtres éclairées. Aux deux extrémités la neige formait dans l'obscurité des tas élevés, sur la flèche de l'Hôtel de Ville et parmi les cheminées du Château. Quand la lune s'alluma, un œil de bœuf brilla au-dessus de la ville entre les nuages en mouvement, les toits blancs firent saillie au-dessus des pignons et des tuyaux de cheminées, dont les ombres se projetaient elles-mêmes sur les toits blancs. Dans la ville même le cadran lumineux de l'horloge regardait dans la rue; la cloche de Mr Geli sonna une heure et derrière les rideaux rouges d'un café, quelqu'un — encore un compatriote de Burns! — chanta « La larme aveugle mon œil ».

Le lendemain matin il y avait du soleil et un vent cinglant. Des coins de rue de Mayboll je pouvais avoir des aperçus sur des champs verts. Sous les pieds, la route était humide et le terrain lourd — un mélange de glace, de neige, et d'eau ; et tous ceux que je rencontrais m'accueillaient en disant : « Un beau dégel. » Ma route passait entre des collines plutôt éventées, elle passait devant des étangs éventés, des châteaux et des monastères en ruines pour arriver au village de Kirkoswald ayant l'aspect des Highlands. Il ne mérite guère d'être mentionné, sauf que Burns est venu là étudier le levé de plans pendant l'été 1777 et là aussi l'original de « Tam o'Shanter » dort de son dernier sommeil. Il faut noter cependant que c'est le premier endroit où j'ai pensé à « l'aspect Highland ». Un chemin de ferme mène de Kirkoswald à la côte en passant par-dessus la colline. Comme je descendais au-dessus de Turnberry, la vue sur la mer avait en vérité étrangement changé depuis la veille. Les brouillards froids étaient tous balayés ; et il y avait Ailsa Craig, comme une réfraction, agrandie et déformée, du Bass Rock ; et il y avait les sommets découpés d'Arran, veinés et coiffés de neige ; et derrière, plus atténuée, la terre basse et bleue de Cantyre. Des nuages cotonneux flottaient, comme un vaste château, au-dessus du sommet d'Arran et s'effilochaient en longues écharpes dans la direction du sud. La mer tachetée de blanc sur toute sa surface : des petits bateaux, montant et descendant le Firth, s'offraient au vent sous différents angles. Sur Shanter on labourait les terres en jachère ; un poulain de trait, en liberté dans un champ, gambadait et hennissait comme si le printemps était en lui.

La route de Turnberry à Girvan suit le littoral, au

milieu des dunes et dans des solitudes hérissées de joncs. Çà et là, quelques cottages se groupaient à côté d'un pont. Ils avaient quelque chose de particulier, difficile à traduire en mots : un porche triangulaire faisant saillie au-dessus de la porte, supporté au sommet par un unique poteau vertical; une deuxième porte tournait sur des gonds fixés au poteau, et pouvait être fermée sur l'un ou l'autre côté de la véritable entrée; ainsi que le vent vienne du nord ou du sud, l'occupant du cottage pouvait se faire un abri triangulaire pivotant pour y mettre son fauteuil et finir sa pipe confortablement. Il y a une objection à faire à ce dispositif : comme le poteau se dresse au milieu du passage, quiconque sort précipitamment du cottage court le risque de se casser la tête. Autant que je sache, cela est particulier au petit bout de terrain qui entoure Girvan. Et ce coin est particulier pour d'autres raisons : il est certainement l'un des districts les plus caractéristiques d'Écosse. Au point de vue architecture il a ce porche mobile; il a, comme nous le verrons une sorte de vestige de costume provincial, et la population la plus belle des Basses Terres...

BIBLIOGRAPHIE

Sont indiqués :
la première parution du texte en revue
et le volume qui l'a recueilli pour la première fois

VOYAGES AVEC UN ÂNE DANS LES CÉVENNES

Travels with a Donkey in the Cévennes, Londres, C. Kegan Paul and Co., 1879. Un vol. in-8.
Voyages à travers les Cévennes ave un âne. Traduit par A. Moulharac, Éditions du Club Cévenol, 1901 [1re édition française.]

UNE VILLE DE MONTAGNE EN FRANCE

A Mountain Town in France. Illustré par l'auteur dans la revue « The Studio », Londres, décembre 1896.
The Works of R.-L. Stevenson. Vol. XXI, Edinburgh, Longmans Green and Co., décembre 1896.

QUELQUES LETTRES DU MONASTIER

Extraites de *The Letters of R.-L. Stevenson to His Family and Friends*, Londres, Methuen and Co., novembre 1899.

NOTRE-DAME DES NEIGES

Our Lady of the Snows, « The Independent », 3 mars 1887.
Underwoods, Londres, Chatto and Windus, juillet 1887.

L'APPEL DES ROUTES

Roads, « Portfolio », novembre 1873.

The Works of R.-L. Stevenson, tome XXI, décembre 1896.

RANDONNÉES À PIED

Walking Tours, « Cornhill Magazine », juin 1876.

Virginibus Puerisque, Londres, C. Kegan Paul, 1881.

AU HASARD DES RENCONTRES ENTRE COCKERMOUTH ET KESWICK

Écrit en 1871, *Cockermouth and Keswick*. Publié pour la première fois dans *The Works of R.-L. Stevenson*, volume XXI, décembre 1896.

EFFET D'AUTOMNE

An Autumn Effect, « Portfolio », avril et mai 1875.

The Work of R.-L. Stevenson, volume XXI, décembre 1896.

UNE PROMENADE À PIED EN HIVER DANS LES DISTRICTS DE CARRICK ET DE GALLOWAY

A Winter Walk in Carrick and Galloway, « The Illustrated London News », été 1886. [Écrit en 1876.]

The Works of R.-L. Stevenson, volume XXI, décembre 1896.

Francis LACASSIN

TABLE

PRÉFACE, par Francis Lacassin 7
DÉDICACE 23

VELAY

I. — Le bourriquet, la charge et le bât 27
II. — L'ânier inexpérimenté 35
III. — J'ai un aiguillon 47

LE HAUT GÉVAUDAN

I. — Campement dans l'obscurité 59
II. — Cheylard et Luc 73

NOTRE-DAME DES NEIGES

I. — Père Apollinaire 81
II. — Les moines.................................. 89
III. — Les pensionnaires......................... 101

ENCORE LE HAUT-GÉVAUDAN

I. — A travers le Goulet......................... 111
II. — Une nuit dans la pineraie 117

LE PAYS DES CAMISARDS

I. — A travers la Lozère 127
II. — Pont de Montvert 135
III. — Dans la vallée du Tarn 145
IV. — Florac 159
V. — Dans la vallée de la Mimente 163
VI. — Le cœur de la contrée 169
VII. — La dernière journée 179
VIII. — Adieu, Modestine ! 187

DOCUMENTS

Un aventurier débutant, par Fanny Van De Grift-Stevenson 193
Un chapitre inédit : Une ville de montagne en France 197
Quelques lettres du Monastier 213
Un poème : Notre-Dame des Neiges 223
L'appel des routes 227
Randonnées à pied 237
Au hasard des rencontres entre Cockermouth et Keswick (Fragment inachevé) 249
Effet d'automne 263
Une promenade à pied en hiver dans les districts de Carrick et de Galloway (Fragment inachevé) 291

BIBLIOGRAPHIE, par Francis Lacassin 305

MIXTE
Papier issu de
sources responsables
FSC® C003309

10/18, une marque d'Univers Poche,
est un éditeur qui s'engage pour
la préservation de son environnement
et qui utilise du papier fabriqué à partir
de bois provenant de forêts gérées
de manière responsable.

Cet ouvrage a été imprimé en France par

CPI
BUSSIÈRE

à Saint-Amand-Montrond (Cher)
en août 2014

Dépôt légal : juillet 2003.
N° d'édition : 2815. — N° d'impression : 2011477.
Nouveau tirage : août 2014.
X03408/12